KB271536

무조 新무협 판타지 소설

FANTASTIC ORIENTAL HEROES

혈야광무 5

무조 新무협 판타지 소설

초판 1쇄 찍은 날 § 2008년 3월 19일
초판 1쇄 펴낸 날 § 2008년 3월 27일

지은이 § 무조
펴낸이 § 서경석

편집장 § 문혜영
편집책임 § 최하나

펴낸곳 § 도서출판 청어람
등록번호 § 제1081-1-89호
등록일자 § 1999. 5. 31
어람번호 § 제2-1446호

주소 § 경기도 부천시 원미구 심곡1동 350-1 남성B/D 3F (우) 420-011
전화 § 032-656-4452 팩스 § 032-656-4453
http://www.chungeoram.com
E-mail § eoram99@chollian.net

ⓒ 무조, 2007

ISBN 978-89-251-1238-1 04810
ISBN 978-89-251-0935-0 (세트)

血夜狂舞

혈야광무

무조 新무협 판타지 소설
FANTASTIC ORIENTAL HEROES

[완결] 아비규환(阿鼻叫喚)

5

정음

第一章 전야(前夜) … 7

第二章 마지막 확인 … 39

第三章 선천팔괘 … 69

第四章 철궁방의 한계 … 111

第五章 작별의 시간 … 147

第六章 무인 대 무인 … 201

第七章 광인(狂人)의 실체 … 235

第八章 최후의 비무 … 257

第九章 죽음, 그리고 회생 … 293

第一章
전야(前夜)

두 달이 흘렀다.

눈 깜짝할 사이에 지나가 버린 시간이지만 그동안에 많은 일들이 있었다.

소림에서 파문된 보명 대사가 흑천에 모습을 드러냈다. 그는 자신의 무위와 인지도 하나만으로 흑천의 다섯 문파를 완전히 하나로 통일하는 데 이르렀다.

그가 세력을 정비하고 중자산 공격을 계획하는 동안 사무량 일행도 만반의 준비를 갖췄다.

"허허! 이 정도면 천연의 요새라 해도 손색이 없겠어. 소신녀라는 아이, 과연 귀곡자의 후인이야."

적랑회주는 꽤나 만족스러운지 껄껄 웃었다.

"적랑회가 아니었으면 이렇게까지 할 수 없었을 겁니다. 다시 한 번 감사의 말씀을……."

"까마귀 고기를 구워 먹었나? 그렇게 말하지 말라고 누차 일렀거늘…… 쯧쯧!"

"언제쯤입니까?"

사무량은 정상에 서서 먼발치를 내려다보며 물었다.

"아마도 곧. 지난번 폭발 이후로 놈들도 혼쭐깨나 났을 게다. 이쯤 되면 분명 움직임이 시작되겠지."

"소림과 무당에서는 아무런 말이 없었습니까?"

"무당은 여전하지. 흑천이 사라지든, 아니면 너와 적랑회가 사라지든 둘 중에 하나가 사라졌을 때에야 비로소 봉문을 거두겠지."

"소림은요?"

"글쎄다. 소림 일은 우리도 알아낸 게 없어. 한 번 쉬쉬하면 아무도 모르게 하지 않느냐. 널 봐라. 십이 년 동안이나 널 몰래 숨겨놓은 것을. 그나저나 보명 대사의 일을 알고도 보원 선사가 가만히 있을 인물은 아닌데……."

"그들의 도움을 요청하는 것이 아닙니다. 단지 이번 싸움에 절대 소림은 관여하지 않았으면 합니다."

"그 마음 안다. 나도 마음 같아서는 보명 대사의 일을 세상에 알리고 싶구나. 하지만 그렇게 된다면 정말 소림은 우리의 싸움에 나설 수밖에 없어지겠지."

사무량은 가벼운 한숨을 내쉬었다. 잠시간의 침묵을 깨며 그가 다시 입을 열었다.

"다들 모였군요. 해가 저물고 있습니다. 내려가시죠."

사무량은 적랑회주를 내버려 두고 먼저 내려가기 시작했다.

"엥? 뭐가 모여 있다는 말이야? 나이가 들어서 침침해졌나? 내 눈에는 아무것도 안 보이는데?"

적랑회주는 고개까지 길게 빼며 사무량이 바라본 곳을 유심히 관찰했다. 하지만 그의 눈에는 울창하게 우거진 푸른 나무숲밖에 보이지 않았다.

"주지승 자리가 말이야, 아무나 얻을 수 있는 건 줄 알아? 너희들은 죽었다 깨어나도 못하는 자리란 말이야."

"흥! 그럼 뭐 해? 지금은 악귀 같은 모습민 남았잖이!"

"야, 누가 누구한테 악귀래? 동경이 있으면 네 얼굴이나 먼저 봐. 어디서 귀신 낯짝 하나 달고 와서 사람 행세야, 사람 행세가?"

"너 말 다 했어?"

"다 했다! 다 했으면 어쩔 거냐, 이 요망한 계집년!"

소신녀가 자리에서 벌떡 일어섰다. 왕가도 눈을 부라리며 소신녀를 바라봤다.

"에고, 오늘도 또 시작이군."

유담이 고개를 설레설레 저었다. 다른 사람들도 이제는 그러려니 하며 식사에만 열중했다.

"너무하는군. 동료가 싸우면 말려야지. 그냥 내버려 둘 건가?"

모두의 고개가 한쪽으로 돌아갔다.

"내버려 둬라. 저 둘은 얼굴만 봐도 싸우니. 서로 죽이지도 못할 거면서 왜 그리도 싸우지 못해 안달인지."

우서문은 노릇노릇하게 구워진 닭다리를 방금 도착한 사무량에게 건넸다.

"누가 죽이지 못한다고 그래? 이년 따위, 눈 한 번 깜짝할 새에 숨통을 끊어놓을 수가 있어!"

왕가는 금방이라도 유성추를 꺼내려 손을 가져갔다.

"둘 다 적당히 하고 앉아."

사무량의 낮은 음성에 왕가와 소신녀는 서로를 노려보며 조용히 자리에 앉았다.

매일 보는 얼굴들이었지만 한자리에 다 모이기는 참으로 오래간만이었다. 일 년, 아니, 부재도에서 함께한 시간까지 이 년이라는 세월이 넘는 동안 미운 정까지 들어버린 이들이었다.

매일 투닥거리를 하는 소신녀와 왕가도 서로가 정말로 미워서 그런 건 아니었다.

"오랜만에 모여서 얼굴을 보니 좋군."

"사무량 네 녀석만 아니었으면 나는 지금쯤 무림을 종횡무진하고 있었을 텐데……."

"소림에게 쫓기면서 말인가?"

"흥! 그런 녀석들 따위는 하나도 겁 안 나."

"솔직히 부재도에서 빠져나온 걸 후회하고 있지?"

"그걸 말이라고 하냐? 난 마희 년이 고독을 내주지 않았어도 어떻게 해서든 빠져나왔을 게다."

"고독에 대한 이야기라면 이미 지나간 일. 그러고 보면 결정적으로 우리 모두를 속인 건 유담이군."

사무량이 빙긋 웃으며 유담을 바라봤다.

"나는 반드시 중원에 나와야 할 이유가 있었으니까. 솔직히 마희가 아니면 모두들 영원히 부재도에서 썩고 있지 않았을까?"

"유담, 넌 성말 생긴 것만큼이나 여우 같아."

소시녀가 유담을 곱게 흘겼다.

"분위기가 처음과는 많이 달라진 것 같네요."

한쪽에서 청량한 목소리가 들려왔다. 그곳엔 은소부가 곱게 앉아 있었다.

"처음 당신들을 보았을 땐 뭐랄까, 굉장히 어울리지 않는 사람들이라고 생각했어요. 같이 다니는 것 자체가 이상할 정도로요. 물론 저는 고독에 대한 걸 전혀 몰랐었죠. 하지만 좀 의외인 것도 있어요. 고독이 거짓이라는 걸 알았으면서도 함께 모여 다닌다는 게……."

"죽음이 두려운 사람들이지."

사무량은 아무렇지도 않게 담담하게 말했다.

그러나 그의 한마디가 모두의 입을 다물게 했다. 그의 말이 사실이었기 때문이다.

타닥! 타닥!

모닥불이 작은 불씨를 튀기며 타 들어갔다.

"인간은 한없이 나약한 존재. 만약 우리들이 이렇게 뭉치지 않고 따로 떨어져 있었다면, 이 중에 절반 이상은 죽어나갔을지도 몰라."

"그건 흑천도 마찬가지지."

잠자코 듣고만 있던 유담이 끼어들었다.

"결국 이건 한 사람의 싸움이 아니야. 우리 모두 각자 살기 위해서 어쩔 수 없이 한 배를 탔다고 봐야 해."

"배? 그렇지, 배……. 정착지가 다가와 주길 기다리는 배. 표류가 너무 길어. 사무량, 무슨 이야기를 하려고 모이라고 한 게냐?"

모두의 시선이 사무량에게로 돌아갔다. 다들 긴장한 빛이 역력했고, 어느새 먹던 것도 중지했다.

"오늘 모두를 모이게 한 이유는……."

"이제 곧… 이라는 소리인가?"

왕가가 침을 꿀꺽 삼켰다.

"두 달이라는 시간 동안 모두 고생한 걸 알아. 내일부터는 각자의 위치로 돌아가."

"놈들은 지금 어디쯤이냐?"

"중요한 건 그게 아니야."

사무량이 차가운 눈으로 왕가를 바라봤다.

"준비는 되어 있지만 싸우는 방식은 정해지지 않았지. 유담의 말대로 개인적인 싸움이 아니라 우리 모두의 싸움이다. 저들의 숫자는 우리의 생각보다 많아. 적량회가 있지만 실력은 저들보다 우리가 한 수 아래다."

"이봐, 너무 무시하는 것 아냐? 우리는 네놈이 태어나기도 전에 중원에 저 난다 긴다 하는 고수들이었어."

"그래, 십 년 전까지만 해도 그랬겠지."

"……."

또 한차례 분위기는 찬물을 끼얹은 듯 냉랭해졌다.

사무량은 자리에서 일어섰다.

"한 사람씩 따로 할 이야기가 있어. 그토록 원하던 혈광검의 무공에 대한 일이야. 연락이 가면 바로 찾아오도록 해."

그는 굳어버린 일행을 돌아보지도 않고 뚜벅뚜벅 산을 내려갔다.

소신녀는 쉽게 잠을 이룰 수가 없었다.

초저녁에 사무량이 한 말뜻이 무엇인지는 알고 있다.

무공을 모르는 그녀지만 무인의 실력을 보는 능력만은 뛰어나다 자신했다. 그녀만큼 무인이 아니면서 무인들과 더불어 사는 사람은 몇 없을 게다.

사무량이 말한 대로 일행들은 모두 고수다. 하지만 흑천도 무시하지 못한다.

이쪽에서 준비한 것은 많다. 용검문의 도움으로 기관도 훌륭하다 싶을 정도로 설치해 놓았다. 그러나 불안하다.

화살로 하늘에 수놓고 땅바닥에선 두더지보다 빠르게 움직이는 사람들. 빛과 같은 속도로 검을 휘두르는 자들에, 소리 소문 없이 다가와 숨통을 앗아가는 살수들까지.

그들이 한 번에 중자산을 조여온다면…….

'안 되겠어. 기관을 다시 점검해야겠어.'

소신녀는 자리에서 벌떡 일어섰다.

도무지 불안한 마음에 잠을 청할 수가 없었다.

옷섶을 여미고 처소를 빠져나온 소신녀는 몇 걸음 걷지 못한 채 우뚝 멈춰 섰다.

"다행이네요. 아직 잠이 들지 않은 것 같아서."

그녀를 찾아온 사람은 다름 아닌 은소부였다.

은소부는 같은 여자가 보아도 정말 아름다운 외모를 지녔다. 어디 하나 흠 잡을 데 없이 고운 이목구비와 가느다란 선.

여성스러움이라는 말은 그녀를 두고 하는 말이 아닐까 싶다.

"이 밤중에 어딜 가려고요? 그 상태로 돌아다닌다면 귀신인 줄 오해하겠어요."

소신녀의 아미가 찌푸려졌다.

"하고 싶은 말이 뭐야? 용건만 간단히 하고 가."

은소부는 잔잔한 미소를 지었다. 차 한 잔 대접받지 못했는데도 기분 나쁜 기색 하나 내보이지 않았다. 그런 점이 소신녀를 더욱 불쾌하게 만들었다.

'이 계집은 도대체 감정이라는 게 없나?'

하얗고 가느다란 손가락을 만지작거리던 은소부가 한숨을 내쉬며 고개를 들었다. 초롱초롱한 눈동자가 소신녀를 직시했다.

"사무량을 좋아하죠?"

소신녀는 전혀 뜻밖의 질문에 조금 당황했다. 그리고 이내 불안한 마음이 늘기 시작했다.

'네년 설마……?'

묻고 싶은 말이 목구멍까지 치솟았지만 꾹꾹 눌러 참았다.

"갑자기 이런 질문 드려서 죄송해요. 아까 당신을 본 이후로 저 역시 잠을 잘 수가 없었어요. 그래서 찾아왔죠."

소신녀는 입술을 꾹 다물었다.

"그쪽이 사무량을 좋아한다는 것쯤은 이곳에 있는 사람들 모두가 알아요. 그리고 나 역시……."

“그만, 그만 말해.”

“저 역시 사무량을 좋아하고 있어요.”

예상했던, 그리고 듣고 싶지 않았던 말이 은소부의 입술에서 흘러나왔다.

“그래서? 그 말을 내게 하는 이유가 뭐야?”

“사무량을 포기하세요.”

소신녀는 기가 막혀 절로 입이 벌어졌다. 평소 같으면 욕설이라도 퍼부으련만 너무 놀라 말이 튀어나오지 않았다.

자신 앞에 앉아 있는 사람이 정말 은소부가 맞나? 은소부에게 이런 면이 있었던가?

하지만 소신녀는 이내 차가운 얼굴이 되었다. 은소부의 말은 분명한 명령조였기 때문이다.

“지금 내게 명령하는 거야?”

“부탁이에요.”

“세상에 그런 식으로 부탁을 하는 사람은 없어.”

“휴! 명령이건 부탁이건 당신이 쉽게 들어주지 않으리란 건 예상했어요. 정말 이런 말까진 하지 않으려 했지만…….”

“……?”

“사무량과 전 이미 한 몸이에요.”

‘거짓말!’

소신녀의 두 눈이 부릅뜨였다.

‘언제? 어느새에!’

머릿속에 수만 가지 의문들이 얽혀들었다. 은소부가 사무량을 좋아하는 건 알고 있었지만 사무량이 그녀를 받아들였다는 것은 도무지 상상할 수 없는 일이었다.

"내 말 듣고 있어요?"

소신녀는 가까스로 정신을 차렸다. 너무나 커다란 충격에 그녀의 입술은 가늘게 떨렸다.

애써 태연한 척하려 했지만 두방망이질하는 가슴은 제어할 수가 없었다.

소신녀는 크게 숨을 들이마셨다가 천천히 내뱉었다. 창백한 그녀의 안색이 오늘따라 유난히 시리게 느껴졌다.

"그래서?"

"……."

"그래서 그걸 자랑하려고 이 밤중에 여기까지 찾아온 거야?"

소신녀는 욕설을 내뱉지 않았다. 내신 차갑고 냉정한 목소리로 또박또박 말을 이어나갔다,

"뭔가 크게 착각하는 모양인데, 난 네가 생각하는 것처럼 사무량에겐 눈곱만큼의 관심도 없어."

소신녀는 입술을 앙다물었다. 자신을 바라보는 은소부의 눈길엔 처연함이 담겨 있었다. 여자의 마음을 여자가 모른다는 게 말이 되는 소리인가?

"끝까지 자기 자신마저 속이려 하는군요."

순간, 소신녀의 손이 허공을 갈랐다.

짝!

은소부의 고개가 반쯤 돌아갔다가 되돌아왔다.

"뚫린 입이라고 함부로 지껄이지 마. 그리고 분명히 말해두는데 난 너에게 기관을 만들게 해줘서 고맙다거나 그렇진 않아. 어차피 너도 네 오라비의 복수를 하고자 했던 것 아냐?"

"당신의 염원이기도 하지요."

은소부는 뺨을 맞았음에도 불구하고 어느새 평온을 되찾았다.

"그래, 맞아. 내가 이 자리에, 이곳에 사무량을 따르며 있는 것도 다 내 염원을 위한 일이야. 그러니 괜한 착각하지 마. 다시 한 번 말해두건대, 난 사무량에게 티끌만큼의 관심도 없어."

"다행이네요."

은소부는 자리에서 일어섰다.

"만약 이번 싸움에서 모두가 무사히 살아난다면, 당신은 미련없이 사무량을 떠나세요."

"명령하지 마."

"그렇게 믿을게요."

은소부는 흥분으로 인해 어깨를 격하게 떨고 있는 소신녀의 거처를 빠져나왔다.

"정말 여자들이란 알다가도 모르겠어."

어둠 속에서 익숙한 음성이 들렸다.

은소부가 걸음을 멈추자 우거진 수풀 사이에서 사무량이 모습을 드러냈다.

"아직 주무시지 않았어요?"

"괜한 짓을 했더군."

"괜한 짓이라 생각하지 않아요. 그녀… 소신녀도 당신을 좋아해요. 알고 있었죠?"

"거짓말을 할 필요까지 있었나?"

"여자의 마음을 정말 모르시는군요. 그렇게 하지 않으면 불안해서 잠도 못 자요."

"잠을 이루지 못하는 건 소신녀도 마찬가지겠지."

"여자들의 세계에선 그래요. 한 사람의 희생이 한 사람의 행복을 가져다주죠."

은소부는 당당했다. 그녀 역시도 자신이 소신녀에게 지울 수 없는 상처를 주었다는 걸 알고 있었다. 하지만 아직 사무량의 마음을 모르기 때문에 그렇게 하지 않으면 불안해서 미칠 것만 같았다.

그녀는 돈을 셈하는 것만큼이나 인간관계에 있어서도 철저히 계산하고 행동했다.

"괜한 짓을 했다는 말… 정말이야. 괜한 짓을 했어."

은소부는 묵직한 무언가가 가슴속에 눌러앉는 기분이 들었다.

"이렇게까지 했는데도 전… 안 되는 건가요?"

사무량은 가만히 은소부를 바라봤다. 처음 보았을 때처럼 일말의 감정조차 깃들어 있지 않은 눈빛이었다.

"난 사랑이라는 사치스러운 감정에 얽매일 여유도, 마음도 없어. 미안하군."

사무량은 나타났을 때처럼 홀연히 어둠 속으로 사라져 갔다.

'당신 마음은 알아요. 물론 지금은 무엇보다도 앞으로 있을 혈전이 중요하겠죠. 하지만 두고 봐요. 이 싸움이 끝나도 그렇게 말을 할 수 있는지.'

은소부는 조그마한 손을 꾹 말아 쥐었다.

2

사무량의 거처는 중자산 정상에 있다.

중자산은 다른 산들에 비해 비교적 작은 산에 속하지만 초입에서 정상까지 올라가는 데도 한 시진은 넘게 걸린다.

날이 밝자마자 정상에 오른 사람은 왕가였다.

귀신처럼 빠른 신법으로 일다경도 채 되지 않은 시간에 정상에 오른 왕가는 사무량의 거처부터 찾았다.

사무량의 거처는 생각보다 찾기 쉬웠다.

사방으로 박혀 있는 말뚝 네 개, 그 위에 얹혀져 있는 마른 나뭇가지들. 둘레엔 이 촌 남짓 파여진 홈.

왕가는 사무량의 거처를 보자마자 피식 웃었다. 부재도 북궁에서 사무량이 살던 방식과 똑같았던 탓이다.

"그런데 이놈은 사람 불러놓고 어디로 간 거야?"

사무량은 자리에 없었다. 아침 일찍 산책이라도 나간 것일까? 약속을 지키지 않는 녀석은 아니었는데.

왕가는 천천히 숨을 들이마셨다. 공기 중에 혹시라도 섞여 있는 사무량의 냄새를 맡기 위해서였다. 하지만,

"잊어버린 게군, 고얀 놈!"

그 어디에도 사무량의 냄새는 없었다.

왕가는 바위 위에 걸터앉아 사무량을 기다리기로 했다.

'혈광검의 무공에 대한 이야기라?'

왕가는 은근한 기대감으로 부풀어 올랐다. 흑천과의 결전이 언제가 될지 모르는 상황에서도 혈광검의 무공은 그를 아침 일찍 정상에까지 오르게 할 정도로 유혹적이었다.

게다가 자신이 첫 번째로 불려지게 될지는 몰랐다. 과연 무슨 이야기일까?

바위에 앉은 왕가는 발로 땅에 그림을 그리기 시작했다. 사람도 그려보고 나무도 그려보고 집도 그려보고.

일각이 흐르고 일다경이, 반 시진, 한 시진이 흘렀을 무렵,

왕가가 앉은 바위 주변엔 형체를 알 수 없는 수많은 그림들이 빼곡이 그려져 있었다.

"이놈의 자식은 사람 불러놓고 어디로 간 거야? 도대체 생각이 있는 놈이야, 없는 놈이야! 그럼 그렇지, 제까짓 게 혈광검의 무공이니 뭐니 사람 꼬셔놓고 말해주기 싫어서 딴청 부리는 수작이지? 그래. 야, 이 썩을 놈아! 네놈 혼자 잘 먹고 잘 살아봐라. 세상 물정 하나도 모르는 놈 데려다가 가르쳐 줬더니 나이도 곱절이나 많은 이 몸을 고생시켜? 에잉!"

하늘을 향해 실컷 욕설을 퍼부은 왕가는 바위에서 풀쩍 내려섰다. 기대감에 잠까지 설치며 날이 밝자마자 달려온 게 너무나 후회스러웠다.

분한 왕가가 씩씩거리며 막 발걸음을 떼려는 찰나,

"말이 너무 심하잖아."

메마른 목소리가 그의 뒤통수를 때렸다.

"헉!"

왕가는 경악성과 함께 재빨리 뒤로 돌았다. 그 와중에도 경계하는 법을 잊지 않고 뒤로 훌쩍 물러섰다. 하지만 그의 눈에 보이는 사람은 다름 아닌 사무량이었다.

"너, 너, 너……!"

왕가는 마치 못 볼 것을 본 것처럼 바르르 떨었다.

사무량이 바로 뒤에 있었다는 것을 몰랐기 때문이다. 물론 그가 감쪽같이 기척을 감추고 있었다는 건 알겠지만 왕가의 예민한 후각을 속일 수는 없었다.

"그리고 당신이 날 언제 가르쳤다고 그래?"

"뭐야, 뭐얏!"

왕가가 사무량을 향해 버럭 소리를 내질렀다. 그러다 갑자기 마치 정신 나간 사람처럼 코를 벌름거리며 킁킁대기 시작했다.

"킁킁! 킁킁킁!"

그는 자신의 살 냄새를 맡아보기도 했고, 풀 냄새, 나무 냄새, 심지어는 땅에 달라붙어 흙냄새까지 맡았다. 그리고는 벌떡 일어났다.

"내 코는 멀쩡한데!"

왕가는 사무량에게로 한달음에 달려왔다.

"킁킁!"

사무량의 팔에 코를 들이민 왕가의 표정이 점점 일그러졌다. 고개를 갸웃거리기도 하고, 세차게 노리실 치기도 했다.

"흙냄새……"

"밤새 땅속에서 잤지."

왕가는 다시 뒤로 훌쩍 물러나 사무량을 위아래로 훑었다. 사무량은 멀쩡해 보였지만 자세히 보니 군데군데 미처 다 털어내지 못한 흙들이 옷에 붙어 있었다.

"뭐야, 이 자식. 날 시험하려고……!"

"실망인걸? 그래도 당신이라면 내 냄새쯤은 맡을 수 있을 줄 알았는데.”

“날 놀린 게냐!”

“뭐, 그렇다고 할 수도.”

“이놈의 자식!”

왕가가 손톱을 세우며 달려들었고, 사무량은 웃으며 피했다.

“이러고 앉아 있으니까 기분 참 더럽네.”

왕가는 웃옷을 벗은 상태로 가부좌를 틀고 앉았다. 사무량도 그의 등 뒤에 앉아 있었다.

묘한 광경이었다.

“이건 마치 추궁과혈을 하는 자세.”

그랬다. 사무량은 왕가의 등에 장심을 얹었다.

“어째 위치가 좀 바뀐 것 같지 않냐?”

“필요없으면 관둬도 돼.”

“흥! 누가 관둔대?”

왕가는 상한 자존심을 꾹 누르며 자리를 지켰다.

그로서는 알 수 없는 일이었다.

밤새도록 흙 속에서 뒹굴었던 사무량의 냄새를 맡지 못한 건 어쩌면 당연한 일이었다. 하지만 사무량은 흙냄새 속에 섞인 자신의 냄새를 맡지 못했다는 이유로 왕가를 질타했다.

“그래, 솔직히 말하면 내 무공은 중원에서 백 손가락 안에도 들지 못해. 하지만 그거 아냐? 내 후각을 따라올 사람은 아무도 없다는 것!"

"그런 사람이 폭발 속에 묻혀 있던 해타를 찾지 못해?"

"……."

왕가는 할 말을 잃었다.

그러고 보니 그때의 일을 한동안 잊고 있었다. 해타가 죽은 줄로만 알았는데, 그를 찾기 위해서 안간힘을 썼었는데 결국은 사무량이 찾아내지 않았던가.

"묘한 놈. 혈광검의 무공에 냄새 잘 맡는 방법이라도 있는 게냐?"

"입 다물어."

왕가는 입을 꾹 다물었다.

사무량의 말에 대꾸를 하지 않는 게 아니라 할 수 없는 상황이었다. 장심을 통해 들어오고 있는 한줄기 기운.

'으으……!'

다른 사람의 기운이 자신의 몸을 파고드는 느낌은 이루 말로 형용할 수 없을 정도로 이상했다.

사무량의 기운은 얼음장처럼 차갑기도 하고 때론 불길처럼 뜨겁기도 했다. 그것은 왕가의 기혈을 따라 아주 부드럽게 움직이고 있었다.

왕가는 천천히 운기를 했다. 등줄기를 타고 올라간 사무량의 기운이 정수리 부근에게 잠시 머물렀다.

‘아!’

왕가는 머릿속이 시원하고 맑아지는 느낌을 받았다.

사무량은 왕가의 기혈을 한차례 훑은 뒤에 조심스럽게 손을 떼었다.

“후우! 역시 상단전이 뚫려 있었군.”

“그걸 알아보기 위해서 이 짓을 하는 거냐!”

왕가가 버럭 고함을 질렀다. 그거야 물어보면 당연히 말해줄 것이며, 머리 위에 손만 올려도 알 수 있는 것이지 않은가.

“한 번 더 할 거야. 대신 이번에는 운기를 하지 마. 그냥 가만히 내가 이끄는 대로만 따라와 줘.”

“내 분명히 말해두는데, 허튼짓하면 가만 놔두지 않을 게다.”

“허튼짓할 생각이었으면 진즉에 했어.”

“어쨌든! 이 방법이 무공 발전에 조금이라도 도움이 된다니 내가 이러고 앉아 있는 거지만, 만약 잘못되기라도 한다면……”

왕가는 뒷말을 흐렸다.

그는 사무량이 무엇을 할지 대강 짐작하고 있었다.

역천이다. 역으로 기운을 움직일 게다. 잘못하면 주화입마를 면하기 어렵고, 정말 최악의 경우에는 싸움도 제대로 한번 해보지 못하고 병신으로 전락하는 수도 있다.

“걱정하지 마. 날 믿어.”

사무량의 확신에 찬 음성이 왕가의 마음을 조금 편하게 해 주었다.

왕가는 눈을 감았다.

자신이 제일 먼저 실험대상이 되었지만 사무량이 하는 일이니 잠자코 따를 수밖에 없었다.

사무량의 장심이 다시 등에 닿았다.

이번에는 달랐다. 차갑고 뜨거운 기운 대신 부드럽고 온화한 기운이 느껴졌다.

"전신에 힘을 빼고 마음을 비워."

왕가는 정말 그렇게 했다. 입을 꾹 다문 그는 머릿속을 비우기 시작했다.

등 쪽에 머물던 기운이 천천히 아래쪽으로 움직이기 시작했다.

과연 역천이란 어떤 느낌일까 생각했는데, 역시 묘한 느낌이었다. 배가 간질간질거리고 내장이 아래로 쑤욱 빠지는 기분이 들었다. 거꾸로 움직인 기운이 배꼽에 닿았을 때는 뜨거운 무언가가 식도를 타고 올라오는 것 같았다.

고통은 아주 조금씩 커져 갔다.

가슴 쪽으로 올라왔을 땐 식도를 타고 오른 뜨거운 액체가 입술을 비집고 흘러나왔다. 동시에 역한 혈향이 후각을 자극했다.

사무량은 움직임을 멈추지 않았다. 한눈에 보아도 왕가의 상태가 위중한 것을 알지만 지금 멈추게 되면 영영 돌이킬 수 없는 일이 벌어질지도 모르는 일이었다.

왕가의 안면을 타고 오른 기운이 백회를 두들기기 시작했을 때, 왕가는 오장육부가 뒤틀리는 기분을 고스란히 느껴야만 했다.

'아아!'

신음이라도 내뱉고 싶은 심정이었다.

심장은 미친 듯이 뛰었고, 눈앞이 가물가물했다. 가까스로 의식의 끈을 놓지 않고 있지만 정말이지 버티기 힘들 만큼 극심한 고통이었다.

펑! 펑! 펑!

백회에서 천둥이 일었다.

왕가는 눈알이 빠져나가는 기분을 경험해야 했다.

아무런 소리도 들리지 않았다. 아무런 냄새도 맡아지지 않았다. '아! 이대로 죽는 건가!' 하는 생각만이 머리를 가득 메웠다.

"끄으으으……!"

왕가의 입에서 힘겨운 신음이 흘러나왔다.

"조금만 더, 조금만 더 참아. 거의 다 되었어."

사무량의 지친 목소리가 왕가의 귓전을 울렸다.

백회를 한참이나 두드리던 기운이 다시 등으로 내려가고, 마침내 사무량이 손을 거둬들였을 때 왕가는 그 자리에서 혼절하고 말았다.

쓰러진 그의 입에서는 한 바가지 양의 피가 터져 나왔다.

한참 만에야 눈을 뜬 왕가는 가부좌를 틀고 앉아 있는 사무량을 발견할 수 있었다.

"목이나 좀 축여줘."

사무량은 눈을 감고 있었지만 왕가가 깨어난 걸 알고 있는 듯했다.

왕가는 입 안에 맴도는 비린내를 인지하고 침을 뱉었다. 그리고 옆에 있는 바가지의 물을 숨도 쉬지 않고 벌컥벌컥 들이켰다.

"후아아! 후악!"

왕가가 가쁜 숨을 몰아쉬고 있을 때, 어느새 눈을 뜬 사무량이 그를 바라보고 있었다.

"이 자식, 날 죽이려고 했어!"

왕가는 끔찍했던 여천이 순간을 기억하며 몸서리쳤다.

다른 사람에게 촌각만큼의 짧은 시간이었겠지만 왕가에겐 억겁의 세월이나 마찬가지였다. 두 번 다시 겪고 싶지 않은 그 끔찍한 고통.

한참이나 왕가의 눈을 바라보던 사무량의 입꼬리가 살짝 말려 올라갔다.

"다행이군. 역시 성공했어."

＊　　　＊　　　＊

'우측으로 이십 장.'

여인의 것처럼 맑고 예쁜 눈동자가 오른쪽으로 돌아갔다.

스스슥!

미세하게 움직이는 소리가 들려온다. 청각을 최대한으로 활용하면 몇십 장 밖에서 벌레가 기어가는 소리까지 들을 수 있다. 하나, 지금은 그럴 필요가 없다.

그가 듣고자 하는 소리를 잡았으니 그것에만 신경을 써야 한다.

가완은 창을 뽑아 들었다. 손에 착 감기는 느낌이 아주 좋았다.

이십여 장 밖에서 들려오는 소리는 엄청난 속도로 그에게 접근을 하고 있었다.

띵!

또 다른 소리도 들린다. 활의 현을 튕기는 소리다.

'정면 십오 장엔 가야.'

가완은 누구를 먼저 목표로 삼아야 할지 잠시 고민했다. 자신을 향해 빠르게 달려오고 있는 왕가일까. 아니면 언제든지 활을 쏘아낼 준비가 되어 있는 가야일까.

그런 건 중요치 않다. 세 사람 중 두 사람이 부딪치면 나머지 한 사람은 두 사람을 공격할 기회를 얻게 된다.

'이번은 가야가 선점했군. 하지만 나도 그리 녹록지만은 않을 것!'

가완은 창대의 방향을 정했다.

먼저 처리해야 할 사람은 삼 장 안으로 들어선 왕가다.

타앗!

가완은 그 자리를 박차고 뛰어올랐다.

풀숲에서 반짝이며 대머리가 보인다 싶은 순간, 그의 뾰족한 창끝이 섬전처럼 쏘아졌다.

쒜에엑!

창끝에 닿는 느낌이 없었다. 이번에도 실패다. 하지만 곧 왕가가 움직이는 소리를 다시 잡아낼 수 있었다.

그전에 먼저 처리해야 할 것이 있다.

쉬익, 하는 소리와 함께 화살이 가완을 향해 쇄도했다. 그 순간 가완은 들고 있던 창을 휘둘러 날아오는 화살을 막았다.

티다다다!

화살을 날린 가야가 어디론가 달려가는 소리가 들렸고, 그 뒤를 쫓는 왕가의 발소리도 들린다. 아무래도 왕가가 목표물을 바꾼 듯하다.

가완은 연신 귀를 쫑긋거렸다.

원래도 탁월한 청각을 자랑하는 그였지만 지금처럼 귀로 들리는 소리에 희열을 느낀 적은 없었다.

세상엔 그가 듣지 못했던 많은 소리들이 있었고, 그걸 일깨워 준 사람이 바로 사무량이었다.

'천하제일 무공은 아니지만, 덕을 보긴 보는군.'

가완은 희미하게 미소를 지었다. 그리고 가야와 왕가가 달려간 곳을 향해 몸을 날렸다.

'다들 즐기고 있군.'

사무량에게 불려간 사람은 왕가와 쌍둥이들뿐이었다.

쌍둥이들 역시 왕가가 거쳐 간 고통을 똑같이 겪어야만 했다. 그러나 세 사람 모두 극심한 고통 뒤에 찾아온 행복에 만족하고 있었다.

"재미있나?"

사무량은 소리가 난 쪽으로 고개를 돌렸다.

"유담."

"이거 섭섭하군. 나도 불러줄 줄 알았는데 말이야."

"후후!"

"왕가와 쌍둥이들… 눈빛이 달라졌어. 역천을 시킨 모양이지?"

사무량은 가만히 고개를 끄덕였다.

"저것이 바로 혈광검의 무공이란 말인가?"

이번에는 고개를 저었다.

"부친의 무공은 오직 불사체만이 익힐 수 있어. 내가 저들

에게 한 것은 역천을 통해 상단전의 활용을 폭넓게 시킨 것뿐
이야."

"자칫하면 위험할 뻔했어. 역천이라니… 주화입마에 걸리
기 딱이지 않나."

"보통 사람이었다면 사정이 달라졌겠지. 저 세 사람 모두
상단전이 발달되어 있기에 역천도 가능하다 생각했던 거야."

"과연."

유담은 저들이 조금 부러운 마음이 없잖아 있었다.

"자."

유담은 소매에서 전서 하나를 꺼내 사무량에게 주었다.

"오다가 양소를 만났지. 아무래도 양소보단 내가 말해주는
게 더 빠를 것 같아서."

"이건……!"

사무량은 전서의 마지막 부분에 적혀 있는 인을 확인했다.

"소림사에서 보현 대사가 보낸 서신이다."

사무량은 빠르게 전서를 읽고 난 뒤 다시 접어 유담에게 건
네주었다.

"조건이 꽤 마음에 드나?"

"조금은 예상했던 거지만 역시나 보원 선사는 치밀한 사람
이군. 우리에게 보명 대사의 일을 완전히 맡기다니."

"좋게 해석하면 서로의 입장을 고려해서 잘해보자는 말이
고, 나쁘게 해석하면 손 안 대고 코 풀자는 격이지."

소림에서 보내온 전서의 내용은 그랬다.

보명 대사가 소림에서 파문당한 일은 세간에 알려지지 않았다. 그가 흑천주라는 사실 역시 비밀에 부쳤다.

소림의 입장에선 그렇게 하는 것이 최선이었다.

중원 무림은 물론 더 나아가 민심이 흔들릴까 우려한 것이었다. 그런 소림을 충분히 이해할 수 있다.

보원 선사는 사무량에게 조건을 제시했다.

이번 일은 눈감아줄 테니 사무량의 손에서 보명 대사를 처리하라는 내용이었다.

결과는 아직 예측할 수 없다. 사무량이 보명 대사를 처리하지 못하면 소림이 나설 것이고, 만약 이 싸움에서 이기게 된다면…….

"결국 우리가 설 자리는 그 어디에도 없어."

유담이 사무량의 심정을 대신 말해주었다.

"이유야 어찌 되었든 혈광검의 무공이 중원에서 사라져야 하는 것은 정해진 것이니까."

사무량은 무슨 생각을 하는지 푸른 하늘만 응시했다.

이제 약관에 들어선 그지만 뒷짐을 지고 생각에 잠긴 모습은 사뭇 진지했다.

유담은 사무량의 입이 열리기만을 기다렸다. 그리고 얼마 후, 사무량은 혼자 중얼거리듯 작게 속삭였다.

"결국 소림의 뜻대로 되겠군."

“……..”

“이번 일이 끝나면 혈광검의 무공은 세상 어디에서도 찾아볼 수 없을 테니까.”

유담은 사무량의 말뜻을 이해할 수가 없었다.

“천하제일의 무공이 많은 사람들의 죽음에서 비롯된다면 당연히 사라져야겠지.”

유담은 사무량의 말속에서 피 냄새를 맡았다.

“너, 아니면 나. 어쩌면 우리 모두가 죽을지도 몰라. 하지만 최선을 다해 싸우자. 지켜주겠다는 말은 할 수가 없다.”

유담은 고개를 끄덕였다.

사무량은 커다란 짐을 안고 있다. 그 짐 안엔 자신의 몫도 분명 있을 것이다. 하나, 최선을 다하는 일만이 그에게 얹혀진 자신의 짐을 덜어주는 길이다.

‘이제 곧……..’

유담은 싸움이 이제 정말 얼마 남지 않았다는 걸 직감적으로 느꼈다.

第二章
마지막 확인

흑천의 움직임은 지극히 은밀했다.

그들은 주로 밤에 이동했고, 특히 사람들이 잘 다니지 않는 곳으로만 움직였다. 이유는 아직 소림의 신성을 건드릴 필요가 없기 때문이다.

도화신군을 제외한 나머지 신군들은 의문을 가졌다.

그들도 더 이상 혈광검의 무공을 익힐 수 없다는 걸 알았다. 그렇다면 이 의미없는 싸움은 도대체 무엇을 위한 것일까.

절강성에 들어선 지 닷새쯤 되었을 무렵, 도화신군을 제외한 네 신군들이 모임을 가졌다.

"이거, 어딘지 잘못된 느낌이 드는데?"

가장 먼저 말을 한 사람은 뇌성신군이었다.

싸움만 잘하고 무식하기로 유명하지만 그도 나름 꺼림칙함을 느낀 듯싶었다.

"낄낄! 천주가 알고 보니 소림의 명물이었단 말이지?"

"우리가 다시 중원에 나서려면 그 정도의 인물이 천주 자리를 맡는 게 옳지."

적서신군의 말에 노도신군이 대답했다.

"아니지. 틀렸어. 천주는 이미 소림에서 버려진 몸. 그런데도 아직까지 소림의 무공을 잃지 않았어. 무슨 뜻인지 알겠냐? 천주가 사무량을 적으로 돌렸지만 사실상 우리에게 가장 큰 난관은 소림이라는 소리다."

"소림은 아직 우리를 견제할 수 없다. 이유인즉 보명 대사, 아니, 천주가 소림 무공을 쓴다는 것. 우리가 사무량을 제거했을 때에서야 소림이 나서겠지."

"흐음, 그 말에도 일리가 있긴 하다만 문제는 그 후야. 사무량을 제거하면 소림은 물론 구파일방이 들고 나설 것 아니야?"

적서신군은 제법 날카롭게 언성을 높였다.

그는 천주라 하며 모습을 보인 보명 대사를 믿지 못했고, 그의 욕망에 자신들이 희생되는 게 아닐까 우려했다.

"사무량은 혈광검의, 즉 천하제일인의 아들. 그의 무공을 익히고 있다는 사무량을 없애는 것만 하더라도 흑천의 입지가 단단히 굳어진다는 것."

열심히 머리를 굴린 끝에 나온 뇌성신군의 대답이었다.

"꼴에 머리 좀 굴렸냐? 낄낄! 굼벵이도 꿈틀대는 재주가 있다더니."

"입 닥쳐라."

뇌성신군이 무서운 얼굴로 노려보았지만 적서신군은 웃는 걸 멈추지 않았다.

"뇌성신군의 말이 맞아. 아무래도 그걸 노린 것 같네."

여태까지 묵묵히 듣고 있던 초유신군이 대답했다.

그의 머릿속도 혼란스럽기는 마찬가지였다. 보명 대사가 흑천주인 걸 알고 가장 충격을 받은 사람이 그였으니까.

설마하니 예전 구파일방으로 하여금 멸문당한 자신들이 구파일방에 속해 있던 한 사람의 명령으로 움직이게 되었을 줄이야.

혈광검의 무공을 보통 사람이 익힐 수 없다는 말을 들은 오신군들은 낙담했다. 뇌성신군의 경우 분노로 인해 펄쩍펄쩍 뛰기까지 했다.

그러나 애초의 목적이 문파의 부활이라는 것을 상기시키고 혈광검의 무공에 대한 꿈은 접어야 했다. 보명 대사가 천주임을 받아들인 것도 다시 중원에 진출을 하기 위해선 그만한 고수가 필요했기 때문이다.

이제까지의 흑천은, 엄밀히 말하면 보명 대사와 흑천 다섯 문파의 관계는 서로의 이익을 위한 공생관계였다.

문제는 사무량을 공격하는 것인데…….

"그래, 이걸 빌미로 혈광검의 자식을 꺾었다고 중원에 알려지면 그보다 빨리 명성을 회복하는 건 없겠지. 하지만 엄청난 출혈도 예상해야 해. 보명 대사는 혼자지만 우리는 각자 문파를 가지고 있어."

적서신군이 눈을 좁히며 말했다.

"그 말뜻은, 천주를 천주로서 인정하지 않겠다는 말 같은데요?"

꾀꼬리처럼 영롱한 목소리가 그들의 뒤통수를 때렸다.

급조해 지은 천막의 입구를 걷히고 들어선 사람은 여전히 아름다운 자태를 뽐내고 있는 도화신군이었다.

그녀는 좌중에 모인 네 신군들을 천천히 훑어보고 작게 미소 지었다.

"분위기를 보아하니 회의 중이신 것 같은데, 이거 섭섭한 걸요? 절 빼고 네 분끼리 무슨 비밀 이야기라도 하시는 건가요?"

도화신군은 누가 권하지도 않았는데 남은 자리를 비집고 들어와 앉았다.

"네년이 들어서 되는 일이 있고, 되지 않는 일이 있지. 지금은 별로 환영받지 못하는 불청객이다."

"그럼 더더욱 들어야겠네요. 비밀 이야기로 하여금 집단의
불화가 생기는 건 막아야 하니까요."

적서신군이 눈치를 주었음에도 도화신군은 자리를 떠날
생각이 없는 듯했다. 그녀는 양손으로 턱을 괴며 네 신군들의
이야기를 기다리고 있었다.

네 신군들은 서로 눈빛을 교환했지만 그녀를 나가라고 나
무라지 않았다. 망설이는 신군들의 표정을 보며 도화신군은
작게 한숨을 내쉬었다.

"이렇게 비밀회의를 하실 게 아니라 궁금한 걸 저에게 물
어보세요. 성심 성의껏 대답해 드리죠."

"……."

"좋아요. 그동안 말씀드릴 기회가 없었네요. 우선 여러분
들이 아시다시피 혈광검의 무공은 이제 우리가 익힐 수 없는
걸로 판명났어요."

"알고 있다. 십 년이 넘는 세월 동안 무엇을 했는지 정말
모르겠고."

"처음 우리는 사무량으로부터 하여금 비급을 원했고, 이제
는 그의 목을 원해요. 이유는 아까 여러분들이 말씀하셨던 것
처럼 천하제일인의 후손을 죽임으로써 중원으로 새로이 도약
할 발판의 기회로 삼는 거죠."

"소림을 적으로 돌린다는 건 말이 되지 않아. 제아무리
강한 집단이라도 구파일방을 모두 상대한다면 남는 것은 괴

멸뿐."

"쉽게 말하면 중원의 공적이 되는 것이죠."

"제길!"

"하지만요, 지금은 시기가 좋아요. 사무량은 살인마의 아들로 알려져 있고, 현재는 그가 중원 공적이에요. 우리가 마땅히 죽여야 할 공적인 사무량을 제거한다면 이야기가 달라지죠."

"……."

"우리가 사무량을 죽였다는 소문만 퍼져 나가면 되는 거예요. 아무리 소림이라고 해도 민심은 어쩌지 못해요. 살인마의 아들을 죽인 흑천을 소림이 과연 공격해 올까요? 천만에요. 오히려 소림은 자신들이 보명 대사에게 임무를 맡겼다고 말할 거라고요. 보세요. 보명 대사, 우리 흑천주는 소림에서 파문당했지만 무공은 잃지 않았어요."

네 신군들의 눈이 반짝였다.

소림에서 보명 대사가 익힌 소림 무공을 거두지 않은 게 정말 그 때문이었나.

만약 도화신군의 말이 사실이라면 이보다 더 좋은 기회는 없다. 자칫 영웅으로 거듭날 수도 있는 일이다. 중원의 공적인 사무량을 제거하고, 자신들은 중원에 떳떳하게 나설 수 있는 것이다.

민심을 이용해서……. 소림은 이미 한 번 민심을 잃었기에 흑천을 공격하는 데도 쉽지는 않을 게다.

신군들이 의심을 거두고 저마다 고개를 끄덕이고 있을 때, 그렇지 않은 사람이 있었다.

'이 여자…….'

초유신군은 더 이상 도화신군의 말을 믿을 수 없었다.

여태껏 그녀가 하는 말은 타당하고, 반 이상이 맞아떨어지기도 했지만 확고한 믿음이 가지는 않았다.

천기자의 일만 해도 그렇다. 천기자가 누구 때문에 죽음을 당했는지 알고 있는 초유신군으로서는 더더욱 도화신군을 곱게 볼 수가 없었다.

도화신군은 만영문주인가, 아니면 보명 대사의 노리개인가.

가느다랗게 뜨고 있던 초유신군의 눈이 도화신군과 마주쳤다. 초유신군은 재빨리 시선을 거뒀지만 도화신군은 그의 얼굴을 뚫어지게 바라보며 입을 열었다.

"우리는 그 좋은 기회를 한 번 얻었지만 놓치고 말았었죠."

일부러 초유신군을 겨냥한 말이었다.

"쯧! 그렇게 생각이 없어서야."

뇌성신군이 혀를 차며 비소를 배어 물었다. 그는 아직도 초유신군을 미워했다.

"왜 그랬는지는 묻지 않았어요. 제 생각에는 아마 무인으로서의 자존심이라 생각하는데, 맞나요?"

초유신군은 대답하지 않았다. 어떠한 대답을 하던 이들에 겐 변명으로밖에 들리지 않을 것이다.

"꼭 초유 잘못이라고만도 할 수 없지. 갑자기 폭발을 하는 바람에 죽은 문도만 해도……. 쯧! 나도 하마터면 황천길 갈 뻔했다니까."

적서신군은 땅이 폭발했었던 당시의 일을 회상하며 치를 떨었다.

"좋아요. 천주께서도 한 번은 눈감아 드리기로 했으니까. 이번엔 실수가 없길 바라요. 그리고 다시 한 번 말하건대, 비밀회의는 적당히 하시죠."

도화신군은 두 손으로 탁자를 밀치며 일어섰다.

*　　　*　　　*

"왕가."

"……."

"왕가!"

"응? 나 불렀냐?"

왕가가 해타 쪽으로 고개를 돌렸다.

해타는 고개를 갸웃거렸다.

'들리지 않는 건가?'

낙뢰문과의 일전으로 한쪽 귀를 잃은 왕가는 요 며칠 사이에 부쩍 이상한 조짐을 보였다.

아주 자그마한 소리에도 민감하게 반응하던 왕가가 아주 큰 목소리로 불러야만 겨우 알아차렸다.

'이상하네.'

"왜? 불렀으면 말을 해야지!"

"응. 사무량이 모이래."

왕가의 눈이 반짝였다. 하지만 이내 곧 얼굴을 찌푸렸다.

"이놈이 보자보자 하니까, 지가 직접 와서 모셔가도 갈까 말까 한 판에 오라고 명령까지 해?"

"어제 적랑회에서 보고가 왔어."

'역시!'

왕가의 눈이 또 한 번 반짝였다.

"흥! 중요한 일인 것 같으니까 이 귀한 몸께서 한번 납시도록 하지."

왕가기 지리를 털며 일어섰다.

"그런데 왕가."

"……."

"왕가!"

"또 왜?"

"저, 혹시 내 말 안 들려?"

해타의 걱정스러운 얼굴을 보는 왕가의 입술이 부르르 떨렸다.

그는 해타가 자신을 몇 번씩이나 불렀다는 사실을 지금에서야 알았다.

자신의 몸은 자기가 가장 잘 안다고, 왕가는 남은 한쪽 귀의 청력이 점점 상실되어 가고 있다는 걸 깨달았다.

"안 들리긴 누가 안 들린다고 그래?"

"몇 번씩이나 불렀는데……."

"일일이 대답하기 귀찮으니까 못 들은 척한 거지!"

"정말이야?"

"정말이다!"

왕가는 해타의 입술에서 눈을 떼지 않았다. 자세히 귀를 기울이지 않으면 들리지 않으니 입술 모양이라도 보아야만 했다.

'제길, 하필이면 이럴 때에…….'

그는 자신의 청력에 대한 문제를 아무에게도 말하고 싶지 않았다. 다른 이들에게 오히려 짐이 될까 우려한 것도 있지만, 괜한 동정을 사고 싶은 마음이 없었기 때문이다.

"뭐야, 난 또 왕가 네가 귀먹은 줄 알았잖아."

딱!

왕가의 주먹이 해타의 머리에 작렬했다.

"재수없는 소리 그만 하고 어서 가자. 배고파 죽겠네. 모이라고 한 걸 보니 또 뭔가 진수성찬이라도 준비해 놨겠지."

왕가가 등을 돌려 걷기 시작했다.

“왕가.”

해타가 앞서가는 왕가를 다시 불렀지만 그는 돌아보지 않았다.

‘들리지 않고 있어.’

왕가를 바라보는 해타의 얼굴에 어두운 그늘이 드리워졌다.

사무량은 여전히 침착하고 담담했다.

“놈들이 중자산 부근까지 왔다.”

적랑회주는 적랑회도로부터 전해진 전서를 사무량의 앞에 던져 놓았다.

“전원이 움직였습니까?”

“그래, 놈들에겐 널 제거하는 일이 명분을 가지고 중원에 나설 수 있는 발판이 될 테니까. 낙뢰문, 고언문, 혈살문, 철궁방반 해도 모두 사백이십 명이다.”

“우리에겐 부담되는 숫자군요.”

“우리는 고작해야 이백. 한 사람당 두 명씩 맡아도 모자란다.”

“적랑회라면 어떻습니까?”

“흐음…….”

적랑회주의 얼굴에 깊은 골이 새겨졌다.

“수련은 오래했지만 그동안 실전 경험이 없으니 붙어봐야 알겠지."

적랑회주도 걱정이 이만저만이 아니었다.

막상 흑천이 중자산 부근까지 왔다는 소리를 듣고선 그동안 품고 있던 자신감이 불안감으로 바뀌었다. 흑천은 싸움에 닳고 닳아 이골이 난 자들. 적랑회로선 힘든 상대다.

"그렇죠. 우리도 실전 경험은 거의 전무한 상태죠."

사무량 역시 일행이 걱정되기는 마찬가지였다.

"일책은?"

"서쪽 초입입니다. 북쪽은 절벽이니 서쪽으로 올 것입니다."

사무량은 흑천의 움직임을 직접 눈으로 파악하는 듯 확신하며 말했다.

"기관은 물론 이상이 없겠지?"

적랑회주는 소신녀에게 눈길을 주었다.

"가서 직접 확인해 보시던가요, 어느 정도인지."

소신녀는 시큰둥하게 대답했다. 적랑회주의 고개가 다시 사무량에게 돌아왔다.

"첫 번째는 낙뢰문입니다. 철궁방의 화살은 초입에선 소용이 없고, 고언문 역시 땅속의 움직임에만 익숙한 자들이라 산을 급습하는 데 속도 면에서 떨어지죠. 만약 제가 도화신군이라면 낙뢰문을 먼저 들이겠습니다. 뇌성신군의 성급한 성격도 한몫할 테고요."

"혈살문이 있지 않느냐?"

"혈살문은 흑천의 정예입니다. 귀곡자의 후손이 이곳에 있는 것을 아는 저들이 혈살문을 일차로 보낼 리 만무합니다."

적랑회주의 입가에 작은 호선이 그어졌다. 어느덧 그의 머릿속엔 사무량이 하는 말이 하나씩 그려지고 있었다.

"낙뢰문의 몰살이 눈에 선하군. 어차피 중자산은 기관만으로도 요새가 되었어. 기관이 초입에서 제 몫을 해준다면, 어쩌면 우리에게도 승산은 있겠군."

"승산이 없을 거라 생각하셨는지요?"

"솔직히 말하자면 승산은 이 할로 잡고 있었다. 수적으로도 부족한 데다가 실력에서도 뒤져. 믿고 있는 것은 저 아이의 기관. 귀곡자의 작품이니 어련하겠냐."

"후후! 거짓말을 하셨습니다. 절 믿는다면서요."

"험험! 너도 내 나이 되어봐라. 좀 더 확실한 것에 기대고 싶어지니까."

사무량은 적랑회주를 보며 웃었다.

지금 사무량을 무시하는 것 같지만 사실 그는 언제나 사무량의 의견을 중시하고 따라주었다. 수많은 적랑회도들을 중자산으로 이끌고 들어온 것 역시 사무량과 함께 싸우기 위함이니.

"그럼 저들이 기관을 파괴하지 않는 이상, 우리의 승산은 얼마로 보십니까?"

"글쎄다. 삼 할 정도?"

사무량의 얼굴에 의문이 피어올랐다.

"보명 대사를 잊지 마라. 소림에서 가장 강한 자였다."

"보명 대사뿐만은 아닐 겁니다."

적량회주의 말을 바로 이은 사람은 바위 위에 앉아 있던 유담이었다.

"절 부재도에 가두었던 녹색복면인들. 그들 역시 잊어서는 안 되겠지요."

유담의 눈빛이 뜨겁게 타올랐다. 접선을 말아 쥔 그의 손에는 힘이 잔뜩 들어가 있었다.

"이곳에서 보명을 상대할 수 있는 자가 누구일 것 같으냐?"

모두 서로의 눈치만 보았다.

과거 중원을 한 번씩 떠들썩하게 만들었던 위인들이지만 보명 대사 같은 거인을 상대해 본 적은 없었다. 자신감보다 냉정하게 실력만 놓고 본다 하더라도 상대가 되지 않는다.

"우리에겐 사무량이 있잖아요."

소신녀가 정적을 깨며 말했다.

그녀의 철부지 같은 말에 적량회주는 피식 실소를 터뜨렸다. 물론 이 중에서 누가 가장 낫다고 말할 수는 없었다. 사무량이 혈광검의 무공을 익혔지만 아직 검증할 기회가 없었으니 말이다.

무공은 하루가 다르게 진일보하는 것. 요 근래 몸으로 직접 부딪친 적이 없는 이들이니 사무량의 무공 실력 또한 가늠할 수 없는 건 당연지사.

'다들 불안해하는군.'

사무량 또한 그런 일행의 마음을 모르지 않았다. 일행들은 자신이 전 천하제일인의 아들이라는 사실만으로 여태껏 따라 와 준 사람들이었다.

이들에게 필요한 건 무엇보다 자신을 확실히 믿게 만들어 줄 계기.

"지금 생각이 난 건데……."

사무량의 고개가 적랑회주에게 향했다.

"제가 지고는 못 사는 성미라서… 오래전의 은원을 갚아야 할 것 같습니다."

"음?"

적랑회주의 눈썹이 찡긋 올라갔다.

"양소는 어디에 있습니까?"

2

자신의 키만 한 대도를 거머쥐고 있는 양소는 역발산 장사 처럼 거대했다. 사무량도 키가 큰 편이었지만 양소 앞에선 어 린아이처럼 작게 느껴졌다.

“딱 일 년 만인 것 같군요.”

사무량은 포권을 취해 보이고 검을 오른쪽으로 축 늘어뜨렸다. 양소는 고개를 까닥이는 걸로 예를 갖췄다.

공터에 모인 사람은 일행들과 적랑회의 각산까지 포함해 모두 열 명. 그들은 양소의 실력보다도 사무량이 곧 무위를 펼칠 거라는 사실에 내심 기대하고 있었다.

“허허허! 일 년 사이에 변해도 아주 많이 변했구나.”

각산을 제외한 다른 사람들은 적랑회주의 말을 이해하지 못했다.

“일 년 전에도 제법 무인 태는 나지 않았었습니까?”

사무량이 농담처럼 적랑회주의 말을 받았다.

“하하! 그때는 손에 검 하나 달랑 쥐고선 꽤나 건들거렸지.”

“파락호 같아 보였다는 말씀 같습니다만.”

“지금도 파락호로 보이긴 매한가지구나.”

“회주께서도 일 년 사이에 부쩍 늙으셨군요. 제가 어딜 봐서 파락호 같아 보입니까?”

“뭐야? 변했다는 말은 취소다. 이제 보니 성격은 그때와 하나도 다를 게 없어.”

사무량은 적랑회주를 보며 씽긋 웃었다.

“긴말은 필요없을 듯하구나. 직접 눈으로 봐야 변했는지 변하지 않았는지를 알 수 있지.”

적랑회주가 지팡이로 바닥을 툭툭 건드렸다.

사무량은 다시 양소에게로 시선을 돌렸다. 양소는 사무량과의 대면 이후 죽 그의 얼굴만 바라보고 있었다.

사무량은 깊게 숨을 들이마시곤 천천히 내뱉었다.

"한 수 배우겠습니다."

양소는 그의 입 모양을 본 직후 대도를 사선으로 들어 올렸다.

"그럼."

타앗!

먼저 몸을 띄운 사람은 사무량이었다.

전광석화와 같은 움직임으로 양소를 향해 몸을 쏘아낸 사무량은 곧장 그의 안면에 검을 찔러 들어갔다.

양소는 대도를 추켜세움으로써 간단하게 사무량의 공격을 막았다.

따당!

단 한 번의 부딪침으로 장내는 일순 고요해졌다. 묘한 긴장감으로 얼룩진 일행은 두 사내의 일거수일투족을 하나라도 놓치지 않겠다는 듯 숨을 죽였다.

스스스!

이번에는 양소가 움직였다.

일 년 동안 사무량도 변했지만 양소도 그에 못지않게 무공에 성취를 거두었다.

양소의 움직임은 한결 부드러워졌고, 도를 사용하는 무인들답게 무게마저 실려 있었다. 도를 잡은 솥뚜껑만 한 손등은 그가 거력의 소유자임을 증명하듯 울퉁불퉁 힘줄이 돋아나 있었다.

사무량을 중심으로 가볍게 원을 그리며 도는 양소의 움직임은 극히 조심스러웠다. 일 년 전과는 달리 사무량을 바라보는 눈빛엔 경계의 빛이 역력했다.

"거, 눈치 보지 말고 해봐. 너답지 않게 왜 그래?"

양소에겐 들릴 리가 없겠지만 그의 모습에 조급 답답해하던 적랑회주가 지팡이를 휙휙 저으며 외쳤다.

양소가 천천히 이동할 때까지 사무량은 제자리에서 꼼짝도 하지 않았다. 그는 자신을 탐색하며 다가오고 있는 양소를 무심한 눈으로 바라보며 전신의 기운을 끌어올렸다.

양소의 발걸음 소리, 지축의 울림, 공기의 저항.

사무량은 그저 가만히 서 있었지만 양소는 물론 주변의 모든 것을 눈으로 가늠하고 피부로 느끼고 있었다.

탓!

양소가 땅을 박찼다.

쿵! 하며 땅이 울리는 듯했는데 어느새 양소의 몸은 공중에 높게 떠 있었다. 도저히 그만한 체구에서 나왔다고 할 수 없는 빠른 움직임이었다.

오른손으로 대도를 거머쥔 양소의 팔이 좌우의 기운을 받는 듯 양옆으로 휘둘러지더니 허공으로 우뚝 솟아올랐다.

바위를 쪼갤 듯 위에서 아래로 내리긋는 태산압정(泰山壓頂)이었다. 검으로는 삼류무인이라도 가볍게 펼칠 수 있는 초식이지만 양소의 도는 그 위력부터가 달랐다.

슈아악!

무시무시한 도기(刀氣)가 주위까지 전해졌다.

금방이라도 사무량의 몸을 이등분시킬 것처럼 내리꽂히는 양소의 도를 보며 은소부와 소신녀는 고개를 돌렸다.

'벙어리 친구가 제법이군. 단순한 초식이지만 상대를 꼼짝 못하게 압도시켜. 저 상태라면 도저히 피할 수가 없겠는데.'

두 사람을 지켜보는 유담의 손바닥엔 어느새 땀이 흥건이 배어 있었다. 유담은 평소 과묵하고 자기 일만 열심히 하던 양소의 숨겨져 있던 기세에 혀를 내둘렀다.

'사무량, 넌 도대체 어떻게 할 것이냐?

비무인데도 불구하고 양소는 사무량과의 싸움에 진지하게 임하겠다는 자세로 인정사정없이 도를 내려쳤다.

파악!

사무량의 몸은 일행들이 지켜보는 가운데 수직으로 이등분되었다.

"꺄악!"

순간 은소부가 비명을 토해냈다.

사무량을 베어난 도가 바닥에 닿자 양소의 얼굴이 와락 구겨졌다.

그는 사무량을 베려는 마음도 없었지만 비무에 최선을 다한 것은 사실이다. 그는 사무량을 베지 않았다. 도를 통해 손끝에서 전해지는 느낌이 그렇게 말해주었다.

양소가 벤 것은 사무량이 아니라 그의 잔영이었던 것이다.

곧바로 도를 회수한 양소가 몸을 돌리자 예상한 것처럼 사무량이 차분한 눈으로 자신을 바라보고 있었다.

양소는 조금 충격을 받았다. 그는 사무량이 움직이는 모습을 육안으로 잡아내지 못했다. 그리고 다른 사람들 역시 양소와 다를 바가 없었다.

"대단한…… 신법!"

신음 섞인 우서문의 탄성.

"설마 혈광검의 무공이 신법뿐인 건 아니겠지?"

입가에 호선이 그려진 유담.

"낄낄! 저 정도면 나도 할 수 있겠는데?"

오히려 눈을 빛내며 흥미로워하는 왕가.

"솔직히 나도 제대로는 보지 못했는데… 어떠냐, 가야. 넌 보았지?"

가야는 어깨를 으쓱거렸다.

일행이 떠드는 사이 두 사람은 계속해서 싸움을 이어나갔다.

슈아악!

양소가 섬뜩한 도기가 사무량의 몸을 옭아맸다. 양소는 사무량의 옆구리를 향해 도를 비스듬히 쓸어갔고, 사무량은 예상했다는 듯 뒤로 한 발 물러섰다.

또다시 사무량의 잔영을 베려는 순간, 양소가 도를 거두었다. 휘둘러지던 도를 순식간에 회수하여 허리와 팔 사이에 끼워 넣은 양소는 그대로 사무량에게 달려들었다.

퍽!

무언가 둔탁하게 부딪치는 소리가 울렸다.

"이번엔 사무량 녀석이 한 방 맞았군."

누군가 말했다. 하지만 양소는 자신의 도병이 사무량의 검병만 건드렸다는 사실을 알고 있었다.

미리 피할 것을 알기에 도신을 돌려 도병으로 공격했건만 사무량은 그 공격마저도 사전에 읽은 듯 여유롭게 피했다.

지루한 싸움은 일각여 동안이나 계속되었다. 모두 양소의 공격이었고, 사무량은 그저 피하기만 했디.

"사무량 저 녀석, 나중에 보명 대사와의 싸움에서도 지금처럼 하는 건 아니겠지?"

이건 비무가 아니었다.

남들이 볼 땐 사무량이 이번 비무를 통해 혼자 수련을 하고 있는 것 같았다.

양소의 지친 모습이 확연히 눈에 들어올 즈음, 왕가가 적량 회주의 곁으로 다가갔다.

"노인장, 저 벙어리 친구 들여보내고 날 내보내 주쇼."

딱!

지팡이가 왕가의 머리에 작렬했다.

"안 돼."

"안 되긴 뭐가 안 돼? 그리고 왜 자꾸 머리만 골라가며 때리는 거요!"

척!

적랑회주의 지팡이 끝이 사무량에게로 향했다.

"잘 봐라, 이 무식한 놈아. 저놈은 지금 양소의 움직임을 철저히 계산하고 파악하는 중이다. 그간의 깨달음이 있으니 지금 시험하는 것이지. 보명 대사 앞에서 시험하랴? 이럴 땐 그냥 내버려 두는 게 옳아."

"흥! 이건 비무지, 수련이 아니잖소!"

"……."

"에잇, 몰라! 도저히 지루해서 못 봐주겠어. 사무량 저 녀석의 실력을 내 눈으로 직접 확인해 볼게요!"

"어엇! 저, 저!"

왕가는 적랑회주가 말리기도 전에 두 사람에게로 몸을 날렸다.

지쳐 있는 양소를 옆으로 밀어낸 왕가가 옆구리에서 유성추를 꺼내 들었다.

상대가 양소에서 왕가로 바뀜을 안 사무량의 몽롱했던 눈빛이 순간 차갑게 변했다.

"네 실력을 보이란 말이닷!"

휘리릭!

왕가는 다짜고짜 유성추를 휘둘렀다.

그가 볼 땐 양소의 움직임이 너무도 답답했다. 사무량이 귀신같은 신법으로 피하고 있는데도 양소는 굼벵이처럼 느려 터졌다. 이는 물론 왕가의 눈으로 보았을 때의 생각이었다.

슈아악!

허공에서 가속을 붙인 유성추가 사무량을 향해 날아가자 마자 왕가가 땅을 박찼다.

이번엔 사무량도 가만히 있지 않았다.

쉬익! 쉬익!

귀신같이 표홀한 두 사람의 움직임에 일행은 눈도 깜박이지 못했다.

땅바닥을 향해 있던 사무량의 검이 어느새 왕가의 가슴을 향해 쇄도했다.

쉬익!

'저건!'

사무량의 움직임을 지켜보던 우서문의 눈에 이채가 떠올랐다. 낙뢰문에 뒤지지 않는 쾌검. 철궁방의 화살 세례에 버금가는 위압감. 혈살문처럼 은밀하면서도 날렵한 신법. 고언문의 공격과 맞먹는 강맹함.

“헉!”

왕가는 짤막한 비명을 지르며 등을 구부려 사무량의 검을 살짝 피했다. 하지만 다시 거두어지리라 기대했던 검은 마치 눈이 달린 듯 왕가의 얼굴을 쫓아갔다.

팟— 쉬이익!

위협적으로 왕가의 눈앞까지 다가온 검은 종이 한 장 두께의 차이를 남기고 우뚝 멈췄다. 그러더니 갑자기 빠른 속도로 회전하기 시작했다.

왕가의 시선이 사무량의 손목 쪽으로 이동했을 때, 그의 눈은 더는 커질 수 없을 정도로 부릅뜨였다.

“이기어검(以氣馭劍)!”

적랑회주가 놀라 벌떡 일어섰다. 더 이상 자리에 앉아 있는 이가 없었다.

혈광검은 사무량의 손아귀 안에서 멈출 줄 모르고 회전했다. 정확히 손바닥에 붙지 않은 채.

“저 정도였나……!”

적랑회주는 자신도 모르게 중얼거렸다.

‘과연 혈광검의 아들!’

그는 이 중에서 혈광검의 무공을 견식한 유일한 사람이었다. 그런 그에게 있어 사무량이 방금 펼친 이기어검은 혈광검의 수준을 훨씬 뛰어넘는 것이었다.

‘어쩌면… 어쩌면 이번 싸움엔 승산이 있을지도. 사 할, 아

니, 오 할은 주어야지.'

적랑회주의 눈에 기광이 번쩍였다.

투둑!

왕가의 손에서 벗어난 유성추가 바닥에 힘없이 떨어졌다.

"져, 졌다."

왕가의 허망한 목소리가 모두의 정신을 다시 깨워주었다.

"마지막으로 점검하지. 소신녀, 기관 작동은?"

"아무 이상 없어."

사무량은 지도에 표시된 중자산 곳곳을 하나하나 손가락으로 짚어갔다.

"각자의 위치에 대해 정확히 알고 있으리라 믿고. 회주님, 적랑회도들은 준비가 되었는지요?"

적랑회주는 입술을 꾹 다문 채 고개를 끄덕였다.

"비복 상대의 수가 많지만 기본직으로 중자산엔 기관이 설치되어 있으니까 수적인 면에서 불리함은 없을 거야."

사무량은 일행들이 싸움을 벌여야 할 곳을 체계적으로 설명해 주었다. 기관이 설치된 장소와 퇴로까지 꼼꼼히 손으로 가르친 그의 얼굴은 조금 전 싸움을 했던 사람이라고는 믿을 수 없을 정도로 무덤덤했다.

일행들이 사무량을 대하는 태도도 달라졌다.

그의 무위가 입증되는 순간, 일행들이 가지고 있던 불안함은 썰물처럼 빠져나갔다.

　말로만 듣던 이기어검의 실체를 눈으로 직접 보게 되었으니 더 말해 무엇하랴. 하지만 아직도 그들에게는 보명 대사라는 이름이 가져다주는 공포가 조금은 남아 있었다.

　사무량은 지도를 한쪽으로 밀어두었다.

　환한 모닥불 앞에 모인 마지막 시간. 내일이면 누가 살아 있을지, 누가 죽게 될지 아무도 모른다.

　하늘 위에 초롱초롱 떠 있는 별이 오늘따라 유난히 밝았다.

　"부재도는 이맘때쯤 비가 많이 왔었는데……."

　"더불어 유배된 사람들도 많이 왔었지. 계절이 바뀌는 때이니까. 모두 왕가 네놈의 입으로 들어가서 탈이지만."

　"크크! 뭐, 하나같이 별맛없는 놈들이었지. 내가 눈독들인 놈이 하나 있었는데 그때 그냥 잡아먹을 걸 그랬어. 그럼 지금처럼 이런 고생 안 해도 되잖아."

　"그놈이면 내 이야기를 하는 건가?"

　사무량이 왕가와 소신녀의 대화에 끼어들었다.

　"하여간, 이놈이나 저놈이나 눈치 하나는 기똥차게 빨라요."

　"그런데 왕가, 너 정말 인육을 먹긴 먹었나?"

　"당연하지. 인육이 얼마나 야들야들하고 맛있는데."

　딱!

　적랑회주의 지팡이가 다시금 왕가의 머리에 떨어졌다.

"인의를 상실한 놈 같으니라고. 그게 뭐 자랑이라고 어디서 나불거려?"

"늙은이, 정말 못 참는다!"

"허! 이놈 봐라. 네놈이 못 참으면 어쩔 거야?"

딱! 딱!

적랑회주의 지팡이는 용서를 몰랐고, 회주에게 덤비려는 왕가를 해타가 말렸다. 그들의 모습을 보는 일행들은 오랜만에 마음 놓고 웃었다.

"오늘처럼 부재도가 그리운 건 처음이군."

편안한 분위기 속에서 유담이 중얼거렸다.

"농담하나? 그곳에서 썩을 바에야 죽더라도 이곳이 훨씬 낫지."

"말이 그렇다는 거지. 다시 가고 싶은 건 아니라고."

"그나저나 마희는 잘 있을까?"

잠시나마 부재도의 추억 아닌 추억을 떠올리고 있던 중, 소신녀의 입에서 나온 말은 일순 무거운 분위기를 몰고 왔다.

사무량의 얼굴이 갑자기 어두워졌다. 그의 모습을 보는 유담의 마음도 심란했다.

그날 새벽, 중자산에 어두운 그림자가 스며들고 있었다.

第三章
선천팔괘

쉭! 쉬이익—!

낙뢰문도들은 거침없이 몸을 날렸다.

숭자산 서쪽 초입의 기습은 어스름히 대양이 모습을 드러낼 때부터 시작되었다.

"일대, 이대 수색에 들어갔습니다."

말하는 낙뢰문도의 음성은 지극히 건조했다.

"기관이 설치되어 있다고 하니 각별히 조심하라 일러라."

"알겠습니다."

뇌성신군의 명을 받은 낙뢰문도는 어둠 속으로 사라져 갔다.

‘이상하군.’

뇌성신군은 초입을 보며 고개를 갸웃거렸다.

중자산은 개미새끼 한 마리 없는 듯 조용했다. 이백 명이나 되는 사람들이 있다는 말을 들었지만 그 어디에서도 사람의 흔적은 찾을 수가 없었다.

흑천이 와 있다는 소식을 들었는데도 태평히 잠을 청하고 있을 리는 없다.

‘역시 함정이야. 곧 소식이 전해지겠지.’

뇌성신군은 수색에 들어간 낙뢰문 일, 이대가 나오기만을 기다렸다.

수하가 다시 뇌성신군의 앞에 모습을 드러낸 건 그로부터 두 시진이 지났을 무렵이었다.

“일대, 이대 아무런 연락이 없습니다.”

“뭐?”

뇌성신군은 자리에서 벌떡 일어섰다.

“삼대까지 들여보냈지만 여전히 소식이 없습니다.”

“으음!”

일대, 이대 스무 명, 삼대까지 합치면 모두 서른 명.

그들 모두 만약의 사태에 대비해 신호탄을 소지하고 있었다. 그러나 두 시진이 지나도록 신호탄은 단 한 번도 하늘로 쏘아지지 않았다.

'신호탄을 쏘아낼 찰나간의 시간도 없었다는 말인가?

뇌성신군은 눈살을 좁혔다.

흑천의 기습에 수색을 맡은 사람들은 낙뢰문이다. 이는 낙
뢰문이 추적과 기습에 용의주도한 면을 가졌기도 하지만 뇌
성신군의 뜻이기도 했다. 싸움의 총책임을 맡고 있는 도화신
군 역시 그의 의견을 수락했다.

그녀가 쉽게 승낙한 것은 이미 그렇게 계획이 짜여 있다는
소리다.

'낙뢰문은 항상 화살받이 역할을 맡았다. 언제나 최종적인
몫은 혈살문에게 돌아갔지. 두고 보자. 이번엔 그 혈살문에
대한 기대를 없애주도록 하지. 후후!'

이번 수색은 뇌성신군에게 있어 중요한 기회이기도 했다.

혈살문에 대한 그의 열등감은 여전히 남아 있어 가끔씩 같
은 흑천의 일원이라는 걸 깜박할 정도로 초유신군을 증오했
다.

사실 흑천으로 히여금 다시 세를 구축하기 이전에 낙뢰문
과 혈살문은 원수지간이었다. 정확히 말하면 혈살문은 뇌성
신군에게 죽어서도 잊지 못하는 철전지 원수나 다름없었다.

어릴 적 뇌성신군이 연모하던 여인의 가문을 몰살시킨 것
이 혈살문이니까. 그것은 전 혈살문주였던 초유신군의 부친
이 한 짓이었고, 당시에 젊었던 초유신군 역시 그 일을 까맣
게 모르고 있었다.

그 사실을 알면서도 가슴속에 묻어두고 있었던 이유는 중원으로의 새로운 도약을 위해서였다. 떳떳하게 중원에 나간 이후엔 혈살문을 적으로 몰아붙일 생각이다. 그것이 뇌성신군의 또 다른 계획이었다.

'낙뢰문이 더 강하다는 사실을 일깨워 줘야 해.'

뇌성신군은 고개를 끄덕이며 수하에게 말했다.

"수령단 칠대를 보내라. 확실하게 처리하지 못할 시엔 죽음으로 죗값을 묻겠다."

뇌성신군의 명령은 단호했다.

흑천으로 통합되며 인룡대라는 이름으로 거듭난 수령단 칠대는 낙뢰문에서도 정예들로만 구성되어 있다.

이들은 하나같이 뇌성무류검법의 고수들이며 상황 판단이 빠르고, 어떠한 공격에서도 대처법을 정확히 알고 있는 무인들이다.

수령단 칠대장 강균은 수령단 이십여 명을 이끌고 초입으로 들어섰다.

먼저 들어간 수색대가 순식간에 증발해 버린 이후로 수령단 칠대의 움직임은 지극히 조심스러웠다.

중자산의 조용한 아침은 다른 산들과 마찬가지로 별다른 점이 없었다.

그 어디에도 기관이 장치되어 있다고는 생각할 수 없을 정도로 모든 것이 자연스러웠다.

다섯 명이 한 조를 이루어 움직이던 수령단은 맨 앞으로 나아가던 강균의 손짓에 의해 움직임을 멈췄다.

강균은 가만히 서서 자신의 발밑에 떨어져 있는 핏물을 내려다보았다.

"단주님!"

무인 하나가 다급한 목소리로 강균을 불렀다.

비단 핏물은 강균이 밟고 있는 자리에만 있는 것이 아니었다. 주위를 둘러보던 강균은 사방 곳곳에 핏자국이 새겨져 있는 모습을 똑똑히 보았다.

"낮춰!"

무인들은 즉각 몸을 낮췄다.

누구의 핏물인지는 궁금해하지 않아도 알 수 있었다. 수색대 삼십여 명이 흘린 피라는 건 근처에 떨어진 뇌성검이 증명해 주고 있었다.

'싸움은 이곳에서 일어났다. 하지만 시신들은……?'

현 상황을 직시하고 나서야 서서히 피 냄새가 후각을 자극했다.

시신은 그 어디에도 없었다. 그렇다는 말은 누군가가 시신을 옮겼다는 말이다.

"단주님, 핏자국이 이 길로 나 있습니다."

고개를 돌린 강균의 눈에 보인 것은 바위로 우거진 소로였

다. 시신을 질질 끌고 간 듯 선명한 핏자국이 길게 새겨진 소
로의 끝은 울창한 나무와 양옆의 바위로 이루어져 있었다.

아름다운 절경. 하지만 그 안의 어둠이 깊은 아가리를 벌리
는 듯했다. 그때 수하 하나가 강균의 곁으로 다가왔다.

"나무에 이것이."

수하는 강균 앞에 손바닥을 내밀었다.

그의 손바닥 위에는 보통 바늘보다 얇은 세침 몇 개가 올려
져 있었다.

"첫 번째 기관은 이곳에서 나왔군."

강균의 머릿속엔 낙뢰문도들이 이 작은 세침을 맞고 족족
쓰러지는 모습이 그려졌다.

그는 즉시 품 안에서 신호탄을 꺼내 하늘로 쏘아 올렸다.

피유웅— 펑!

요란한 소리를 내며 쏘아진 신호탄은 푸른 하늘을 더욱 파
랗게 물들였다.

파란 신호탄이 가져다주는 의미는 두 가지였다. 하나는 싸
움이 일어났던 장소를 알림이고, 다른 하나는 즉시 이동을 하
겠다는 의미다.

하늘을 파랗게 수놓던 빛이 사그라질 때까지 강균은 제자
리에서 움직이지 않고 소로를 주시했다.

'기관은 저곳에.'

무인으로서의 직감이 꿈틀거렸다. 동시에 강균은 이들 중

누구를 희생자로 내몰아야 하는가란 문제에 휩싸였다. 하나같이 유능한 자들이지만 귀곡자의 후인이 만든 기관에 대해 명확히 알지 못하기에 몹시 불안했다.

"저희가 가겠습니다."

그의 심정을 읽은 다섯 명의 수령단 무인이 앞으로 나섰다.

"무운을."

강균은 짤막하게 말한 뒤, 손을 들었다. 이십 명의 수령단이 움직였고, 선두에는 방금 자처한 다섯 명의 무인들이 섰다.

소로는 장정 세 명이 어깨를 움츠리고 지나가기에도 힘들 정도로 좁았다. 나무야 베어버리면 그만이지만 소로 양옆에 막혀 있는 바위는 공력으로도 부술 수 없을 만큼 크고 단단했다.

다른 길로 돌아갈까 생각해 보았지만, 그럴 경우 먼저 죽은 삼십 명처럼 일차 기관에 말려 죽을 가능성이 높았다.

쉬!

다섯 명은 마치 입이라도 맞춘 듯 동시에 움직였다.

맨 앞에 두 명이, 뒤에 한 명, 그리고 마지막엔 다시 두 명이 동시에 소로 안으로 들어갔다.

바위의 작은 틈새라도 놓치지 않기 위해 안력을 높이며 조심스럽게 소로로 진입하는 순간,

쒜에엑― 철컹!

멀쩡하던 땅이 갑자기 움푹 꺼지면서 검은 아가리를 드러냈다. 푹 꺼진 검은 공간에서 허리 높이까지 되는 날카로운 창살들이 솟구쳐 올라왔다. 검은 공간의 길이만 해도 최소 이 장.

"헛!"

타닥!

뒤따라가던 무인 세 명이 급히 바위를 박차고 몸을 회전시켜 되돌아왔다.

하지만 미처 피할 수 없었던 두 사람은 꼬치 꿰듯 창살에 몸통이 뚫렸다.

상황은 그것으로 끝이 아니었다.

우르릉 소리와 함께 바위가 움직였다. 정확히 머리 윗부분 즈음에서 솟아난 바위는 서로 맞물리며 검은 아가리의 천장이 되었다.

절대 인위적으로 보이지 않았던 작은 소로가 바위로 하여금 좁은 통로가 되어버렸다. 이래서는 바위를 박차고 앞으로 나아가지도 못할 노릇.

"그만."

강균은 앞서 죽은 두 무인을 보며 인상을 찡그렸다.

그는 고개를 들어 다른 길을 탐색했다. 바위가 하늘을 가로막고 있어 뛸 수도 없는 상황이었다. 순식간에 사람 두 명을 죽인 기관은 다시 검은 구멍으로 들어가지 않았다.

열여덟 명이 되어버린 수령단은 소로에서 뒤로 물러섰다.

그들은 기관의 멈춤 장치를 찾기 위해 사방을 뒤졌지만 결국 장치를 찾지는 못했다. 그들은 더 이상 앞으로 나아갈 수가 없었다.

강균은 다시 품 안에서 신호탄을 꺼냈다.

삐이이이…… 펑!

조금 전까지만 해도 파란빛으로 물들던 하늘이 이번에는 보라색으로 물들었다.

뇌성신군은 자리에서 일어섰다.

'보라색 신호, 도움 요청이라?'

신호탄은 세 가지가 있었다. 좀 전의 푸른색, 지금의 보라색, 그리고 실패했음을 알리는 붉은색.

뇌성신군은 개인적으로 보라색 신호탄만은 원하지 않았다. 붉은색 신호탄이라면 자신이 직접 들어갈 수 있는 일이지만 보라색은 달랐다.

도움 요청이라면 기관 장치를 풀기 위함이 분명할 터.

기관에 대해 기본적인 지식밖에 없는 뇌성신군이 추적의 달인들인 수령단을 도울 수는 없는 노릇이었다.

'제길! 결국엔 이렇게.'

뇌성신군은 주먹을 쥐고 임시로 지어놓은 막사 쪽으로 발길을 돌렸다. 그의 발걸음은 천 근 무게의 쇳덩이를 달아놓은 듯 무겁기만 했다.

화살, 그리고 창.

엽사들에게 있어서 빠질 수 없는 무기.

적랑회도 다섯 명은 시괄에 화살을 메웠다. 팽팽하게 잡아당긴 궁현은 손가락을 조금만 움직여도 무시무시한 속력의 화살을 쏘아낼 것 같았다.

나머지 열 명은 창대를 고쳐 잡았다. 수북하게 쌓여 있는 여분의 창만 해도 백 개가 넘는다.

"점검들 했으면 어서 가요."

적랑회도 열다섯 명을 인솔하는 건 소신녀의 몫이었다. 아니, 소신녀는 그저 바위 앞에서 그들이 가야 할 길을 만들어주었다.

그녀가 뾰족 나온 돌멩이 하나를 손으로 돌리자 놀랍게도 어른 몸집보다 큰 바위가 옆으로 스르르 밀려났다. 그것이 밀려난 자리엔 땅속으로 통하는 계단이 있었다.

"곧장 계단을 따라가기만 하면 돼요. 빨리 가지 않으면 사람들이 더 몰려올 거예요, 어서!"

열다섯 명의 적랑회도는 하나둘 통로로 몸을 디밀었다.

마지막 사람이 들어갔을 때 소신녀가 다시 돌멩이를 움직였고, 바위는 통로를 막으며 제자리를 찾아갔다.

소신녀가 만든 통로는 구불구불한 미로로 되어 있었다. 아래로 가는 계단이 있는가 하면 위로 향하는 계단도 구비되었다. 이 모든 것을 소신녀의 지휘 아래 적랑회도들이 만들었지만, 그들이 감탄하는 이유는 천형적인 땅과 바위를 이용했다는 점이었다.

적랑회도들은 곧장 위로 향하는 계단으로 올라섰다.

길이를 측정할 수 없을 것만 같던 계단이 드디어 끝을 보이자 맨 앞에 있던 적랑회도가 계단 아래에 있는 작은 돌멩이를 돌렸다.

우르르!

또다시 바위가 갈라지며 청명한 하늘이 보였다.

"……!"

신호탄을 쏘아 올려 도움을 요청한 강균은 갑자기 느껴지는 기운들에 의해 하늘을 올려다보았다.

그들이 자리한 곳의 절벽은 어림잡아 삼 장 정도의 높이였다.

위에서 기습을 하기엔 그야말로 적절한 장소.

절벽 위를 바라보던 강균은 불현듯 머리를 스쳐 지나가는 생각에 재빨리 주위를 보며 소리쳤다.

"모두 피해!"

그 말이 신호였을까.

피잉─!

구름 한 점 없던 하늘에 난데없이 소나기가 내렸다. 너무 빨라 소나기처럼 보이는 화살 세례는 방심하고 있던 수령단 한 명의 머리를 정통으로 꿰뚫었다.

"커헉!"

얼굴 한가운데 화살이 박힌 무인은 자신의 몸이 어떻게 된 지도 인지하지 못한 채 두 팔로 허공을 허우적거리다 속절없이 무너졌다.

그 모습에 경악하던 다른 무인들이 급히 정신을 수습하고 처음 왔던 곳을 향해 몸을 돌렸다.

"움직이지 마!"

강균의 다급한 외침은 조금 늦었다.

쉬익…… 파악!

소로를 향해 올라온 곳에서도 소나기가 내렸다. 그것은 화살보다 두꺼운 소나기였다.

적랑회도들이 쏘아낸 창은 순식간에 수령대가 지나갈 퇴로를 막아버렸다.

강균의 외침을 듣지 못하고 제일 앞서 나갔던 무인은 허벅지에 창을 맞고 그대로 그것과 함께 땅바닥에 꽂혀 버렸다.

고통에 신음하며 괴로워하는 그 무인을 도와줄 수 있는 이는 아무도 없었다. 위험을 무릅쓰기엔 적랑회도가 쏘아내는 창과 화살에 목숨이 왔다 갔다 할 지경이었다.

따당, 땅땅!

강균은 빛보다 빠르다는 뇌성무류검법을 펼치며 머리 위로 떨어지는 화살을 막았다. 수령단 무인들 역시 화살과 창을 막기 위해 급급했다.

'이건 단순히 화살을 쏘아내는 것이 아니다. 도대체 이자들은……!'

강균의 생각처럼 적랑회도가 쏘아내는 화살은 일반 무인들이 쏘아내는 것과는 위력부터가 달랐다. 이는 마치 오래도록 궁술에만 연구한 철궁방의 수준과도 맞먹는 위력이었다.

'엽사, 엽사들인가!'

화살의 위력만큼이나 정확성에서도 놀라움을 보이고 있는 자들은 분명 엽사들밖에 없었다.

강균은 머릿속이 복잡했다. 고작 엽사들의 공격을 받기 위해 낙뢰문의 수령단주가 되었단 말인가.

화살을 피하는 와중에도 그는 절벽의 높이를 다시금 가늠하는 것을 잊지 않았다. 큰 도움닫기라면 올라서는 것도 그다지 어려울 것 같지는 않았다. 물론 도움닫기를 도와줄 사람이 필요했다.

"커헉!"

또다시 한 사람이 쓰러졌다. 벌써 차디찬 바닥에 시신이 되어버린 수령단은 일곱 명.

강균은 더 이상 시간을 지체할 수가 없었다.

"여한(閭寒)! 조윤(操齋)!"

강균의 부름을 받은 무인 두 명이 고개를 돌렸다.

그들은 눈빛만으로도 강균의 뜻을 금세 파악했고, 행동을 개시했다.

"타핫!"

여한은 우렁찬 기합과 함께 절벽을 발로 디뎠다. 그가 허공에서 몸을 한 바퀴 회전하여 다시 절벽을 걷어찰 때, 이번엔 조윤이 절벽을 발로 찼다.

"하압!"

두 사람의 호흡은 척척 맞았다.

조윤이 여한 쪽으로 몸을 눕힌 상태에서 손바닥을 펼쳤다. 절벽을 두 번 박찬 여한은 조윤의 펼쳐진 손바닥을 마지막 도움닫기로 사용했다.

팟!

여한의 몸은 위로 튕겨지듯 솟아올랐다. 다시 조윤이 절벽을 차고 손바닥을 뻗었고, 그 뒤를 강균이 따랐다.

"헛!"

강균과 여한이 절벽 위에 모습을 드러내자 적랑회도들의 얼굴에 당혹한 표정이 떠올랐다. 하지만 그들도 이런 경우를 전혀 예상하지 못한 것은 아니었다.

마치 미리 짜기라도 한 듯 적랑회도들은 일사불란하게 움직였다.

활을 든 다섯 명이 썰물처럼 쭈욱 빠지고 그 앞에 창을 쥔 열 명의 사람이 나섰다. 뒤로 물러난 다섯 명은 멈추지 않고 활을 쏘아냈다. 물론 강균과 여한을 향한 것이 아닌, 절벽 아래에 남아 있는 수령단을 겨냥한 것이었다.

재빨리 대열을 정비한 적랑회도는 일직선으로 창을 세워 강균과 여한을 향해 달려왔다.

"흥!"

강균은 콧바람을 뿜어냈다.

그게 다였다. 적랑회도들이 노리고 있던 강균의 신형은 그 자리에 없었다. 대신, 그들에겐 육안으로 따라잡을 수 없는 빛이 사방에서 번뜩였다.

쉬잉! 하는 소리가 들릴 때마다 비명이 터져 나왔다. 비명 소리는 적랑회도들의 것이었다.

창과 활에 능한 적랑회도들의 움직임은 근접전에서 불리하게 작용했다. 모두가 기본적인 무공을 익히고 있었지만 평생 쾌검만 휘두르던 강균과 여한의 검날 앞에선 그저 힘없는 어린아이일 뿐이었다.

"밑의 상황은?"

강균은 야차와 같이 적랑회도들을 도륙하면서도 수령단 무인들을 염려했다.

"별로 좋지 않습니다."

여한이 대답했다.

두 사람으로 인해 화살 세례는 멎었다. 그러나 밑에 있는 수령단도 무사한 사람은 없었다. 그나마 살아남은 사람들도 더 이상 운신할 수 없을 만큼 큰 부상을 입었다.

"다 죽인다."

강균은 적랑회도들을 무참히 베었다. 적랑회도들도 나름대로 반격을 했지만 뇌성무류검법의 빠름을 이길 수는 없었다.

처음 열다섯 명이 한 명으로 줄어들기까지는 정말 숨 한번 들이마셨다 내뱉을 짧은 순간이었다.

마지막으로 살아남은 적랑회도는 창을 고쳐 잡고 자신 앞으로 다가오는 강균을 겨냥했다. 그의 손은 죽음을 앞둔 두려움으로 인해 벌벌 떨렸지만 강균을 노려보는 눈빛만큼은 화마보다 더욱 뜨겁게 타올랐다.

차앙!

강균의 검이 들어 올려진다 싶은 순간, 적랑회도가 들고 있던 창이 깨끗하게 잘려 나갔다. 그가 눈을 한 번 깜박이고 나니 강균의 검은 이미 그의 검집에 도로 들어간 상태였다.

휘이익…… 빠악!

강균은 다리를 크게 휘둘러 적랑회도의 손목을 걸어찼다. 뼈가 부서지는 소리와 함께 그가 적랑회도가 들고 있던 창이 바닥으로 떨어졌다.

강균은 다시 부러진 창을 주우려는 적랑회도의 턱을 한 번 더 차올렸다.

뻐걱!

박이 깨지는 소리가 울리며 적랑회도의 입에서 피분수가 쏟아져 나왔다.

강균은 턱이 부서진 그의 멱살을 움켜쥐었다.

"통로는 어디냐."

얼음장처럼 차가운 목소리가 적랑회도를 위협했다. 적랑회도는 아직 멀쩡한 손을 천천히 들어 올렸다. 그리곤 손가락으로 하늘을 가리켰다.

비소를 짓던 강균의 얼굴이 일그러졌다. 그는 적랑회도를 아무렇게나 내던졌다.

"단주님, 저곳에 입구가 있습니다."

여한의 보고에 강균은 고개를 돌렸다. 바위 틈새로 희미하게 계단이 보였다. 통로를 확인한 그는 방금 전에 던진 적랑회도에게 뚜벅뚜벅 걸어갔다.

"네가 방금 가리켰던 곳은 네가 지금 가야 할 통로지."

강균은 적랑회도의 머리를 가차없이 밟았다. 잘 익은 꽈리처럼 터진 머리에선 누런 뇌수가 흘러나왔다.

강균은 통로를 찾았다는 보고를 하기 위해 다시 품 안에 손을 집어넣었다. 아니, 집어넣으려 했다.

퍼억!

갑자기 눈앞이 번쩍인다 싶은 순간, 복부에 큰 충격이 전해

졌다. 그 충격은 금세 뜨거운 불에 데인 듯 화끈한 통증으로
이어졌다.

강균의 고개가 천천히 아래로 내려갔다.

'이게 도대체 무엇……?

무엇일까, 그의 뱃속을 뚫고 있는 긴 쇠사슬은.

순간 쇠사슬이 꿈틀대더니 강균의 복부에서 빠르게 빠져
나갔다.

"뭐야? 머리를 맞춰야 하는데 조준에 실패했어. 이게 다 네
놈이 날 밀쳐서 그래!"

"그럼 어떻게 해? 이 녀석이 네 팔을 뎅강 베려고 했단 말
이야."

"설마 내가 이딴 녀석들의 검조차 피하지 못할 거라고 생
각했냐?"

"항상 말만 번지르르하게 하지, 별로 잘 싸우지 못하잖아."

"이놈의 자식이!"

충격을 받은 강균의 눈앞에 언제 어디서 나타난 것인지 모
를 두 사람이 서 있었다.

한 명은 키가 아주 작고 사납게 생긴 파계승이었고, 다른
한 명은 순박한 얼굴에 미성을 가진 빼빼 마른 중년인이었다.

그리고 중년인의 옆엔 기절한 것인지 죽은 것인지 알 수 없
는, 미동도 하지 않는 여한이 누워 있었다.

'이런… 이럴 수가……!'

강균은 파계승이 손에 들린 쇠사슬을 보곤 자신의 복부를 뚫어버린 것이 유성추라는 사실을 깨달았다.

'대선사… 왕가…… 림.'

"뒤따라오길 망정이지, 하마터면 통로를 허락할 뻔했잖아?"

"통로에 들어와도 아마 길을 못 찾을걸? 그나저나 이 사람들은 어떻게 하지?"

"안됐지만 수습할 시간이 없어. 내버려 둬야지."

"저 녀석은?"

빼빼 마른 중년인이 손가락으로 강균을 가리키자, 파계승이 얼굴을 험악하게 일그러뜨렸다.

"이 신성한 유성추에 저놈 피를 또 묻히라고? 흥! 가만 내버려 둬도 곧 죽을 놈이야, 가자!"

파계승은 멀뚱히 서 있는 중년인을 데리고 바위틈으로 들어갔다. 그들을 삼킨 바위는 육중한 소리를 내며 흔적도 없이 틈을 지웠다.

'빨리… 알려야 해!'

강균은 재빨리 품 안을 뒤져 신호탄을 꺼냈다. 멀어져 가는 의식 속에서 그는 신호탄을 하늘로 쏘아 올렸다.

퍼엉!

붉은색으로 물들어가는 하늘.

강균이 마지막으로 본 세상의 모습이었다.

2

뇌성신군은 막사로 들어서기 직전, 하늘로 솟아오른 신호 탄을 보았다.

'실패……!'

붉게 수놓은 하늘을 보는 뇌성신군의 심정은 착잡했다. 수령단마저 실패를 했다는 것은 그냥 넘어갈 만한 일이 아니었다.

뇌성신군은 신경질적으로 발걸음을 돌려 막사의 천막을 걷었다.

"하늘이 폭죽으로 정신이 없더군요. 불꽃놀이라도 하시는가 보죠?"

뇌성신군이 막사에 발을 들여놓자마자 질책 어린 도화신군의 목소리가 그를 맞았다.

도화신군은 평소와 다르게 미간에 깊은 골을 새겼다. 뇌성신군을 보는 눈길도 곱지 않았다.

"원래 수색은 혈살문에 맡기려고 했어요. 수색엔 잘 훈련된 살수들만큼 적합한 인물은 없으니까요."

뇌성신군의 얼굴이 금세 흙색으로 물들었다.

가끔씩은 진지한 말도 교태까지 섞어가며 농담 식으로 흘려 버리던 도화신군이었지만 지금은 갈기가 바짝 선 암캐같이 말투 하나하나 사나웠다.

그녀는 뇌성신군의 심정 따위는 상관하지 않은 채 말을 이었다.

"설마 도움을 요청하러 오신 건 아니겠죠? 그토록 자신하셨던 일이었으니까요."

뇌성신군은 할 말을 잃었다.

낙뢰문이 먼저 수색에 들어가겠다고 했을 때도 흔쾌히 승낙하던 도화신군이 지금은 전혀 다른 사람처럼 변해 있었다. 그녀는 애초에 이럴 줄 알았다는 듯 냉랭한 얼굴로 뇌성신군을 직시했다.

"수색 일책이 무너졌는데 이책은 어떻게 하실 건가요?"

"수색은 초입에서 끝났소. 귀곡자의 기관장치를 풀 수 있는 열쇠가 필요하오."

"귀곡자의 기관이라면 풀 수 있는 사람이 흔치 않아요. 그걸 누가 풀 수 있다고 생각히죠?"

"그거야 당연히……."

뇌성신군은 도화신군이라고 말하려 했다. 기관진식의 달인들도 혀를 내두르는 귀곡자의 기관이나 모든 면에 박식한 도화신군이라면 할 수 있을 것 같았다.

하지만 그가 뒷말을 잇기도 전에 도화신군이 그의 말을 자르며 입을 열었다.

"낙뢰문의 힘으로 입구를 뚫어주세요."

“……!”

“그 정도는 하실 수 있겠죠? 낙뢰문이잖아요.”

“지금 이 상황에서 시험을 해보겠다는 말이오?”

“시험이라뇨? 과연 시험할 여유가 우리에게 있을까요? 한시라도 빨리 기관 장치를 풀어야 해요. 그렇지 않으면 우리는 공격도 해보지 못하고 당하게 될 거예요.”

“…….”

“이는 흑천을 위한 일이에요. 그렇지 않나요? 그리고 뇌성신군이라면 당연히 입구를 뚫을 수 있다고 생각하는데요.”

뇌성신군의 안색은 벌겋게 달아올라 있었다.

“다른 사람들은 어디에 있소?”

그는 끓어오르는 노기를 애써 억누르며 차분히 말했다.

“철궁방, 고언문, 혈살문 모두 이책을 준비 중이죠. 입구가 뚫리는 즉시 공격에 들어갈 거예요.”

“그들이 공격을 한다고? 낙뢰문은 입구를 뚫고?”

“입구를 뚫는 일은 아무나 하는 게 아니에요. 만약 지금 거절을 하신다면 낙뢰문의 일은 혈살문에게 맡길 생각이에요.”

뇌성신군은 타오르는 눈으로 도화신군을 노려보았다.

그녀는 뇌성신군의 민감한 부분을 건드려 놓고도 얼굴색 하나 변하지 않았다.

그녀는 알고 있었다. 폭군과 같은 뇌성신군을 다루는 방법을.

뇌성신군은 커다란 눈알을 굴리며 계산했다. 그에게 있어 혈살문은 어지간히 거슬리는 존재가 아닐 수 없었다.

혈살문 앞에서는 한 치의 물러섬이 있어서는 안 되고, 또 그들 앞에 버릴 만한 자존심 따위는 애초에 키워두지도 않았다.

"흥! 혈살문에게 우리의 일을 맡다니 말도 안 되는 소리! 내 방법으로 입구를 뚫겠소. 다만 사무량의 목은 내가 거두게 해주시오."

도화신군은 뇌성신군을 위아래로 훑어보며 그제야 눈가에 미소를 띠었다.

"좋아요. 뇌성신군이라면 입구를 뚫는 것은 가능할 거라 믿어요."

뇌성신군은 주먹을 한차례 부르르 떨더니 찬바람이 일도록 몸을 돌려 막사를 나갔다.

"휴우……!"

뇌성신군이 완전히 사라지고 나서야 도화신군은 길게 한숨을 내쉬었다.

뇌성신군이 뿜어내는 기운이 너무도 강해 아직도 손가락이 부들부들 떨렸다. 비록 머리는 나쁘지만 무공 하나만으로 놓고 볼 때 뇌성신군은 그녀가 감히 상대할 수 없는 사람이었다.

손수건으로 이마에 맺힌 땀을 훔친 도화신군은 면사를 풀고 이미 다 식어버린 차를 벌컥 벌컥 마셨다.

그때 그녀가 앉아 있는 탁자 옆의 땅바닥에서 흙이 튀었다. 순식간에 커다란 구멍이 생긴 땅에서 붉은 천을 두른 적서신군의 머리가 불쑥 튀어나왔다.

"쯧쯧! 좀 살살 다루지. 무식해도 저만한 인재는 찾기 쉽지 않을 텐데."

"아니요. 뇌성신군의 본 실력은 그가 분노했을 때에 비로소 드러나죠."

"그래도 초유랑 비교한 건 너무했다."

적서신군은 구멍에서 반쯤 나와 땅에 걸터앉았다.

"뇌성신군을 가장 자극할 수 있는 게 뭔가 고민하다가 혈살문이 나왔네요."

"쯧! 너 때문에 두 놈 사이가 틀어져도 난 몰라."

"초유신군과 뇌성신군. 두 사람 사이는 이 이상 회복될 수 없어요, 영원히."

"그렇게 단정 짓지 마라. 사람 일은 아무도 모르는 게다. 그나저나 기관을 풀어야 하는 문제는 좀 도와주지 그랬냐?"

"귀곡자의 기관은 저도 풀 수 없어요."

"뭣?!"

적서신군은 정말 놀라서 되물었다.

"천하의 도화신군이 모르는 것도 있었단 말이냐?"

"진법의 의미는 알고 있어요. 선천팔괘를 자연에 응용시킨 것이에요. 하지만 난해한 것은 의미는 알되, 풀 수 있는 방법을 모른다는 겁니다.”

“허허허!”

“그래서 뇌성신군이 필요한 거예요. 그의 성격대로라면 사무량에게 정면으로 도전할 터. 뇌성신군 역시 뚫지 못할 거예요. 그 점을 이용했어요. 그가 실패하면 사무량은 기관을 열 겁니다. 직접 부딪치지 않고선 이 싸움은 끝나지 않을 테니까. 준비는… 되셨겠죠?”

“물론이지. 호호호!”

적서신군은 능글맞게 웃었다.

애당초 기습은 낙뢰문만 하는 것이 아니었다.

고언문도, 철궁방도, 그리고 혈살문 역시 공격을 위한 만반의 준비를 갖췄다.

“그럼 부탁합니다.”

이미 땅속으로 사라진 적서신군에게 도화신군이 말했다.

공격을 시자한 첫째 날은 그렇게 끝이 났다.

*　　*　　*

첫 번째 기관의 소로는 피 냄새로 진동했다. 가까이 다가가기만 해도 역한 비린내 때문에 구역질이 치밀 지경이었다.

하지만 작동된 기관은 그곳뿐이 아니었다.

절벽을 제외한 중자산 정상으로 오를 수 있는 길이란 길은 모두 소로와 같이 튼튼한 방어막을 구비해 두었다. 적랑회주가 말한 철옹성이란 바로 이 첫 번째 기관들을 일컬음이었다.

하지만 이런 기관들을 설계한 소신녀에게도 고민은 있었다.

"말 그대로 첫 번째 방어막이야. 다 안전하다고 할 수 없어. 땅속까지 전부 막을 수 없었으니까."

"그렇다면 방어막은 소용없다는 이야기인가?"

"반반의 확률이야. 산은 보통 땅과는 달라서 암벽으로 이루어진 곳이 있거든. 아무리 두더지들이라고 하지만 바위를 뚫을 수는 없겠지. 하지만 방심하지는 마. 그들이 길을 찾아내게 되면 일진은 뚫리게 되어 있어."

"그렇군."

"적랑회주가 사람들을 적절히 배치해 두었으니 만약의 사고가 있을 시엔 연락이 올 거야. 그리고 나머지 진들이 있으니 조금은 마음을 놓을 수 있겠지."

소신녀는 근심을 안겨주었다가 희망을 주었다가를 반복했다.

사무량은 그녀와 지도를 유심히 보면서 기관진에 대해 여러 가지 이야기를 나눴다. 그러는 사이 누군가가 급히 두 사람에게 다가왔다.

"적랑회도 열다섯, 모두 죽었다."

우서문은 말을 하고 입술을 꾹 다물었다. 예상하지 못한 건 아니지만 처음부터 너무 많은 사람들이 죽었다.

"수령단은?"

"수령단 스무 명도 전멸했다."

"그럼 되었군."

사무량은 정말 남의 일을 이야기하듯 무덤덤하게 말했다. 혈전의 상황에서 냉철한 모습을 유지해야 하는 것은 당연했다.

툭!

사무량의 앞에 서신 하나가 떨어졌다.

"뭐지, 이건?"

"낙뢰문주가 직접 나섰다."

"벌써?"

사무량은 우서문이 던진 종이를 즉각 펼쳤다. 종이에 쓰인 글을 읽은 사무량의 입가엔 피식 하고 웃음이 피어올랐다.

그 웃음을 보고 있던 우서문이 기회를 놓칠세라 얼른 입을 열었다.

"내가 간다."

사무량이 그를 올려다보았다.

"직접 갈 건가?"

"낙뢰문주에게 갚아야 할 빚이 있다."

사무량은 우서문의 빚이 무엇인지 알고 있었다. 이 년도 훨씬 전, 무당 도인 두 명이 낙뢰문의 손에 의해 명을 달리했다.

그들을 직접 인솔하던 우서문은 그때의 일이 아직도 마음 깊은 곳에 남아 있는 듯했다.

"정말 괜찮겠나?"

사무량의 시선은 자연스럽게 우서문의 왼팔로 향했다.

"난 우수검(右手劍)이다. 왼팔이 이런 건 아무런 문제도 되지 않는다."

왼팔이 괜찮다는 우서문의 말은 거짓이었다. 아예 어깨 부분부터 없어진다면 모를까 덜렁거리는 왼팔은 몸을 움직일 때마다 저항을 받기 때문에 무공을 펼치기에 불편하다는 건 상식이었다.

하지만 사무량은 아무 말도 하지 못했다. 독기가 잔뜩 서린 우서문의 눈빛을 보았기 때문이다.

"죽을지도 몰라."

"괜찮다. 이왕 죽을 것 한번 요란하게 싸워보고 죽는 것도 나쁘진 않겠지."

"……."

"……."

두 사람의 눈이 허공에서 부딪혔다. 눈빛을 교환한 시간은 비록 짧았지만 그 속에는 지난 이 년 동안 쌓아온 따뜻한 정이 담겨 있었다.

"좋아. 만약 먼저 가게 되더라도 걱정은 하지 마. 곧 뒤따라 갈 테니까."

우서문은 크게 고개를 끄덕인 뒤에 몸을 돌렸다. 그는 단한 번도 뒤돌아보지 않았다.

"무슨 소리야? 먼저 간다니?"

두 사람의 대화로 인해 불길한 예감이 든 소신녀는 사무량의 소매를 잡았다.

"나라면 승산없는 싸움은 피하겠지만 우서문은 달라. 그는 뼛속까지 무인이야. 낙뢰문주는 그가 거둬야 할 자. 피할 이유는 없겠지."

"사무량!"

"……."

사무량은 우서문의 모습이 점이 되어 사라질 때까지 계속 바라봤다. 그리고 그가 완전히 사라졌을 때야 다시 입을 열었다.

"내일 날이 밝으면 첫 번째 기관을 거둬."

"뭐?"

"우서문을 보니 알았어. 이건 직접 부딪쳐야 하는 싸움이야. 기관으로 방어만 하고 있다면 이 싸움은 절대 끝나지 않아."

사무량은 소신녀의 대답도 듣지 않고 자리에서 일어섰다.

뇌성신군은 낙뢰문도들을 이끌고 직접 소로를 찾았다.

소로는 창대로 막혀 있었다. 그의 눈짓 한 번에 수하들이 달려들어 창대를 뽑아냈다.

뽑아낸 창대 너머로 보이는 광경은 정말이지 참혹했다. 수령단 칠대 열여섯 명은 고슴도치처럼 온몸에 화살을 맞고 차디찬 바닥에 누웠다. 소로 끝 바위 통로엔 두 명의 시체가 더 있었다.

"기가 막히는군."

뇌성신군은 최정예 수령단 칠대가 전멸했다는 사실을 두 눈으로 보고 있음에도 믿을 수가 없었다.

"단주와 여한의 모습이 보이질 않습니다."

시신들을 점검한 수하가 다가와 보고했다.

뇌성신군은 주위를 한 번 둘러본 뒤 고개를 하늘로 들었다. 그리고 시선을 고정시키길 잠시, 그는 발로 힘차게 바닥을 굴렀다.

뇌성신군의 신형이 웅크려진다 싶었는데 갑자기 활짝 펴지면서 마치 화살처럼 하늘로 솟아올랐다.

순식간에 삼 장이 넘는 높이의 절벽 위에 올라선 그는 그곳에 잠들어 있는 여한과 수령단주 강균의 모습을 볼 수 있었다.

뇌성신군은 미처 눈을 감지 못한 강균의 눈꺼풀을 아래로 내려주었다. 그리고 나서 허리를 쭈욱 폈다.

"사무량……!"

산 정상을 바라보는 뇌성신군의 눈이 활활 타올랐다.

주먹을 부들부들 떨고 있던 뇌성신군은 절벽 밑에서 문도들의 소란스러움을 듣고 다시 아래로 몸을 날렸다.

차앗—!

삼 장 높이에서 떨어졌음에도 가벼운 몸놀림으로 바닥에 착지한 그는 거친 손길로 옷깃을 정리하고 뚜벅뚜벅 통로 쪽으로 발을 돌렸다.

통로 저편에는 많은 사람들이 있었다.

비록 상체와 머리밖에 보이지 않았지만 그들은 금방이라도 화살을 쏘아낼 듯 낙뢰문도들을 겨냥하고 있었다.

뇌성신군은 그들의 위협에도 아랑곳하지 않고 가슴을 펴고 앞으로 나섰다.

"놈은 어디에 있나?"

적랑회도들은 대답하지 않았다. 더 이상 가까이 갈 수도 없겠지만, 만약에라도 허튼 수작을 부린다면 정말 화살이 무디기로 날아올 것만 같았다.

"놈은 어니에 있나?"

뇌성신군은 똑같은 질문을 재차 했다. 그러나 적랑회도들은 여전히 입도 벙긋하지 않았다. 그런데 그의 물음에 대한 대답은 위에서 들려왔다.

"사무량은 이곳에 없소."

순간, 뇌성신군을 비롯한 낙뢰문도들의 고개가 모두 하늘로 치켜올려졌다.

뇌성신군은 절벽 위에서 자신을 내려다보고 있는 사내를 보곤 인상을 찌푸렸다. 방금 전, 그가 있던 곳이었기 때문이다.

뇌성신군은 절벽 가까이로 다가갔다.

"넌 누구냐?"

"난 우서문이라 하오."

"우서문? 처음 들어보는 이름이군. 보아하니 명호도 없는 것 같은데."

"그렇다면 무당파의 조양자는 어떠시오?"

"……!"

뇌성신군의 눈이 날카롭게 빛났다.

"지금 네가 무당의 조양자라는 말인가?"

"한땐 그랬었소. 지금은 아니지만."

타앗!

뇌성신군은 일말의 망설임도 없이 절벽으로 뛰어올랐다.

"전부터 궁금하긴 했었지. 무당에서 촉망받던 후기지수 조양자가 누구인지 말이야. 하하! 한데 그 너덜거리는 팔을 보니 김이 새는군."

뇌성신군이 조양자를 직접 대면한 것은 오늘이 처음이었다.

전부터 조양자에 대한 소문은 끊임없이 들었고, 비록 젊은 나이지만 좋은 상대가 될 수 있겠다는 생각은 많이 해왔던 터였다. 하지만 지금의 조양자에게서 느껴지는 기운은 갓 무공을 배운 이들과 다를 바가 없었다. 게다가 한쪽 팔은 아예 쓰지 못하는 불구의 몸이었다.

뇌성신군의 시선을 의식한 우서문은 너덜거리는 팔을 오른손으로 툭툭 건드렸다.

"싸우는 데 지장은 없을 게요."

"기관에만 의지한 채 꽁꽁 숨어 나오지 않을 것 같더니 듣던 중 반가운 소리군."

"우서문으로 다시 태어난 지금 나의 첫 상대가 당신이라니… 영광이오."

"나야말로. 이제야 본격적인 싸움을 하는 것 같군. 하하! 무려 십사 년 동안이나 기다리지 않았던가, 응?"

우서문은 가만히 뇌성신군을 응시했다.

기다란 수염을 쓰다듬는 그는 과연 무공의 절대적인 경지에 오른 고수의 자태를 뿜어내고 있었다. 눈빛은 맹수의 그것처럼 날카로웠고, 수염 사이로 보이는 굳게 다문 입술에선 강직하면서도 고집스러운 성격이 그대로 드러났다.

'틈이 없군.'

뇌성신군을 대한 우서문의 솔직한 심정이었다.

사실 계란으로 바위 치기라는 말이 딱 맞을 정도로 우서문은 뇌성신군에게 상대되지 않는다. 예전의 조양자였을 때더라도 승부를 점칠 수 없다.

우서문이 직접 나온 이유는 누군가는 반드시 뇌성신군을 상대해야 했기 때문이다. 계속 기관에만 의지하고 있을 수는 없다. 둘 중 하나가 괴멸해야 한다면 이렇게 직접적으로 부딪쳐야 한다.

스릉!

우서문은 조용히 검을 꺼내 들었다.

"기백이 있군. 좋아."

뇌성신군은 팔짱을 낀 채 천천히 발을 옮겼다. 그는 아예 검을 뽑을 생각도 하지 않았다.

'검을 뽑는 순간은 싸움이 시작될 때. 극쾌의 뇌성무류검법.'

우서문은 목숨을 건 싸움을 시작하려 했다.

"그럼 한 수 배우겠소."

우서문의 발을 어지럽게 움직였다.

그는 무당파의 보법을 버렸다. 십 년이 넘게 몸에 배어 있던 보법을 버리는 것은 쉬운 일이 아니었다. 하지만 버려야 했다. 이미 파문당한 몸으로 무당파의 무공을 펼치는 것은 도리가 아니었기에.

스스슥!

우서문은 현란한 보법을 펼치며 뇌성신군과의 거리를 좁혔다.

내공을 모두 잃어 처음부터 수련해야 했지만 그는 최선을 다하겠다는 마음가짐으로 전신의 기운을 모조리 끌어올렸다.

그의 오른손에서 시작된 검은 뇌성신군의 면전을 향해 횡으로 그어졌다.

챙!

빛이 번쩍인다 싶은 순간, 우서문은 손목이 떨어져 나가는 듯한 느낌을 받아야만 했다.

'으음, 역시!'

그의 검을 가로막은 뇌성신군의 검은 다시 검집으로 들어갔다. 그리고 뇌성신군은 태연하게도 계속 팔짱을 유지하고 있었다.

'빛보다 빠르다더니……!'

우서문은 뇌성신군이 자신이 상대할 자가 아니라는 것을 다시 한 번 느껴야만 했다.

하지만 시간이 없었다. 흑천과의 싸움을 끝내지 않는다면 사무량은 영원히 중자산에서 빠져나갈 수가 없다.

우서문의 검은 또다시 움직였다. 이번에는 연속된 공격이었다.

뇌성신군의 다리를 찌르다가 급히 회수하여 허리를 공격했다. 허리춤에 닿으려던 검극이 이번에는 가슴을 향했다.

'틈이…… 없다.'

정말 틈이 없었다. 뇌성신군은 마치 어린아이의 재롱을 구경하는 듯 여유롭게 우서문의 검을 피하고 있었다.

순간, 뇌성신군에게 달려들었던 우서문은 배에서 느껴지는 뜨거움에 뒤로 성큼 물러섰다.

배에 가느다란 검흔이 새겨졌고, 그 사이로 피가 흘러나왔다. 베인 부위는 깨끗했다. 특이한 점이라면 살이 오그라들지 않았다는 것이다.

우서문은 이 년 전에 보았던 뇌성무류검법의 실체를 다시금 머릿속에 떠올렸다.

'이대로는 승산이 없다. 무언가 방법을 써야……'

우서문은 크게 호흡을 들이마셨다.

"헉! 헉헉!"

우서문은 가쁜 숨을 토해냈다.

싸움이 시작된 지 일 각 만에 체력이 바닥을 쳤다. 그의 몸 여기저기엔 크고 작은 검흔들이 새겨져 있었다.

반면 뇌성신군은 지루한 모양인지 무표정한 얼굴로 조용히 서 있었다.

다시 한 번 뇌성신군을 향해 도약하려던 우서문은 그 자리에서 힘없이 쓰러졌다.

"헉! 헉!"

호흡을 조절할 수가 없는 슬픔보다 자신이 이렇게 나약한 존재밖에 되지 않는가 하는 생각이 더욱 절망스러웠다.

스스로 일어설 힘도 없는 우서문은 이 싸움이 자신의 패배로 끝났다는 걸 알 수 있었다. 그리고 비무가 아닌 실전의 싸움에선 그 결과가 죽음이라는 사실도 알고 있었다.

"사무량을 직접 만나 죽일 생각이었는데……. 허허! 네가 나타나 더 잘된 일인 것 같아. 널 그냥 죽이지는 않겠다. 입구의 기관이 풀릴 때까지 좋은 인……."

우르릉!

뇌성신군은 말을 끝맺지 못했다. 삼 장 멀리의 바위가 육중한 소리와 함께 벌어지더니 그 틈 안에서 사람이 걸어나왔다.

"내가 이럴 줄 알았지. 그렇게 멋진 척하고 가더니만 한 대도 치지 못해?"

"사무량……!"

"사무량!"

우서문과 뇌성신군이 거의 동시에 입을 열었다.

사무량은 놀란 얼굴을 하고 있는 뇌성신군의 곁을 아무렇지도 않은 듯 스쳐 지나가 우서문에게로 다가갔다.

"네가 여기에 왜 왔느냐."

우서문은 젖 먹던 힘을 짜내어 사무량과의 대화를 시도했다.

"마음이 바뀌었어. 역시 당신을 먼저 저세상으로 보내긴 좀 그렇더군."

“후후후! 난 저자의 상대가 되지 못해.”

“지금이라도 알았다면 다행이지. 그러니 앞으론 괜한 호승심은 버리라고. 난 또 잔뜩 기대했더니만.”

사무량은 지친 우서문을 부축하며 뇌성신군을 돌아봤다.

“아까 끝맺지 못한 말이 뭐지? 혹시 저 친구를 인질로 삼아 입구를 열겠다는 생각이었나?”

“후후! 어린놈이 혀가 짧구나. 어차피 상관없겠지. 네가 반말을 하는 것도 지금뿐이니까.”

뇌성신군은 기다렸다는 듯이 검을 뽑았다.

그의 손에서 검이 나왔다는 사실은 발검에서 쾌검으로 잇지 않고 곧장 검술을 펼치겠다는 뜻이었다.

“그 여자가 입구를 뚫어달라고 했나? 한 번 봉쇄된 입구는 뚫을 수 없어. 하지만 당신들과 우리. 둘 중에 하나는 분명히 없어져야 한다면 충돌은 반드시 필요한 것이겠지.”

사무량은 검을 들고 있는 뇌성신군을 무시하며 우서문을 이끌고 바위 쪽으로 걸었다.

“네놈!”

뇌성신군의 손에서 뇌성무류검법이 터졌다.

미처 방심할 틈도 없는 쾌속한 공격이었다. 사무량은 섬전처럼 다가오는 뇌성신군의 검을 보았다.

채챙!

검과 검이 부딪치며 불똥을 튀겨냈다.

뇌성신군은 깜짝 놀라 훌쩍 물러섰다.

'이, 이건……!'

그의 눈은 경악으로 물들었다. 사무량이 발검하는 것을 눈으로 보지 못해서이기도 했고, 자신의 손에 들려 있는 뇌성검이 반쯤 부러져 있었기 때문이다.

"역시 소문대로 비겁한 인간이군. 삼류들이나 하는 짓을 하다니."

사무량의 차가운 음성이 뇌성신군의 면전에 질타했다.

"가. 당신이 죽을 수 있는 시간은 얼마든지 있어. 그 여자에게 가서 전해. 도전은 얼마든지 받아주겠다고."

바위는 사무량이 처음 나왔을 때처럼 입을 벌렸다. 사무량과 우서문이 그 틈으로 들어갔지만 뇌성신군은 들어가지 못했다.

그는 한참 동안이나 자신의 부러진 검을 내려다보기만 했다.

第四章
철궁방의 한계

철컹!

사갑전은 단단한 쇠로 구성된 활이라 여느 활처럼 화살을 장전하는 소리부터가 달랐다.

한번 쏘아지면 바위도 뚫을 만큼 강맹한 위력을 지닌 활이기에 웬만한 장사가 아니면 들기도 힘들었다.

쒜에엑― 퍼억!

입구를 막고 있던 나무 한 그루가 수수깡처럼 부러졌다.

중자산에 설치된 첫 번째 기관이 열린 새벽, 철궁방도 백이십 명이 입구를 에웠다.

세 명이 한 조로 이루어진 철궁방도들은 약 사십여 대의 사갑전을 거침없이 쏘아냈다.

적랑회의 활에 비할 바가 아니었다. 이들은 마치 거대한 전쟁을 치르는 전사 같았다.

휘익!

철궁방의 지휘는 노도신군이 직접 했다.

그의 손이 올라가자 철궁방은 순식간에 공격을 멈추고 입구를 향해 돌진했다.

입구를 뚫고 들어온 이들은 다시 다섯 조로 나뉘었다.

"진에 각별히 조심하고, 앞으로 보이는 사람은 가차없이 죽여라!"

노도신군의 우렁찬 명령에 방도들은 일사불란하게 움직였다.

철궁방이 중자산에 들이치는 동시에 고언문도 공격을 개시했다. 그들은 아주 은밀하고 조용히 흙을 파내며 산 정상으로 향했다.

피융— 슉!

철궁방도가 자리한 곳에 화살들이 들이닥쳤다.

화살은 사갑전의 위력에 반에 반도 따라가지 못하는 가느다란 나무 화살이었다.

그다지 위협적이지는 않았지만 철궁방도들은 방패를 세워 화살을 막았다.

방패에 맞은 나무 화살들이 투두둑 소리와 함께 부러지며 바닥에 떨어졌다. 방패를 다시 거두고 화살을 날리려던 철궁방도들의 눈에 도주하고 있는 적랑회도들이 들어왔다.

막 그들을 향해 몸을 날리려던 철궁방도를 한 사내가 막아섰다.

"잠깐."

흑천의 영화대주 독고성은 가느다란 눈으로 적랑회도들이 도주하는 곳을 바라보았다.

중자산의 원래 모습은 사라졌다.

바른말로 산이라는 표현보다 곳곳에 인위적인 냄새가 물씬 풍기는 요새라는 편이 옳았다.

적랑회도들이 도주한 곳도 마찬가지였다. 그들은 나무가 울창하게 이루어진 컴컴한 동굴 쪽으로 몸을 날렸다.

독고성은 가볍게 발을 굴러 노도신군이 있는 곳을 향해 몸을 날렸다.

"제가 먼저 알아보고 오겠습니다."

"그러게."

노도신군의 허락을 받은 독고성은 스물네 명의 철궁방도들과 함께 조심스럽게 동굴 쪽으로 발길을 돌렸다.

화악!

화섭자는 어두컴컴한 동굴의 전면을 보여주었다.

동굴 내부는 꽤나 넓었다. 스무 명이 모두 들어와서 뛰어도 될 정도로 큰 규모를 자랑했다. 하지만 동굴 역시 인위적인 느낌을 지울 수 없었다.

철궁방 무인 스물네 명이 들어왔지만 동굴은 조용했다. 천장에서 똑똑 떨어지는 물방울 소리가 내부를 울렸다.

무인들은 조심스럽게 앞으로 걸어갔다. 적랑회도들이 이곳으로 도주했지만 그 어디에도 사람의 그림자는 찾기 힘들었다.

이유는 금세 알 수 있었다. 동굴 맞은편에 사람 두 명이 겨우 걸어 들어갈 수 있을 법한 작은 구멍 하나가 있었다.

"이곳으로."

독고성의 짧은 명령과 함께 무인 세 명이 사갑전 한 대를 끌고 구멍 앞으로 다가섰다.

피융―!

캄캄한 어둠에 사갑전을 쏘아냈지만 어딘가에 부딪치는 소리는 들려오지 않았다.

연속 세 번이나 사갑전을 쏘아낸 뒤, 아무것도 없음을 확인한 독고성은 구멍에 화섭자를 들이밀었다.

구멍 역시 별다를 바 없이 바위로 이루어져 있었다. 하지만 구멍을 비추고 있던 화섭자의 불이 급작스럽게 독고성 쪽으로 휘몰아쳤다.

"헛!"

독고성은 짧은 경악성과 함께 불을 피했다. 그리고 그는 구멍 끝에서부터 강한 바람 한줄기가 몰아치는 것을 느낄 수 있었다.

'이건… 무슨 냄새지?'

그의 후각에 잡힌 것은 다름 아닌 오래된 해초 냄새였다.

'물?'

구멍 저편에서 바람이 불어 나온다는 것은 이해할 수 있지만 이끼 냄새는 생소했다.

독고성은 구멍 속으로 들어가서 천천히 길을 따라 걸었다. 그리고 마침내 구멍의 끝을 발견했을 때, 그는 눈을 부릅뜰 수밖에 없었다.

"이, 이건!"

뒤따라오던 무인들이 경악성을 내뱉었다.

절벽 아래에 끝없이 펼쳐져 있는 푸른 물결. 그 물결은 흡사 바다의 파도와도 같이 심하게 출렁거리고 있었다.

출렁이는 물살을 보는 녹고성의 안색은 차니차세 굳어졌다.

"누가… 이것에 대해 설명할 수 있겠나?"

무인들은 입을 다물었다. 그들이 알고 있는 기관이라고는 고작해야 암기 세례가 전부였다. 눈앞의 경관을 보고도 기관이라고 생각하는 자는 없었다.

피융—!

맞은편에서 또다시 화살이 날아왔다. 적랑회도들이 맞은

편 바위 위에 잠시 머리를 보였다가 사라졌다.

독고성을 맞출 의도는 없었고 자신들의 위치를 알리기 위해 쏘아낸 것 같았다.

"이곳을 건너서 오라는 소리군."

독고성의 얼굴에 가느다란 비소가 떠올랐다.

하지만 표정과는 다르게 심사는 복잡했다.

지금 서 있는 곳에서 반대편 절벽과의 거리는 오 장이 훌쩍 넘는다. 있는 힘껏 도움닫기를 한다 해도 넘기 힘든 거리.

결국 반대편으로 가려면 아래로 내려간 뒤 헤엄쳐서 올라가는 수밖에 없다. 물살이 좀 세긴 하지만 전혀 불가능한 일은 아니다. 반대편에 있는 적랑회도 역시 이곳을 건너갔을 게다.

하지만 생각해야 하는 부분은 있다. 바람이 어디서 들어오고 있으며 물결이 어디서 치고 있는지.

독고성은 수하 하나를 불러 지금 상황을 노도신군에게 보고하라 이른 뒤, 다른 이에게 밧줄을 가져오라 시켰다.

그는 세 사람의 허리에 밧줄을 묶었다. 밧줄의 끝은 동굴 속의 다른 무인들에게 연결시켰다.

혹여나 물을 건너는 동안에 있을 공격에 대비하여 사갑전을 맞은편 절벽을 향해 조준시켰다.

물살의 흐름을 확인한 독고성은 밧줄을 묶은 세 사람을 아래로 내려 보냈다.

세 사람은 안정된 자세로 절벽을 내려갔으며, 이윽고 몸을 침수시켰다. 그들의 목 윗부분이 물 위로 떠올랐다. 그들은 평생을 활만 쏘았던 사람이라고는 믿을 수 없을 정도로 능수능란하게 물 위를 헤엄쳐 갔다.

독고성은 가만히 그들의 움직임을 주시했다.

겨우 이 장여를 움직이는 사이, 몇 번이고 파도가 세 사람의 몸을 집어삼켰지만 그들은 부표처럼 다시 물 위로 헤엄쳐 올라왔다.

'이상한데…….'

독고성은 불길한 예감을 떨칠 수 없었다. 바람이 어디서 불어오는지 감을 잡지 못했다. 바람만 불지 않는다면 반대편으로 헤엄치는 것은 식은 죽 먹기일 텐데.

그때였다.

물결이 갑자기 이상 기운을 보이기 시작했다. 세 사람이 막 삼 장여쯤을 헤엄쳐 가던 순간이었다.

최아아!

물 가운데서부터 시작된 소용돌이가 세 사람의 몸을 빨아들이고 있었다.

"으아……!"

헤엄을 치고 있던 사람은 입에 물이 들어갔는지 비명조차 지르지 못했다. 너무도 완강한 물살의 힘에 저항하지 못한 채 나무토막처럼 소용돌이 쪽으로 빨려 들어갔다.

독고성은 두 눈을 부릅뜨고 재빨리 동굴 쪽을 향해 소리를 질렀다.

"당겨! 어서!"

바닥에 축 늘어져 있던 밧줄이 탱탱해진 것은 순식간이었다.

곧 기합 소리에 맞춰 밧줄이 당겨졌고, 물밑으로 잠기던 세 사람의 얼굴이 모습을 보이는가 싶었다. 하지만 그것은 독고성의 착각일 뿐이었다.

세 사람은 잠시 물 위로 얼굴을 보이더니 빠른 속도로 다시 물속으로 잠겼다. 독고성은 물에 잠기기 직전 경악에 사로잡힌 세 사람의 얼굴을 똑똑히 볼 수가 있었다.

"더 세게 당겨!"

독고성은 그냥 볼 수가 없어 자신도 밧줄에 손을 갖다 댔다.

"……!"

밧줄을 잡은 그는 흠칫 놀랐다.

인간이 자연을 이길 수 없다고 하지만 파도 속에 휩쓸린 세 사람을 구할 수 있을 거라 믿어 의심치 않았다. 하지만 밧줄을 통해 느껴지는 파도의 힘은 도저히 사람의 힘으로 끌어올릴 수 있는 성질의 것이 아니었다.

독고성은 손바닥 가죽이 주르륵 벗겨 나가는 기분이 들었다. 굳건히 버티고 있던 발바닥이 바닥에 질질 끌렸다. 그만 그런 것이 아니었다.

동굴에서 밧줄을 끌어당기던 인원이 하나둘 구멍 속으로 끌려 들어가고 있었다.

독고성은 이대로 나가단 모두 다같이 물속으로 빨려 들어갈 수밖에 없다는 걸 알고 있었다. 이미 물속에 잠긴 세 무인의 모습은 흔적조차도 찾을 수 없었다.

'함정이군. 할 수 없어.'

이를 앙다문 독고성은 밧줄에서 손을 놓은 뒤, 품 안에서 소도를 꺼냈다. 그의 모습을 본 다른 무인이 놀라 눈을 크게 떴지만 독고성은 가만히 고개만 내저었다. 그리고 밧줄 위에 소도를 내려쳤다.

한 번에 끊어져 나가지 않은 밧줄은 네다섯 번에 걸쳐 끊어져 나갔다.

우당탕! 하는 소리가 동굴 너머에서 들려왔다.

"잠시 철수한다. 대열을 정비한 후, 다시 이 안으로 집합해라!"

구멍 속으로 들어온 무인들을 되돌려 보냈다.

세 무인을 삼킨 절벽 아래의 소용돌이는 언제 그랬냐는 듯 다시 잠잠해졌다. 독고성은 방금까지 무시무시한 위력을 자랑했던 물을 가느다란 눈으로 한참이나 바라보다가 구멍 속으로 들어갔다.

그런 그를 맞은편에서 바라보는 사람이 있었다.

“이게 바로 귀곡자의 선천팔괘다. 직접 견식하는 것만으로도 평생의 영광이라고 할 수 있지. 올 수 있으면 넘어와 봐.”

소신녀는 싸늘하게 웃으며 귀신처럼 홀연히 모습을 감췄다.

2

선천팔괘의 이진에 미처 대응하지 못했던 철궁방은 세 무인을 잃었다. 노도신군은 급히 도화신군의 도움을 요청했다.

도화신군은 뇌성신군 때와는 달리 직접 두 발로 찾아왔다. 그녀 역시 귀곡자의 진법을 직접 보고 싶었기 때문이다.

“과연 귀곡자의 선천팔괘답군요.”

절벽 아래를 내려다보는 도화신군의 눈이 호기심으로 반짝거렸다. 자연을 이용한 기관은 귀에 딱지가 앉을 정도로 많이 들었지만 자연에 인공을 가미하여 더욱 자연스럽게 만든 기관을 눈으로 보는 것은 처음이었다.

“아래로 내려가는 것은 불가능하겠네요.”

“그렇소. 영화대주의 말로는 갑자기 아래에서 소용돌이가 쳐 무인 셋을 빨아들였다고 하오.”

“아래가 뚫려 있다는 말인데, 이곳이 바다와 연결되어 있나요?”

도화신군의 물음은 노도신군에게 향한 것이 아니었다. 말은 입 밖으로 꺼냈으되, 그녀는 자기 자신에게 묻고 있었다.

'태주와 가까운 것은 맞지만 그곳에서 이곳까지 물길을 열어두었을 리 없고, 그렇다는 말은 파도 역시 인위적으로 만들었다는 소린데…… 하, 거 참.'

도화신군은 풀리지 않는 수수께끼에 직면한 듯 난감한 얼굴을 하다가 철궁방의 사갑전을 바라보았다.

"아래로 내려갈 수 없다면 위로 가야겠네요. 사갑전의 튼튼함은 여러 차례 입증된 바 있고, 밧줄을 화살에 묶어서 절벽에 쏘아 올려야 해요. 그리하지 않으면 넘어갈 수 있는 방법이 없을 것 같네요."

도화신군은 확신없는 말투로 중얼거렸다.

적이 눈앞에 있다면 얼마든지 무공으로 승부를 내겠지만 지금은 기관진부터 해결하는 게 우선이었다.

사갑전은 절벽 바위를 정확히 꿰뚫었다. 도화신군의 말이 맞았다. 사갑전 끝에 연결된 밧줄은 맞은편 절벽과 동굴을 튼튼하게 이어주었다.

휘익!

독고성의 신호와 함께 무인들이 차례로 밧줄에 매달려 물 위를 건넜다. 구멍 앞에 설치한 사갑전은 언제든지 적을 대비해 쏘아낼 준비를 했다.

밧줄에 매달린 무인들의 수가 다섯이 넘었지만 절벽에 틀

어박힌 화살은 꿈쩍도 하지 않을 정도로 튼튼했다. 밧줄에 매
달린 무인들은 순식간에 오 장 거리를 넘어 맞은편 절벽으로
거의 도달해 갔다.

하지만 그때 문제가 생겼다.

무언가 공기를 가르며 날아오는 소리가 들리더니 밧줄에
매달린 첫 번째 무인의 심장에 정확히 틀어박혔다.

퍽!

"커어……!"

무인은 자신의 심장에 틀어박힌 화살을 한 번 내려다본 후,
손을 휘저으며 아래로 추락했다.

무인이 떨어지기도 전에 사갑전이 맞은편을 향해 화살을
쏘아냈다.

파바박!

바위 모서리가 두부 으깨지듯 부서져 나갔다.

하지만 처음 무인을 향해 화살을 쏘아내던 사람의 신형은
이미 모습을 감춘 후였다.

밧줄에 매달린 무인들은 급한 마음에 빠르게 밧줄을 타고
몸을 움직였다. 하지만 이번엔 반대쪽에서 화살이 날아왔다.

"아아악!"

또 한 사람이 추락했다. 그의 등에는 굵직한 화살이 꽂혀
있었다.

"비켜랏!"

몸을 움직인 사람은 노도신군이었다.

노도신군은 밧줄을 발판 삼아 맞은편 절벽으로 뛰어갔다. 그의 등에는 사갑전 한 대가 장난감처럼 매달려 있었다.

타앗!

밧줄을 발로 디뎌 절벽에 도착한 노도신군은 허공으로 튕겨 올라 한 바퀴 몸을 돌린 뒤 중심을 잡아 바닥에 착지했다.

절벽 뒤에 숨어 있던 그림자들이 어수선하게 움직였다. 노도신군의 신형이 그림자들을 따랐다.

"지금이에요. 빨리!"

도화신군의 명을 받은 독고성외 철궁방 무인들은 기회를 틈타 하나둘 밧줄을 타고 맞은편 절벽으로 이동했다.

타다다닷!

노도신군은 빗살처럼 도주한 자를 추격했다. 그는 달리는 와중에도 화살을 쏘는 것을 잊지 않았다.

그가 가진 사갑전은 일반 사갑전보다 조금 작았고 간편히 휴대할 수 있는 것이었다. 그럼에도 위력은 떨어지지 않았다. 하지만 아무나 쓸 수 있는 것은 아니었다.

노도신군은 거력을 타고난 자이기에 혼자서도 사갑전을 사용할 수 있었지만 일반 철궁방도는 감히 무게를 이기지 못했다.

그가 쫓고 있는 사람은 단 한 명이었다.

뒷모습으로만 보았을 때 보통 키에 몸집은 여성의 체구라 할 수 있을 정도로 유약해 보였다.

사갑전 한 대면 충분히 죽일 수 있는 자이지만 어찌 된 게 화살을 쏘아낼 때면 미리 알기라도 한 듯 몸을 웅크리거나 수풀 속으로 뛰어들었다.

그자를 쫓던 노도신군은 문득 자신이 밟고 있는 땅이 동굴에서 한참 벗어났다는 걸 깨달았다. 조금 성급한 면도 없잖아 있었지만 틈을 타 뒤따라오고 있을 철궁방도들을 생각하면 안심이 되었다.

얼마만큼 달렸을까?

수풀이 우거진 곳에 도달한 노도신군은 문득 발걸음을 멈췄다.

방금 전까지만 해도 눈에 보이던 자의 신형이 하늘로 솟은 듯 감쪽같이 사라졌다.

그는 가쁜 숨을 고르며 천천히 전방을 주시했다.

그를 공격하는 자는 없었다. 아니, 그를 노리고 있는 자가 없다고 해야 옳았다.

노도신군은 자신이 길을 잃었다는 사실도 잊고 조심스럽게 기감을 끌어올렸다.

일각 정도가 흘렀을 무렵, 노도신군은 무언가 잘못되었다는 것을 깨달았다. 지금쯤이면 자신의 옆에 도착해 있어야 할 철궁방도가 아직도 모습을 보이지 않고 있었다.

그가 인상을 찌푸리고 있는 사이, 오른쪽 수풀이 가볍게 흔들렸다.

노도신군은 사갑전을 그곳으로 겨누었다.

한데 이번엔 왼쪽 수풀이 흔들렸다.

'두 명?'

그의 예상은 이번에도 틀렸다.

전방의 수풀이 흔들리며 한 사내가 여유있게 걸어나왔다.

'세 명이군.'

노도신군은 가만히 전방을 응시했다.

전방에서 걸어나온 사내는 옆구리에 검 하나를 차고 있었는데, 그의 얼굴을 확인한 노도신군의 눈이 가늘어졌다.

"사무량."

노도신군은 신음을 내뱉듯 사무량의 이름을 불렀다. 하지만 사무량은 그의 말에 대답하지 않은 채 중얼거렸다.

"한 명이라고는 하지만 무시할 수 없는 상대지. 괜찮겠나?"

"아무렴."

사무량의 질문에 대한 답은 우측 수풀에서 울려 나왔다.

그곳엔 여태 노도신군이 쫓던 자가 화살을 손에 쥐고 서 있었다.

계집처럼 곱상하게 생긴 얼굴이 노도신군 쪽을 보고 웃고 있었다. 아니, 정확히 노도신군의 어깨 너머를 보고 있었다.

"어때, 형은?"

노도신군은 그의 시선을 따라 고개를 돌렸다.

이번엔 좌측 수풀이 일렁이며 마찬가지로 다른 사내가 걸어나왔다. 곤이라 불러도 손색없을 정도로 긴 봉을 한 손으로 가볍게 쥔 사내였다.

노도신군의 고개가 좌에서 우로, 우에서 좌로 빠르게 움직였다. 좌우에서 나타난 두 사내의 생김새가 똑같았던 탓이다.

"이런! 우리를 몰라보는 사람이 있었네. 쌍둥이가 있다는 말은 못 들은 모양이지?"

가완은 내심 실망스럽다는 얼굴로 노도신군을 바라보았다.

순간적으로 노도신군은 누구를 공격해야 좋을지 판단할 수가 없었다. 세 명 모두 무기를 소지하였다는 점, 그리고 그 중 하나는 활을 들고 있다는 점이 그가 공격하는 것을 망설이게 했다.

"우서문이 어제 부상을 당했다는 말을 들었는데 지금은 괜찮나?"

좌측에 있던 가완이 노도신군을 무시한 채 사무량에게 물었다.

"짐을 덜어주겠다고 생각한 모양이야. 아직 우서문은 뇌성신군에게 상대가 되지 않아."

"참, 그놈의 혈기는 나이 서른이 넘어도 그대로인가 보군."

"그게 우서문의 장점이지. 혈기가 왕성하다는 것이 꼭 나쁘지만은 않아. 가끔은 모두에게 자극을 주니까."

"난 전혀 자극받지 않았어."

"그런가? 그런데도 이자를 직접 상대하겠다고 나섰나?"

"홍, 그냥 철궁방주의 실력이 어느 정도인지 보고 싶었을 뿐이야."

"네 실력이 확실히 나아졌다는 사실은 인정하지. 하지만 너무 쉽게 보지는 마. 철궁방주는 네가 생각하는 것만큼 만만하게 볼 자가 아니야."

"우리 둘의 합공으로도 불가능할까?"

"글쎄, 내가 만약 저 작자라면 널 먼저 죽이고 가완을 죽이겠어. 아무래도 화살은 봉보다는 위협적이니까."

가야는 자신의 화살을 한 손으로 들어 올리며 입꼬리를 말아 웃었다. 비웃음이 분명한 미소였지만 그 모습은 여느 여인들보다 훨씬 아름다웠다.

"사갑전에 맞으면 죽겠지?"

"뼈와 살이 분리될 수도."

"내 것도 사갑전처럼 단단하게 만들었어야 하나?"

"화살이 중요하긴 하지. 하지만 화살은 그저 무기일 뿐이야. 중요한 건 실력이지."

"여기서 말하는 실력이란 정확성을 요구하는 건가?"

"정확성, 민첩성, 빠른 판단력. 무인의 싸움은 평평한 장기

판에서 장기를 두는 것처럼 밋밋한 게 아냐."

"그렇지. 싸움은 부딪치기 전에 승패를 알 수도 없는 것이고."

마침내 가야가 노도신군을 바라보며 눈을 빛냈다.

노도신군은 자신을 앞에 두고도 저들끼리 떠드는 이 세 사람이 기가 막혔지만 그들이 무슨 이야기를 주고받는지 이해할 수도 없었다.

"사무량의 목만 취하면 된다. 죽고 싶지 않으면 물러서라."

내력을 실은 노도신군의 음성은 위협적이었다. 괜히 궁술로 으뜸이라는 철궁방주가 아니었다.

가야와 가완은 잠시 주춤했지만 이내 평정을 되찾았다.

"조금 힘들 수도 있을 것 같은데?"

가야의 고개가 다시 사무량에게 돌아갔다.

"많이 힘들 거야."

"얼마나?"

"둘 중 하나는 죽을 수도 있어."

"우리를 너무 무시하는군."

"일각을 주지."

"……?"

"일각 안에 저자를 죽이면 너희를 인정해 줄게."

사무량은 아무런 감정이 없는 사람처럼 노도신군을 바라

보며 쌍둥이들에게 말했다.

노도신군의 안색이 창백해졌다. 그는 사무량이 자신을 놀리고 있는 걸로 이해했다. 이렇게 된 이상, 그도 더는 생각할 필요가 없었다.

노도신군은 손에 들고 있던 사갑전을 정면으로 들어 올려 사무량에게 겨누었다.

피융—!

자리가 잡힌 사갑전은 주저없이 터져 나갔다.

거리를 가늠하지도 않았고, 목표를 향해 조준한 것도 아니었다. 몇십 년 동안 활을 잡은 노도신군의 손은 본능적으로 먹이를 노리는 늑대와 다를 바가 없었다.

엄청난 위력을 자랑하는 사갑전은 사무량을 향해 육안으로 확인할 수 없을 정도로 섬전처럼 쏘아갔고, 노도신군은 사무량이 그것에 맞을 거라는 걸 믿어 의심치 않았다.

하지만 곧 노도신군은 자신의 눈을 의심하게 되었다.

사무량은 화살이 날아가는 그 엄청나게 짧은 시간에 몸을 옆으로 살짝 비틀었다.

화살은 그의 옷깃을 스쳐 뒤에 있는 나무에 날아가 박혔다.

빠직!

사갑전을 맞은 나무는 힘없이 무너졌다. 하지만 사무량은 그 자리에 그대로 서 있었다.

노도신군의 눈에 이채가 발했다. 자신의 활을 정면으로 상대하면서 피할 수 있던 자들이 몇이나 되었을까. 산전수전 다 겪은 노고수들 외에는 피한 자가 없었다.

사무량은 방금까지 자신이 죽을 뻔했다는 사실을 모르는 듯 담담한 음성으로 쌍둥이들에게 말했다.

"시작해."

그 말이 신호였을까.

두 사람이 일시에 노도신군을 향해 뛰었다. 노도신군은 더는 사무량 때문에 놀라기만 할 수 없었다.

양쪽에서 덤벼드는 쌍둥이들.

하나는 거리를 두고 화살 쏠 준비를 하였고, 하나는 막무가내로 봉을 휘두르며 노도신군의 얼굴을 노렸다.

노도신군은 등 뒤에서 화살을 뽑아 활에 채웠다.

쌍둥이들의 실력이 별거 아니라 생각했는데 막상 대하고 보니 이 둘의 기세를 무시할 수 없었다.

사갑전이 먼저 쏘아진 쪽은 가야였다.

가야는 한 번의 실수라도 놓치지 않겠다는 듯 아주 정확하게 노도신군을 조준하며 초점을 맞추고 있었다. 하지만 그는 재빨리 고개를 숙여야 했다.

머리를 향해 가차없이 날아드는 노도신군의 화살은 가야의 머리카락을 스치고 지나갔다.

투두둑 소리와 함께 가야의 머리카락 한 움큼이 바닥에 떨어졌다.

노도신군은 놀란 가야의 얼굴을 확인하지 않고 두 번째 화살을 쏘아냈다. 연환사(連環射)라고 할 정도로 빠른 손놀림이었다.

그의 두 번째 화살은 거의 면전까지 다가온 가완을 향했다.

가완은 날아오는 화살을 보지 못했지만 공기의 저항을 느끼곤 바닥으로 굴렀다.

"재주가 좋군."

노도신군은 진심 어린 감탄을 토해냈다.

오늘 하루만 해도 자신의 화살을 피해낸 자가 세 명이나 되니 어찌 놀라지 않을 수가 있을까.

하지만 노도신군은 쌍둥이들이 자신의 상대가 되기엔 많이 부족하다는 것을 알고 있었다.

그는 다시 화살을 꺼내 준비했다. 그러는 사이 가야의 화살이 그의 심장을 노리며 날아들었다. 그 순간,

꽈직!

아무것도 없는 허공에서 불똥이 튀었다.

서로 상대를 노리며 날아갔던 가야의 화살과 노도신군의 화살이 공중에서 감쪽같이 사라졌다.

가야의 눈빛이 광기에 사로잡혔다.

사무량의 도움으로 예전보다 몇 배나 나은 안력을 가진 그는 자신의 화살을 정확히 맞춘 노도신군의 사갑전을 두 눈으로 똑똑히 보았다.

오싹한 느낌이 가야의 등골을 타고 올라갔다.

'어쩌면 정말 힘든 싸움일 수도.'

가야는 자신이 상대를 너무 얕잡아보았다는 사실을 뒤늦게나마 깨달았다.

궁술로만 따지자면 가야는 노도신군의 반에 반도 못 미치는 실력인 것은 사실이었다. 다만 가야는 궁수에게 반드시 있어야 하는 뛰어난 시력을 가졌다.

그 시력이 매번 싸움에서 그를 도왔지만 그걸로 하여금 자만심이 점점 자라고 있었다는 건 모르고 있던 가야였다.

꿀꺽!

가야는 마른침을 목구멍으로 삼키고 가완 쪽을 돌아보았다. 가완도 분명 자신과 똑같은 생각을 하고 있을 게다.

두 사람은 서로의 눈빛을 주고받았고, 짧게 고개를 끄덕였다.

타앗!

땅에서 벌떡 일어선 가완이 반대편으로 도주하기 시작했다. 가야를 향해 다시 활을 날리려던 노도신군이 방향을 바꿔 가완을 향해 사갑전을 쏘아냈다.

피잉! 핑!

무려 두 번이나 연속으로 쏘아낸 사갑전이 이번에는 목표물을 정확히 맞추었다.

털썩!

풀숲에서 먼지가 피어올랐다. 뛰어가던 가완의 모습은 풀 위로는 보이지 않았다.

"음!"

사무량은 그곳을 바라보며 눈을 가늘게 떴다. 바람결에 피 냄새가 섞여 있자 사무량은 앞으로 나가려다가 다시 발을 바닥에 붙였다.

"끄응! 거 되게 아프네. 뼈가 부러진 것 같아."

부스럭 소리와 함께 넘어졌던 가완이 몸을 일으켰다. 사갑전은 그의 왼쪽 어깨를 스치고 지나갔다. 하지만 불행인지 다행인지 판단할 수가 없었다. 순식간에 퉁퉁 부어오른 가완의 어깨는 비정상이었다. 아마도 사갑전이 훑고 지나가면서 어깨뼈를 부숴놓은 모양이다.

"나 이러다가 우서문처럼 되는 건 아니겠지?"

사무량은 아무런 말도 하지 않았다.

가완은 넉살 좋게 히히 웃더니 다시 활을 겨누고 있는 노도신군을 비라봤다.

노도신군은 내심 감탄하며 두 번째 화살을 쏘려 할 때, 어깨를 움켜쥔 가완의 입이 열리며 주문을 외우는 듯한 중얼거림이 들려왔다.

"활이란 참 좋지?"

"……."

"이리저리 뛰어다닐 필요도 없이 가만히 서서 쏘기만 하면 되니까."

노도신군은 잠시 멈칫했다.

죽음을 목전에 둔 사람치고 가완의 눈동자가 이상할 정도로 반짝이고 있었기 때문이다.

"뛰어가는 사람의 등에 쑤셔 박을 수도 있고 말이야."

"그만 가라."

노도신군의 시위가 팽팽하게 당겨졌다.

"하지만 그거 알아? 궁수는 눈이 좋아야 하지만 애석하게도 뒤통수에는 눈이 없다는 것."

"……!"

노도신군이 아차 하는 순간이었다.

푹!

무언가가 허벅지를 뚫고 앞으로 삐죽 튀어나왔다. 무엇인지 확인할 필요가 없었다.

가완에게 정신이 팔려 있는 사이 가야가 있다는 사실을 잠시 잊었고, 완벽하게 당했다.

방심이 가져다준 철저한 응징이었다.

노도신군은 허벅지에 박힌 화살을 뽑을 생각도 하지 않고 그대로 몸을 돌렸다.

이미 가완은 전투 불능의 상태. 어깨뼈가 부서졌으니 고통은 이루 말로 형용할 수 없을 게다.

남은 것은 가야와 사무량. 사무량은 처음부터 싸움에 끼일 생각이 없는 듯 방관하고 있으니 가야만 처지하면 되는 일이었다.

노도신군에게 활을 쏘아낸 가야는 표정 없는 얼굴로 그를 직시하고 있었다.

가야와 노도신군은 누가 뭐라 할 새도 없이 활을 들어 서로를 겨누었다.

일촉즉발의 순간. 화살을 한 대 맞았지만 승기는 노도신군이 쥐고 있었다.

일단은 사정거리가 너무 가깝다는 데 있었고, 노도신군의 안면이나 심장 부위를 공격하지 않는 한 가야에게는 희망이 없어 보였다.

사무량은 직감적으로 가야가 위험하다는 것을 알아차렸다. 그에게 위험을 알리는 경고를 해야만 했다.

하지만 이미 두 사람은 팽팽하게 잡아당겼던 시위를 놓았다.

"숙여!"

사무량이 바닥을 박차고 뛰어올랐다. 하지만 그보다 먼저 뛴 사람이 있었다.

퍼억!

눈 깜짝할 사이에 서로를 향해 날아든 화살은 목표물을 정확히 명중시켰다.

가야가 날린 화살은 노도신군이 어깨에, 노도신군이 날린 화살은…….

가야를 쓰러뜨리며 노도신군의 화살을 대신 몸으로 받은 사람은 사무량과 이미 마주한 적이 있는 사내였다.

"가휼!"

사무량은 급히 검을 뽑아 들었다.

지금은 쌍둥이들을 돌아볼 여유가 없었다. 가휼이 가야를 밀치지만 않았어도 가야의 화살은 노도신군의 얼굴에 틀어박혔을 게다. 하지만 만약 그렇게 된다면 가야 역시 죽음을 면치 못했을 것이다.

사무량의 신형은 노도신군을 향해 쏘아져 갔다.

노도신군은 다시 활을 들었다.

목표물을 다시 바꾼 사갑전은 일말의 사정도 봐주지 않았다.

거센 파공음과 함께 화살이 날아들었다.

채챙!

혈광검에 부딪친 사갑전이 방향을 잃고 불똥을 튀기며 튕겼다.

비록 손에 자르르한 아픔이 느껴졌지만 사무량은 뛰어가는 속도를 조금도 늦추지 않으며 노도신군을 향해 질주했다.

노도신군은 개의치 않아 하며 다시 화살을 시위에 매겼다.

두 번째, 세 번째 화살이 연이어 터져 나왔다.

채챙! 챙! 챙!

사무량의 현란한 손놀림에 날아오던 화살들이 모두 튕겨
져 나갔다.

노도신군의 표정은 급박함으로 변해 버렸고, 그는 마침내
등 뒤에 남아 있는 화살을 모두 시위에 걸었다.

한꺼번에 다섯 개의 화살이 사무량을 노리며 쏘아졌다.

사무량은 동시에 쇄도해 들어오는 화살을 보며 깜짝 놀랐
다. 그에게는 다섯 개나 되는 화살을 피해낼 시간이 없었다.

"하앗!"

사무량의 입에서 우렁찬 기합성이 터져 나왔다.

그는 기합과 함께 한쪽 발을 굴러 땅을 박찼다. 그 반동으
로, 땅을 딛고 있는 발을 축 삼아 사무량은 맹렬히 몸을 회전
시켰다.

사무량의 몸이 팽이처럼 회전하기 시작했고, 그의 손에 들
린 혈광검 역시 미친 듯이 움직였다.

노도신군을 비롯하여 그 모습을 바라보고 있는 사람들은
허를 내둘렀다.

사무량의 몸이 회전하는 속도도 놀라웠지만 그가 잡고 있
는 혈광검이 날아드는 다섯 개의 화살을 정확히 쳐내고 있었
기 때문이다.

따당땅!

정신없이 움직이는 가운데 사무량은 어느새 노도신군의
얼굴 앞까지 다가와 있었다.

노도신군의 안색이 까맣게 변했다. 그러나 그것도 잠깐,

촤악!

노도신군은 가슴을 불로 지지는 듯한 느낌을 받았다.

검으로 흥한 자, 검으로 망한다는 말이 있듯 자신은 죽더라도 자신보다 훌륭한 궁수의 활에 죽을 거라고 생각했다.

혈광검이 훑고 간 노도신군의 가슴에서 뜨거운 핏물이 쏟아져 나왔다.

사무량은 단 한 번의 공격을 가한 뒤, 뒤로 훌쩍 물러섰다.

갑자기 공력을 쏟아 부어 회전을 했던 탓에 후유증이 생각보다 컸다.

사무량은 노도신군의 상처를 확인한 후, 즉시 자리에 가부좌를 틀고 자리에 앉았다. 그럴 상황이 아닌데도 그는 눈을 반개한 뒤 바로 운기에 들어갔다.

노도신군은 가슴을 손으로 쓱 문질렀다.

그의 상태는 실로 위중했다. 금방이라도 쓰러질 것 같았다. 하지만 눈앞에 사무량을 두고 죽을 수가 없었다.

노도신군은 가까스로 허리를 숙여 바닥에 튕겨 나간 화살 한 대를 주웠다. 그리고 시위에 매겼다.

시위를 잡아당기는 그의 손은 피로 얼룩졌고, 부들부들 떨리고 있었다.

정확히 사무량을 향해!

남아 있는 공력을 다 짜낸 노도신군은 손가락으로 시위를

튕겼다.

화살은 평소와는 달리 반의 반의 위력도 내지 못했지만 정확히 사무량을 향해 날아갔다. 그런데,

땅!

무언가 날아와 노도신군이 쏘아낸 마지막 화살의 경로를 방해했다.

노도신군은 그것이 날아온 방향으로 고개를 돌렸다.

그곳엔 아직도 멀쩡히 살아 있는 가야가 화살을 들고 서 있었다.

가야는 한 번 더 화살을 쏘아냈다.

따당!

화살은 정확히 노도신군이 들고 있던 사갑전에 명중했다. 가야의 화살은 쇠로 만든 사갑전을 뚫지 못했지만 노도신군의 손에서 벗어나게는 할 수 있었다.

"허허! 허허허!"

공허한 웃음이 노도신군의 입에서 터져 나왔다. 과묵한 그가 이곳에서 내뱉는 세 번째 말이었다.

그는 더 이상 서 있을 힘조차 없었다. 지난날, 힘들게 살아온 순간들이 영상이 되어 주마등처럼 머리를 스쳐 지나갔다.

'활로 흥한 자, 활로 망한다 하였거늘……'

"다행이로구나."

노도신군은 그의 심장을 겨누고 있는 가야를 향해 의미있는 말을 던졌다.

그것으로 끝이었다. 노도신군은 더 이상 듣지도 보지도 말하지도, 숨을 쉬지도 못했다.

사무량이 운기를 마쳤을 땐, 주위엔 많은 사람들이 서 있었다.

다행스럽게도 그들은 흑천의 인물들이 아닌 적랑회도들이었다.

철궁방을 상대하기 위해 나선 적랑회도들의 숫자가 급격하게 줄었다는 것을 알게 되었지만, 어쨌든 끝까지 살아남은 것은 이들이었다.

사무량은 문득 피비린내에 자신의 발아래 깨를 내려다보았다.

"엄청나게 뱉어대더군. 기혈이 뒤틀렸나 보구나."

젖은 수건으로 그의 이마를 닦아준 사람은 적랑회주였다.

"상황은 어떻습니까?"

"노도신군은 죽었다."

적랑회주는 턱짓으로 한쪽을 가리켰다. 그곳엔 심장 부근을 화살에 꿰뚫린 채 쓰러진 노도신군의 시신이 있었다.

"다른 사람들은……"

"가완은 혼절했다. 처음부터 나서지 그랬느냐, 그럼 그 녀석이 왼쪽 어깨를 못 쓰게 되는 일도 없었을 것을."

"처음부터 제가 나섰다면 전 죽었을 겁니다."

"흐음!"

"정말입니다. 보십시오."

사무량은 자신이 무의식중에 뱉어낸 핏물을 가리켰다.

그러다가 문득 무언가 생각이 들었는지 고개를 들어 누군가를 찾았다.

"가휼을 찾냐? 내버려 둬라. 그놈은 지금 그 누구에게도 위로를 받을 수 없을 테니까."

혼절한 가완의 옆은 가야가 지켰다. 그리고 가야의 옆은 가휼이 지켰다. 가휼 역시 무사하지는 못했다. 사갑전이 오른쪽 팔꿈치를 관통하면서 팔꿈치 아랫부분이 깨끗하게 잘려져 나갔다.

생살이 잘려 나가는 끔찍한 고통이있을 텐데도 가휼은 혼절은커녕 이를 악물고 정신을 붙들었다. 급히 상처 부위를 감싼 붕대가 핏물로 빨갛게 젖어 있었다.

그는 자신이 다친 상처보다도 가야와 가휼의 무사함이 더욱 중요했고, 그들에게 외면받는 일이 더 고통스러웠다.

벌써 한 시진째 가야는 아무런 말이 없었다. 가완 역시 혼절에서 깨어났지만 눈을 뜨지 않았다.

세 사람 사이에 묘한 기류가 흘렀다.

먼저 말을 꺼내는 사람도 없었을뿐더러, 말을 꺼낸다 하여도 지금의 어색한 분위기가 나아지리라 장담하지 못했다.

무슨 말을 할 수가 있을까.

십 년이 지난 세월 동안 수많은 오해도 있었고, 부재도라는 사람이 살지 못할 곳에도 갔다 와보고, 생과 사를 넘나드는 일도 한두 차례가 아니었거늘.

"…괜찮느냐?"

무거운 침묵을 이기지 못한 가휼이 두 사람에게 물었다.

가야는 여전히 대답이 없었고, 가완 역시 눈을 뜨지 않았다.

그들이 받은 충격은 상당했다.

그들은 이곳에, 그것도 적랑회에 자신들의 아버지가 있었다는 사실을 여태 몰랐다. 게다가 사무량이 알면서도 말하지 않은 데 조금 씁쓸함을 느꼈다. 그러나 그를 탓할 수는 없는 노릇이었다.

어쨌거나 지금의 문제는 세 사람이 해결해야 하는 일이니까.

"내가 무슨 말을 하건, 너희들에게는 변명으로밖에 들리지 않을 게다. 용서해 달라는 말은 하지 않겠다. 다만… 너희가 나중에라도 내 이야기를 들어줄 준비가 되어 있다면 그때 다시 만나자꾸나."

가휼은 눈 감은 가완과 외면하고 있는 가야를 한 번씩 바라본 뒤에 등을 돌렸다.

아직은 서로를 이해하기엔 시간이 더 필요한 부자지간이
었다.

第五章

작별의 시간

철궁방은 백이십 명 중 무려 칠십팔 명이 목숨을 잃었다. 적랑회도들 역시 마흔다섯 명이 세상을 떠났다. 지리적인 이점에서 본다면 적랑회도들은 더욱 큰 손해를 본 것이나 사실상 철궁방은 이 싸움으로 하여금 와해된 것이나 마찬가지였다.

혼자 숲으로 들어간 노도신군의 죽음은 그의 시신을 찾기 전까지 기정사실화되었다.

남은 철궁방이 할 수 있는 것은 흑천 무인들을 절벽으로 이동시키는 역할뿐이었다.

이 진은 실로 기간으로써 제 몫을 다하지 못했다.

그렇게 흑천의 무인들이 대거 이동할 시에, 한쪽에서는 긴 호각 소리가 울려 퍼졌다.

삐익—!

한곳에서 시작된 호각 소리는 금세 산 전체로 번져 나갔다.

이진이 뚫려서 울리는 신호가 아님을 알고 있는 왕가는 푸르디푸른 하늘을 바라보며 고개를 갸웃거렸다.

"저 소린 뭐냐? 설마 내가 생각하고 있는 그 소리는 아니겠지?"

"맞는 것 같은데……."

해타가 난감한 표정으로 머리를 긁적였다.

"설마, 아니겠지?"

왕가가 커다란 눈알을 이리저리 굴렸다. 얼굴에서는 불안해하는 표정이 역력했다.

"지금 저 소리가 어디서부터 울렸냐?"

"북쪽인 것 같아."

"북쪽이면 절벽인데……."

중자산 북쪽엔 따로 기관을 설치하지 않았다. 자체 기관이라 불러도 좋을 만큼 북쪽 절벽은 꽤나 높았고, 험했다.

'절벽을 그냥 오를 수 있는 자들이라면…….'

왕가의 머릿속엔 그가 알고 있는 흑천의 인물들이 하나씩 스쳐 지나갔다.

철궁방은 거의 전멸하다시피 했으니 제외. 고언문은 땅속의 두더지들이니 절벽을 오를 리 없다. 뇌성문 역시 이 진을 통과했다는 이야기를 들었기에 그들도 제외시켰다.

남은 것은 혈살문.

'아니지. 놈들이 아무리 무공이 뛰어나다 해도 순식간에 절벽을 기어오르진 못하지.'

왕가는 마지막으로 남은 한 사람을 떠올렸다.

'설마……!'

상상하던 그의 얼굴이 하얗게 탈색되었다.

그가 그토록 마주치기 싫어하는 사람.

'보명 대사.'

보명 대사라면 절벽을 오르는 것은 문제가 아닐지도 모른다. 다른 흑천 무인처럼 기관을 뚫고 올 위인도 아니다.

그에게는 무엇보다 남들이 감히 따라 하지 못할 무공 실력이 있고, 대담성도 지니고 있다.

'보명이 직접 쳐들어왔다면 끝장인데…….'

보명 대사는 왕가에게 평생토록 넘지 못할 산이었다. 그의 얼굴만 떠올리면 절로 나타나는 두려움은 왕가를 오래도록 떨게 했다.

"왕가, 위로 올라가 봐야 하지 않겠어? 만약 사실이라면 사무량에게 직접 알려야 하잖아."

빠른 발을 지니고 있는 왕가는 중자산의 연락수단이었다.

중자산에 쳐들어온 흑천의 이야기는 하나도 빠짐없이 왕

가가 직접 보고 사무량에게 알렸다.

지금도 다를 바가 없다. 적랑회도들이 신호를 울렸지만 이역시 왕가가 두 눈으로 확인해야 할 사항이었다.

왕가는 꿀꺽 침을 삼켰다.

벌써 화살처럼 뛰어가야 옳았지만 땅바닥에 붙은 발바닥이 떨어지지 않았다.

"빨리 가자."

해타가 그의 소매를 붙들고 재촉했다.

초점 없는 눈으로 허공을 응시하던 왕가가 갑자기 해타의두 어깨를 잡았다.

"해타, 한 가지 약속을 하자."

"응?"

해타는 맑은 눈으로 왕가를 바라봤다.

"너, 만약 내가 죽을 위기에 처해진다면 어떻게 할 거냐?"

"당연히 구해야지."

"그럼 만약에 날 죽이려는 자의 무공이 워낙 강해서 너마저 죽을 위험에 처해진다면?"

"그래도 구할 거야."

"그래, 나도 네가 죽을 위기에 놓인다면 내가 죽는 한이 있어도 널 구할 거야."

해타는 급한 마당에 웬 뜬금없는 이야기를 하냐며 왕가를이상한 눈으로 바라봤다. 하지만 왕가는 그 어느 때보다 진지했다.

"하지만 말이야, 그건 어디까지나 구하는 입장에서의 말이고, 만약 해타 네가 죽을 것 같은 상황에 처했어. 그런데 내가 내 목숨을 버리면서까지 널 구하려고 해. 너 같으면 어떻게 하겠냐?"

해타는 왕가가 한 말을 이해하기 위해 잠시 머리를 굴렸다. 그리고선 곧바로 대답을 했다.

"그럼 안 돼. 난 죽어도 괜찮지만 넌 죽으면 안 돼."

왕가는 듣고 싶었던 대답을 들었는지 입가에 희미한 미소를 지었다.

"그래, 나 역시도 내가 위험해서 죽더라도 네가 죽는 걸 바라지 않아. 무슨 말인지 알겠냐?"

해타는 마지못해 살짝 숙인 고개를 연신 끄덕였다.

"좋아. 그럼 내 말 잘 들어. 나 혼자 가서 알아보고 올 테니까 넌 이곳에 있어."

"그게 무슨 말이야? 나도 같이 가야지."

"지금 어딜 따라오겠다는 거야? 잘 봐."

왕가는 손가락으로 산 아래를 가리켰다.

"이진이 무너졌다. 조만간에 놈들이 이곳까지 들이닥칠 거야. 다른 놈들이라면 몰라도 땅속 두더지들은 네 힘으로 막아야지."

"내, 내가 막아?"

"이 새끼가! 너 도대체 여태까지 무슨 생각을 하며 살아온 거야!"

왕가는 해타의 머리를 때리려 주먹을 들어 올렸다가 천천히 내렸다.

"넌 지난번 폭발에서도 살아남은 놈이잖냐."

왕가의 음성은 한결 부드러워졌다. 평소의 그답지 않은 말투 때문에 해타는 어안이 벙벙했다.

"그러니까 너는 이곳에서 상황을 잘 보라는 이야기야."

"왕가, 너 갑자기 왜 그래?"

"뭐가?"

"꼭 어디 먼 데로 떠나는 사람 같잖아."

"부정 타는 소리 작작해! 떠나긴 누가 떠난다고 그래!"

"아님 말지……."

"아무튼 간에 넌 여기나 지켜. 금방 다녀올 테니까."

"알았어."

왕가는 해타를 한 번 바라본 후, 발걸음을 돌렸다. 해타는 멀어져 가는 왕가의 모습을 지켜보다가 땅을 파기 시작했다.

빠른 발걸음 덕에 왕가는 순식간에 북쪽의 절벽에 도착했다.

그의 눈에 보이는 북쪽 절벽은 중자산 서쪽과 달리 조용했다. 처음부터 아무런 일도 일어나지 않은 것 같았다.

하지만 곧 왕가의 후각에 비릿한 냄새가 걸려들었다.

왕가는 냄새가 나는 곳을 따라 천천히 발걸음을 옮겼다. 한 발 한 발 내딛는 발걸음은 무척이나 조심스러웠다.

"으음!"

냄새의 근원지에 도달한 왕가는 저도 모르게 신음을 내뱉었다.

가슴이 뻥 뚫린 채 죽어 있는 무인 두 명이 그의 눈에 들어왔다. 왕가는 주위를 한 번 둘러본 뒤 시신들 곁으로 다가섰다.

이들이 제일 먼저 호각음을 보낸 자들이라는 건 분명했다. 한 명은 아직도 입가에 두 손을 모으고 있었다.

'도대체 누가 이런 짓을!'

시신을 살피던 왕가는 그들의 뻥 뚫린 가슴 쪽에 시선을 가져갔다.

구멍은 둥근 형태가 아닌 마치 사람의 손바닥 모양으로 뚫려 있었고, 그 안의 뼈들은 산산조각이 났으며 내장이 밖으로 흘러나오는 모습은 눈뜨고 보기 힘들 만큼 처참했다.

왕가는 손바닥 모양의 구멍이 생겨난 무공을 한눈에 파악할 수 있었다.

소림의 대력금강장.

그의 직감이 맞았다. 절벽을 타고 올라온 사람은 다름 아닌 보명 대사였다.

왕가는 갑자기 밀려드는 오한에 한차례 몸을 부르르 떨었다.

그가 천 길 나락의 절벽을 타고 올라왔다는 생각을 하니 더더욱 공포가 느껴졌다. 도대체 얼마나 무공이 강하기에 절벽을 아무렇지도 않게 올라올 수 있단 말인가.

혈광검의 아들인 사무량에게서도 느껴보지 못한 공포를 보명 대사에게 느낀 왕가는 재빨리 후각을 최대한으로 열어 주변의 냄새를 맡았다.

피 냄새를 제외한 자연이 만들어내는 향긋한 향기를 코로 빨아들인 그는 공기 중에 이질적인 냄새가 섞여 있다는 것을 알았다.

그것은 사람 냄새였고, 쇠 냄새처럼 지독하고 역겨웠다.

'한두 사람이 아니다. 최소 열 명은 되겠군.'

왕가는 냄새가 나는 곳으로 최대한 조용히 움직이기 시작했다.

냄새를 따라 삼십여 장쯤 이동했을 때, 그는 수풀 너머에 모여 있는 일단의 무리를 볼 수 있었다.

여느 흑천 무인들의 복장과는 거리가 먼, 머리끝부터 발끝까지 짙은 녹색을 착용한 복면인들이었다.

복면인들의 수는 정확히 열 명. 그리고 그들의 중심에 서 있는 사람을 보았을 때, 왕가의 심장은 평소보다 두 배는 빠르게 뛰었다.

'보명!'

왕가는 눈살을 좁히고 귀를 기울였다.

꽤나 거리가 먼 곳에 있어 자세히는 아니지만 그들의 목소리를 대강이나마 들을 수 있었다.

마치 유람을 즐기듯 수풀을 배회하던 보명 대사가 자리에 멈춰 섰을 때, 복면인 중 한 사람이 기다렸다는 듯이 입을 열었다.

"바로 정상 쪽으로 이동하시겠습니까?"

"아니, 서두를 필요는 없겠지. 자네들도 알다시피 흑천 무인들이 사력을 다하고 있잖은가. 제 딴에는 고생을 한답시고 하는데 좀 더 실력을 발휘할 시간은 주어야지."

"이해가 되지 않는군요. 사무량을 처리하면 간단하게 끝날 일이라고 생각합니다만, 많은 무인들을 죽이면서까지 이럴 필요가 있겠습니까?"

복면인의 말투는 다소 부정적이었다. 예의있으면서도 할 말을 다하는 모습에선 비굴함을 찾을 수가 없었다

겉으로 보기에 주종의 관계처럼 보이나 말투를 들어보면 또 아닌 것도 같았다.

보명 대사는 혀를 가볍게 찬 뒤 인상을 찌푸렸다.

"혈광검의 추종자들인 적랑회를 제압하는 것까지 우리가 수고를 덜 필요는 없지. 흑천은 잔가지들을 치는 도구일 뿐이야. 어차피 그들은 중원에 나서야 할 명목을 세워야 하고, 죽

는 날까지 내 명령을 들어야 하는 자들이니까."

왕가는 충격적인 이야기를 들으면서 두 눈을 깜박였다.

결국 흑천의 다섯 문파 역시 보명 대사의 노리개에 지나지 않았다. 보명 대사는 그들 문파를 복원시키기 위해 모이게 한 것이 아니라, 자신의 사리사욕을 채우기 위한 수단으로 이용하고 있었다.

흑천 무인들이 들으면 경을 칠 일이었다.

중요한 정보를 얻은 왕가는 다시 그들에게서 천천히 물러서려 했다. 하지만 그가 발을 움직이는 직후, 다른 복면인이 입을 열었다.

"쥐새끼가 도망가려 하는군요."

"겁이 많은 쥐새끼라서 몰래 엿듣는 게 취미인 모양이군. 방금 내가 한 말을 듣지 않았더라면 명을 단축시키지 않아도 되었을 터인데. 쯧쯧!"

"처리할까요?"

"속전속결로 하게. 깔끔하면 더욱 좋지."

대답은 필요없었다.

보명 대사의 허락이 떨어지자마자 복면인 두 명이 땅을 박찼다. 그들이 향하고 있는 곳은 왕가가 몰래 숨어 엿듣고 있던 자리.

팟!

왕가는 수풀에서 튀어나왔다.

이자들이 어떻게 자신의 위치를 알아냈는지도 의문이지만 한달음에 달려오는 기세엔 필사의 기운이 담겨 있었다.

왕가는 젖 먹던 힘까지 짜내어 용천혈에 기운을 몰았다. 급히 땅을 박찬 왕가는 마치 날개가 달린 범처럼 표홀한 신법을 자랑하며 내달렸다.

순식간에 그들과의 거리를 벌여놓았다고 생각한 왕가는 고개를 살짝 돌려 뒤를 보다가 이내 경악에 사로잡혔다.

신법으로는 그 누구에게도 지지 않는다고 생각했는데 복면인들은 왕가의 신법을 비웃는 듯 그를 바짝 따라붙고 있었다.

왕가는 달리는 것을 멈추지 않았다. 앞을 가로막고 있는 나무와 바위들이 장애물처럼 느껴진 왕가는 나무 위로 펄쩍 뛰어올랐다. 그리고 원숭이처럼 가지들을 밟으며 이동했다. 그럼에도 평지에서 달릴 때처럼 전혀 속도가 떨어지지 않았다.

하지만 왕가는 다시 경악하고 말았다

복면인들이 그가 밟아온 나뭇가지를 따라 밟으며 쫓고 있었다. 그들의 속도는 가히 왕가를 능가했으며, 지쳐 하는 기색도 보이지 않았다.

왕가는 뒷골이 서늘해지는 느낌을 받으며 나무 위에서 뛰어내렸다. 하지만 그는 곧 발걸음을 멈출 수밖에 없었다.

"쥐새끼라 그런지 제법 빠르군."

왕가는 심장이 덜컥 내려앉는 기분이었다.

어느새 앞길을 가로막고 있는 자는 여유로운 행동으로 주위를 서성였다. 복면인들의 우두머리로 보이는, 아까 보명 대사와 이야기를 주고받던 인물이었다.

그는 아무런 무기도 없이 뒷짐을 쥐고 있었지만 왕가의 눈에는 그에게서 틈을 찾아볼 수 없었다. 적어도 흑천 오신군의 실력과 비슷하거나 그 위였다.

스르릉!

왕가는 서슴없이 허리춤에서 유성추를 뽑아 들었다.

지금 이 상황에서 도주는 더는 불가피하다는 걸 알고 있었다. 주위엔 도와줄 이가 아무도 없다. 만약 있었다 하더라도 진즉에 이들의 손에 죽었을 게다.

왕가는 죽음을 예감했다.

육십 년 세월, 참 많은 일들을 하며 살았다. 죽을 위기를 넘긴 것도 한두 번이 아니었다. 하나 지금은 죽을 위기가 아니라 정말 죽을 것 같았다.

그는 오른손을 가슴 위에 얹었다. 작지만 묵직한 무언가가 느껴졌다.

대선사가 불탔으며, 왕가에게 식인마라는 별명을 얻게 해준 물건. 끝까지 지키려 했는데 결국엔 지키지 못하게 되었다.

“훗!”

복면인은 왕가의 유성추를 바라보며 웃었다.

"쥐새끼의 무기가 유성추였던가? 이런, 이런! 빠른 신법과 어울려진 유성추를 견식하고 싶은 마음은 굴뚝같은데, 그 짧은 시간까지도 쥐새끼를 살게 해주고 싶진 않군."

복면인은 냉혈한처럼 아무런 감정도 실려 있지 않은 음성으로 말했다.

촤르르!

왕가의 유성추는 곧장 그의 손을 떠나 복면인에게 날아갔다. 허공에 돌릴 틈도 없이 급박했던 왕가의 마음이 고스란히 담겨 있는 공격이었다.

쇠사슬의 끝에 매달린 길고 뾰족한 추는 스치기만 해도 치명상을 입을 만큼 위협적이었다. 하지만 복면인은 추가 안면 가까이 날아드는 모습을 가만히 지켜만 보았다.

'제발!'

왕가는 절망 속에서 아주 삭은 희망을 가지고 마음속으로 빌고 또 빌었다. 하지만 그의 간절한 희망은 처참히 무산되었다.

복면인은 유성추를 아주 간단히 피했다. 간단하다고 하지만 그의 움직임이 너무 빨라 왕가는 뚜렷한 잔영을 두 눈으로 목격할 수 있었다.

복면인은 왕가에게 했던 경고처럼 잠시도 쉴 틈을 주지 않고 곧장 왕가를 향해 달려왔다.

쉬이익!

'저건!'

왕가는 두 눈을 크게 부릅떴다.

무기가 없어 복면인의 무공이 장법이나 권법, 또는 각법 중 하나라고는 예상했었다. 하지만 복면인이 두 손을 왕가에게 밀쳤을 때, 왕가는 그의 손이 빨갛게 물들어 있는 것을 똑똑히 보았다.

"헉!"

왕가는 비명을 지르며 몸을 피했다.

치이이!

복면인의 손바닥에 살짝 스친 옷자락이 역한 냄새와 함께 타 들어갔다.

'수법은 대력금강장이 맞는데, 왜 손이……?'

왕가는 의문에 휩싸였다.

복면인이 내지른 장법은 보명 대사와 마찬가지로 소림의 대력금강장이 분명했다. 한데 이들의 손바닥이 빨간 것은 대력금강장과는 전혀 무관한 것이었다.

흔히 마공이라 일컫는 무공 중에서 손바닥을 빨갛게 물들이는 수련을 하는 게 있다. 예를 들면, 해타의 스승인 환우독조가 구환조를 익힐 때 손가락을 독물에 넣는 것과 비슷하다.

'대력금강장과 마공이!'

복면인들의 정체가 무엇인지는 알 수 없지만 한 가지 확실한 건, 이들이 마공을 익힌 상태에서 대력금강장을 익혔거나 대력금강장을 익힌 상태에서 마공을 익혔다는 것이다.

또 한 번 복면인의 손바닥이 왕가의 안면을 노렸고, 왕가는 가까스로 그의 손을 피하며 바닥을 굴렀다.

바닥에서 벌떡 일어나 유성추를 날리려던 왕가는 다른 곳을 보고 있는 복면인의 모습에 급히 행동을 멈췄다. 그의 시선을 따라 고개를 돌리던 왕가의 눈에 그가 있는 자리로 걸어오는 보명 대사의 모습이 보였다.

"……!"

제멋대로 뛰기 시작한 심장이 입 밖으로 빠져나올 것만 같았다.

되도록 보명 대사와 마주하기 싫었던 왕가였지만 그와 눈을 마주치고 말았다.

왕가를 유심히 보던 보명 대사가 얇은 입술을 조그맣게 벌렸다.

"쥐새끼가 누구인가 했더니만, 대선사의 주지승 아니시던가?"

"……."

"우리의 인연은 아무래도 악연인 것 같네. 매번 안 좋은 일로 만나니."

꿀꺽!

왕가의 침 넘어가는 소리가 모두에게 들을 만큼 크게 울렸다. 복면인의 복면에서 웃음 비슷한 것이 새어 나왔다.

"허허! 사람을 보니 군침이 넘어가는가? 아무리 인육을 즐긴다지만 이렇게 대놓고 군침까지 흘릴 필요는 없잖은가."

보명 대사의 조롱에도 왕가는 아무런 말대답을 할 수가 없었다.

그가 느낀 죽음의 그림자가 이제 눈앞에 다가왔다는 생각만이 머릿속에 가득 찼다.

복면인이 말했다.

"속히 처리하겠습니다."

"됐네."

보명 대사가 당연히 허락을 내릴 거라 생각했던 복면인은 그의 저지에 고개를 숙이며 뒤로 물러섰다.

"오랜만에 지인을 만났으니 내 직접 여흥을 즐기겠네."

"누가… 누가 네놈의 지인이냐!"

왕가가 버럭 고함을 질렀다.

"호오! 입술이 바짝 붙어버린 줄 알았는데 그도 아닌가 보군. 지인이 아니라…… 좋아. 그럼 처음부터 몰랐던 사람이라 생각하고 한 수 가르쳐 주게나."

보명 대사의 눈에 흥미로움이 떠올랐다.

왕가는 천천히 호흡했다.

보명 대사와는 직접 싸워본 적이 없었다. 아니, 그의 손속에 견디지 못하고 반격했으나 결과는 왕가의 패배로 끝났다.

그때 제 실력을 발휘하지 못했음에도 왕가는 보명 대사의 손속에 기가 질렸다. 이 사람과는 절대 부딪쳐선 안 된다는 생각은 지금도 바뀌지 않았다.

"그럼, 허락한 걸로 알겠네."

보명 대사는 왕가의 대답도 듣지 않고 두 손을 앞으로 모아 합장을 했다. 그는 아직도 자신이 승려라 생각하는지 합장한 상태에서 고개를 숙였다.

펄럭!

바람 한 점 불지 않는데도 보명 대사의 소맷자락이 너풀거렸다. 그의 공력이 실로 대단하다는 것을 증명해 보이는 한 수였다.

왕가는 잡고 있던 유성추에 더욱 힘을 주었다. 이마에서는 닭똥처럼 굵은 땀방울이 촉촉하게 맺혔다.

'마지막이다. 그래, 마지막. 한 번 죽지, 두 번 죽나? 죽기 전에라도 최선을 다하자. 그게 도리다.'

두려웠지만 마음을 다 잡은 왕가는 고개를 끄덕였다.

"차앗!"

왕가는 먼지가 뿌옇게 일어나도록 땅을 박찼다.

그는 보명 대사에게 달려들지 않고 뒤로 힘차게 물러섰다. 유성추를 돌리는 데에 필요한 공간 확보였다.

부웅! 부웅!

그의 손에서 자유를 찾은 쇠사슬이 무서운 소리를 내며 허공에서 휘둘러졌다. 근처에 서 있던 복면인들은 두 사람만의 싸움을 위해 일찌감치 뒤로 물러섰다.

'제발, 제발 한 번만 맞아라. 제발!'

촤르륵!

맹렬히 회전하던 쇠사슬이 한 지점을 향해 직선으로 쏘아졌다.

왕가는 지금 던진 유성추가 자신의 생애 마지막 유성추가 될 거라는 것을 직감적으로 알았다.

실패는 곧 죽음과도 연관된다. 잔인한 심성을 가진 보명 대사는 일 처리에 있어 빠름을 추구한다.

유성추는 곧장 보명 대사의 안면을 향해 뻗어나갔다.

보명 대사는 그럴 줄 알았다는 듯 고개를 뒤로 젖혔다.

'지금!'

보명 대사가 잠시 시선을 거둔 사이 왕가는 재빨리 쇠사슬을 잡은 손을 아래로 세게 내렸다.

쇠사슬은 왕가의 손힘에 따라 아래로 움직였고, 보명 대사의 심장을 향해 방향을 틀었다.

'됐다!'

왕가의 두 눈에 다시 희망이 피어오르기 시작했다. 그는 온몸으로 뻗어가는 희열을 느끼며 기대감 속에서 유성추의 움직임을 쫓았다. 한데,

턱!

아주 짧고도 경쾌한 소리였다.

보명 대사의 두 손은 어느새 자신의 가슴 부위로 옮겨졌고, 갑자기 방향을 틀어 빠른 속도로 날아드는 유성추를 가볍게 움켜쥐고 있었다.

왕가의 눈이 다시 절망으로 물드는 순간, 보명 대사가 유성추를 잡아당겼다.

"헉!"

쇠사슬이 보명 대사에게로 딸려가며 왕가의 손바닥을 긁었다. 왕가의 손바닥에선 피가 쉴 새 없이 흘러나왔다.

하지만 왕가의 신경은 온통 보명 대사와 그가 빼앗아 버린 자신의 유성추에만 쏠려 있었다.

왕가의 유성추를 거둔 보명 대사는 그것을 곱게 말아 바닥에 내던졌다.

"군더더기 하나 없는 깔끔한 솜씨군. 잘 보았네."

보명 대사는 왕가의 앞으로 천천히 걸어왔다. 왕가는 달아니야 한다는 것을 알고 있었지만 바닥에 딱 붙어버려 다리가 떨어지지 않았다.

"조금 더 볼까 했는데 그러고 싶은 마음이 사라졌네. 솜씨는 깔끔하나 배울 점이 없어. 이 실력으론 중원에서 살아남기는 힘들지."

보명 대사는 왕가의 무공을 철저히 무시했다.

어느새 그는 왕가의 코앞까지 다가왔다. 그리고는 하얗게 질려 있는 왕가의 얼굴에 자신의 얼굴을 가까이 댔다.

"예전의 일 생각나는가?"

"……."

"그땐 자네를 죽일 수 있었지만 일부러 살려두었지. 왜 그런 줄 아는가?"

"……."

"살려둬야 나중에라도 소림의 간섭 없이 죽일 수 있을 테니까. 지금처럼 말이야."

퍽!

왕가는 내장이 찢어지는 듯한 통증을 받았다.

보명 대사는 뒤로 물러서며 자신의 옷에 튄 왕가의 피를 툭툭 털며 인상을 찡그렸다.

"불쾌하군."

"천주답지 않으십니다."

복면인이 또다시 꼬투리를 잡았다.

"뭐가?"

"고통없이 죽이실 줄 알았는데."

"후후! 그럴 필요가 없지. 저자는 내 본성을 가장 잘 알고 있는 사람 중에 하나니까."

보명 대사는 왕가에게서 완전히 몸을 돌려 하늘을 올려다보았다.

왕가는 혼미해져 가는 정신을 다잡으면서 뺑 뚫린 배를 지나 두 손을 가슴께로 가져갔다. 보명 대사가 심장 부위를 치지 않았기에 물건엔 손상이 전혀 없는 듯했다.

왕가는 물건이 무사하다는 생각에 희미하게나마 웃을 수 있었다.

'사무량 그 녀석이 저놈을 죽이는 걸 보고는 죽을 줄 알았는데…… 젠장!'

왕가가 천 근 무게의 눈꺼풀을 이기지 못하고 감으려 하는 순간, 다시 복면인의 말이 귀에 들려왔다.

"땅바닥에 있는 쥐새끼는 어떻게 할까요?"

'해타!'

역류한 피가 왕가의 식도를 타고 입 밖으로 흘러나왔다. 하지만 그는 오래 서 있을 수가 없었다.

풀썩 꺾여 버린 다리엔 더 이상 힘이 들어가지 않았다. 쓰러진 왕가는 손가락을 부르르 떨었다.

'해타, 이 새끼! 그렇게도 가만히 있으라니까!'

그러니 다행인 것은 해타가 아직은 땅속에 있다는 것이었다.

"내버려 두게. 어차피 두더지 놈들이 해결해야 할 일이니까."

보명 대사는 땅속에 숨어 있는 해타까지 죽여야 하는 수고스러움은 피하고 싶은 모양이었다.

'다행… 이다.'

그들이 점차 멀어져 가는 소리가 들려왔고, 마침내 왕가의
손가락 떨림도 멈추어졌다. 영원히.

2

해타는 왕가의 시신 앞에서 되도록 침착하려고 노력했다.
하지만 자꾸 눈앞이 뿌옇게 되는 건 그로서도 어쩔 수 없었
다.
재빨리 고개를 들어 하늘을 보며 눈물을 말린 그는 천천히
왕가의 시신에 손을 갖다 대었다.
불과 반 시진 전만 해도 윽박을 지르던 왕가는 차갑게 굳어
있었다.
자주 다투기도 했지만 누구보다 믿고 의지한, 세상에 단 하
나밖에 없는 친구의 죽음.
믿을 수가 없었다.
금방이라도 살아나서 평소처럼 욕설을 내뱉을 것만 같았
다. 하지만 하늘은 매정하게도 기적을 일으켜 주지 않았다.
해타는 왕가의 뻥 뚫린 배를 어루만졌다. 얼마나 아팠을
까. 얼마나 무서웠을까.
왕가의 과거를 알고 있는 유일한 사람이었던 해타는 죽기
전 그의 고통이 느껴지는 것 같아 몸을 부르르 떨었다.
잘 가게, 친구. 나도 곧 저승으로 갈 터이니 조금만 기다려

주게.

　왕가의 멈춘 심장에 손을 댄 해타는 흠칫 행동을 멈추었다. 무언가 딱딱한 물건이 왕가의 품 안에서 만져졌다.

　물건을 꺼내 보니 손가락 굵기만 한 작은 목갑이었다. 해타는 목갑을 열려다가 그것의 옆에 붙은 얇은 종이를 발견했다.

　'편지?

　해타는 종이를 펼쳤다.

　그것을 읽어가는 해타의 동공이 점점 확대되었다.

　'이건!

　해타는 재빨리 목갑을 열었다. 목갑 속의 물건을 확인한 해타는 다시 뚜껑을 닫아 그것을 꽉 쥐었다.

　'이것 때문에? 고작 이것 때문에 그렇게 살아왔다는 건가!'

　해타는 목갑과 종이를 자신의 품에 넣었다. 왕가는 어쩌면 오래전부터 자신의 죽음을 예견하고 있었을지도 모른다. 그렇지 않고서야 유서 같은 글을 남길 리가 없으니까.

　무인이란 항상 죽음을 염두에 두며 살아야 한다는 스승 환우독조의 말이 다시금 머릿속에 떠올랐다.

　해타는 자리에서 일어섰다.

　마음 같아서는 양지바른 곳에 왕가를 묻어주고 싶었지만 그럴 시간이 없었다.

보명 대사의 말처럼 벌써 흑천의 두더지들이 이곳으로 들어와 있을 테니까. 그들은 해타의 몫이었다.

'복수, 반드시 복수한다. 왕가, 조금만 기다려.'

해타는 입술을 꽉 다물었다.

고언문은 땅속의 두더지들이라는 이름에 걸맞게 신속한 손놀림으로 땅 밑 작업을 했다.

그들은 산이라는 열악한 환경에서도 전혀 영향을 받지 않는 듯 빠른 속도로 중자산을 파헤쳤다.

때론 바위에 막혀, 때론 나무뿌리에 걸리기도 했다. 하나 그들의 강행군은 멈춰지지 않았다. 땅속에서만큼은 그 누구도 자신들을 따라오지 못할 테니까.

'후웁!'

땅속은 오늘따라 후덥지근한 공기로 가득했다.

인생의 절반 이상을 땅속에서 지내온 가노귀였지만 오늘은 땅 밖으로 나가 숨이라도 들이마시고 싶은 심정이었다.

텁텁한 공기가 말도 못하게 답답했다.

'산이라서 그런가? 아닌데……'

가노귀는 땅을 파던 손을 즉시 멈췄다.

"문주, 뭔가 이상하지 않습니까?"

그는 적서신군에게로 다가가 물었다.

적서신군은 컴컴한 어둠 속에서 지도 한 장을 펼치고 노삼(夯三)과 열띤 토론을 벌이고 있었다. 어둠에 길들여진 이들에게는 땅속에서 지도를 보는 것쯤은 일도 아니었다.

"그러니까 이쪽은 바위로 이루어져 있고, 그 옆에 개울이 흘러 습기가 많습니다요."

"그래서 기관이 없을 것이다?"

"그렇습죠. 으레 물가엔 기관을 설치하지 않잖습니까? 쇠라는 것이 금방 녹이 슬어버리니."

"귀곡자가 그런 것까지 신경 쓰면서 기관을 만들었을까?"

"귀곡자 할아비가 와도 못 만듭니다. 장담합죠."

노삼은 주먹으로 가슴을 퉁퉁 두드렸다.

여덟 살 때 부모에게 버려진 꼽추 노삼은 머리 하나는 기가 막히게 잘 돌아가는 자였다. 고언문에서 그가 실질적인 두뇌 역할을 맡고 있었고, 땅속 길에 대해선 적서신군마저 두 손 두 발 들게 할 정도로 박식했다.

아무리 고언문두라기는 할지언정 가끔씩은 방향마저 잃을 때가 있건만, 노삼은 몸 어딘가에 촉수가 달린 모양인지 항상 제대로 된 길로 문도를 안내하곤 했다.

노삼은 기관이 설치되었을 법한 장소들을 지도에 표시해두었다. 그 표시를 피해서 고언문은 여태 중자산을 올랐다. 한데, 지금은 무언가 문제가 생긴 듯했다.

군말 않고 노삼의 말을 따르기로 소문난 적서신군이 지도를 보며 고심에 찬 모습은 가노귀에게도 조금 생소했다.

가노귀는 처음에 자신이 한 질문도 잊은 채 두 사람 쪽으로 다가가 함께 지도를 들여다보았다.

"잘 봐. 이곳이 바위로 되어 있다고 했지? 봐, 이 바위들 밑에 수맥이 있어. 한데, 여기서 낙뢰문도가 기관에 당했단 말이다. 이건 어떻게 설명할 건데?"

"수맥이 닿지 않는 곳에 설치했다고 봐야죠. 수맥이 흐르는 곳 위에 기관을 설치한 솜씨는 혀를 내두를 정도로 기가 막히지만, 이곳은 분명 아닙니다."

노삼의 손가락을 따라 지도를 보던 가노귀는 그가 짚고 있는 곳이 불과 십 장 앞이라는 걸 알았다. 십 장 앞으로의 움직임 때문에 노삼과 적서신군이 실랑이를 벌이고 있었다.

"네놈이 그걸 어떻게 장담해?"

"그러는 문주께서는 어찌 장담하십니까요?"

딱!

적서신군의 주먹이 노삼의 머리에 작렬했다.

"이놈의 새끼가 보자보자 하니까 아주 맞먹으려 들어?"

"아무튼 저쪽은 아니라니까요."

노삼은 손바닥으로 머리를 연신 비비며 단호하게 말했다.

"무엇 때문에 그러십니까?"

적절한 기회를 보고 있던 가노귀가 말을 걸었다.

"이놈은 저 앞으로 계속 나가자고 하고, 나는 우측으로 돌아서 가자고 하고."

"정말 앞으로 계속 가도 괜찮다니까요. 조금 있으면 날이 저물기 시작할 텐데 시간을 지체할 수는 없잖습니까?"

"시끄러워! 조용히 좀 하고 있어!"

노삼은 적서신군의 핀잔을 들으며 입을 다물었다.

"문주, 왜 그러십니까?"

가노귀는 적서신군이 두 눈을 가늘게 뜨고 있는 이유를 알고 싶었다.

"뭔가 이상해. 내 땅속 생활 육십 년이 넘었지만 이토록 이상한 느낌이 들긴 딱 두 번째야."

"처음은 아니란 말씀입니까?"

"그래, 이건 뭔가 달라. 이런 기분을 전에도 느껴본 적이 있는 것 같아. 노삼 녀석처럼 지리에 대한 정확한 근거와는 거리가 멀어. 이건 경험자만이 느낄 수 있는 거야."

"에휴!"

노삼이 졌다는 듯 한숨을 쉬며 어깨를 들어 올렸다.

"그럼 갑시다. 가자고요. 좀 늦겠지만 문주 말씀대로 돌아서 가도록 하죠."

노삼은 적서신군과 가노귀를 내버려 두고 먼저 땅을 파기 시작했다.

"그런데 아까 뭘 물어봤냐?"

"네? 아, 네……."

가노귀는 적서신군의 물음에 아까 자신이 물었던 질문을 다시 생각해 냈다.

"그게, 저도 좀 이상한 기분이 들어서……."

"그렇지? 역시 나만 이상한 게 아니었어. 노삼 저놈이 아직 뭘 몰라서 그렇지. 그래, 그 이상한 기분이 뭐냐?"

"이곳, 좀 후덥지근하지 않습니까?"

가노귀의 말에 적서신군의 두 눈이 더욱 가늘어졌다. 그가 어둠 속에서 코를 벌름거리는 모습이 눈에 들어왔다.

"좀 그런 것도 같구나."

"처음엔 산이라서 그럴 수 있다고 생각했는데, 점점 이상한 것 같습니다. 꼭 찜통에 들어와 있는 것 같은 기분이 드는군요."

"찜통?"

"예. 뜨끈뜨끈한 불가마 속에 들어와 있는 것도 같고."

적서신군이 갑자기 동작을 멈췄다. 그리고는 길게 숨을 들이마셨다.

"이상한 냄새가 난다."

가노귀는 적서신군을 따라 크게 호흡했다.

"……!"

가노귀도 분명히 느낄 수 있었다. 흙냄새와는 차원이 다른 이것. 인위적인 냄새가 분명했다. 그리고 두 사람은 이 냄새의 정체가 무엇인지 깊게 생각할 필요가 없었다.

"이건, 화약!"

"화약!"

누가 먼저라고 할 것도 없이 두 사람의 입에서 동시에 똑같은 말이 튀어나왔다.

그리고 그들이 놀라 미처 달아낼 새도 없이 십여 장 앞에서 엄청난 굉음이 울렸다.

콰아아앙!

가히 천지를 뒤흔드는 엄청난 소리였다.

"피해!"

적서신군의 음성은 폭발 소리에 묻혔다. 하지만 가노귀는 그의 음성을 듣기도 전에 이미 퇴로를 뚫고 있는 중이었다.

파밧!

무언가 끈적끈적한 것이 가노귀의 얼굴에 날아와 달라붙었다.

비릿한 피 냄새를 가진 그것은 앞서 나갔던 노삼을 비롯한 고언문도들이 살점이었다.

노삼을 따라갔던 고언문도들의 수는 대략 이십여 명. 이 정도의 폭발이라면 아마도 살아남은 사람은 없을 게다.

"빨리 가! 빨리!"

적서신군은 답답했던 모양인지 갑자기 위로 올라가기 시작했다. 아니다. 땅속에서의 후퇴가 느려서가 아니었다. 폭발이 일었을 경우, 땅속보다 지상이 더욱 안전하기 때문이었다.

'그래! 이거였어. 바로 이것!'

적서신군은 자신이 느낀 이상한 기분의 정체가 무엇인지 알 수 있었다. 그것은 삼 개월 전, 흑천의 사천성 지부가 폭발했을 때 느꼈던 것과 똑같았다.

적서신군은 이를 악물었다.

똑같은 수법에 또다시 당해야 하다니. 그땐 무려 고언문 무인 절반 가까이를 잃었다.

"푸학!"

땅 위로 숏구친 적서신군은 가쁜 숨을 몰아쉬었다. 곳곳에서 살아남은 문도들이 땅 위로 헤쳐 나왔다.

지상에서 숨이 탁 트인다고 느낀 게 도대체 얼마 만인지.

적서신군은 재빨리 몸을 빼내어 폭발이 미치지 않는 곳을 향해 뛰었다. 가노귀를 포함, 그와 함께 뛰고 있는 문도는 열일곱. 처음 고언문의 반의반도 못 미치는 숫자였다.

'이럴 줄 알았지! 화약이 밑에 있었을 줄이야!'

달리고 있는 적서신군의 눈에서 물방울들이 떨어져 나갔다.

통탄의 눈물이었다. 또다시 문도들을 잃은 것도 모자라, 자신들의 터전인 땅속에서조차도 쫓겨나야 하다니.

어디 한 군데씩 기이한 신체를 지닌 열여덟 명의 사내들이 뛰어다니는 모습은 정말 장관 중에 장관이었다.

그렇게 심한 폭발이 일었음에도 산사태는 일어나지 않았다.

커다란 바위가 산산조각이 나 그나마 정상적이었던 산길을 봉쇄했고, 땅 위로 솟구친 고언문도들의 시신이 사방에 널브러졌다.

갈기갈기 찢긴 그들의 시신은 누가 누구인지 알아볼 수도 없었다. 분명한 건 처음 이곳에 왔던 고언문의 숫자가 눈에 확 띄게 줄었다는 것.

"이, 이이……!"

적서신군은 주먹이 으스러져라 쥐며 이를 갈았다. 달아오른 그의 얼굴색은 그가 입고 있는 옷만큼이나 붉었다.

"고정하십시오."

"지금 내가 고정하게 생겼냐!"

가노귀는 적서신군에게 어떤 위로의 말노 할 수가 없었다. 그 역시 가슴이 찢어지는 것 같았다. 오랜 세월 땅속에서 부대끼고 살아왔던 문도들을 잃은 마음은 공허하기 짝이 없었다.

"도화 그년이! 그년 말만 듣지 않았어도 이런 일은 없었을 텐데!"

지금에 와서 도화신군을 원망한들 무슨 소용이 있으랴. 이미 죽어버린 문도들이 다시 살아나는 것도 아닐진대.

‘어찌한다?’

문주가 분노에 휩싸였기에 가노귀는 그 대신 앞으로의 계획을 변경해야만 했다.

다시 땅속으로 이동하느냐, 땅 위로 이동하느냐, 그것도 아니면 여기서 철수하고 다른 이들에게 뒷일을 맡겨야 하느냐.

아무리 생각해 보아도 세 번째는 자존심이 용납하지 않을 것 같다. 적서신군도 허락지 않을 게다.

땅속으로 이동하기에는 또 다른 폭발의 위험을 감수하고 들어가야 한다. 설마하니 이렇게 바위가 절벽을 이루고 있는 곳에 화약을 설치해 놨을 줄은 꿈에도 상상하지 못했다.

만약 절벽이 무너지면 산사태가 나는 것은 불을 보듯 뻔할 텐데.

‘귀곡자의 선천팔괘 진이라더니, 대담성 하나는 인정해 줄 만하군.’

땅속의 이동에 대한 생각을 미룬 가노귀는 이번엔 지상에서의 이동을 생각해 보았다. 그러다가 곧 고개를 저었다.

지상에서의 이동은 고언문에겐 최악의 선택이며, 최악의 조건이다.

이미 몇십 년 동안 땅속의 싸움에 길들여져 있는 이들이 지상에서 싸움을 벌인다면 지닌바 실력의 반도 발휘하지 못할 게다. 그럴 바에야 차라리 싸우지 않고 후퇴하는 것이 사람 목숨 몇 더 살리고 낫다.

‘골치 아프군.’

적서신군은 아직도 분이 풀리지 않는지 주먹을 부르르 떨었다. 가노귀가 알고 있는 그의 성격이라면 지상이든 지하든 막무가내로 밀고 들어갈 것이 분명했다.

그가 고민하고 있는 사이, 누군가가 기우뚱 움직였다.

“억!”

짧은 단말마를 내뱉은 고언문도는 발바닥에 커다란 구멍이 뚫린 채 중심을 잡지 못하고 풀썩 쓰러졌다. 그가 쓰러졌다는 걸 마치 기다렸다는 듯 땅 위에서 무언가가 불쑥 올라왔다가 사라졌다. 그리고 쓰러진 무인은 입에 피 거품을 물더니 그대로 즉사했다.

“기습이다!”

가노귀도, 분노해 있던 적서신군도 재빨리 고개를 돌렸다.

고언문도들이 다시 땅으로 들어가려 땅을 팠다. 하지만 그들이 땅속으로 들어가기도 전에 두 명이 더 쓰러졌다.

“시아!”

한 명은 발을 움켜쥐고 껑충껑충 뛰다가 넘어졌고, 다른 한 명은 처음 죽은 무인과 마찬가지로 몸을 한차례 부르르 떨다가 죽어버렸다.

“모두 바위로 올라가!”

적서신군의 외침에 무인들은 저마다 바위나 돌멩이를 찾아 그 위에 올라갔다.

“제가 가겠습니다.”

가노귀는 말이 끝남과 동시에 땅을 파헤치고 안으로 들어갔다.

모두가 돌멩이 위로 올라갔지만 그것도 안전한 것은 아니었다.

딱 붙어 있던 두 무인이 동시에 넘어졌다. 아래에서 불쑥 올라온 손가락 비슷한 것이 돌멩이들을 밀쳐 냈기 때문이다.

두 무인은 처음 죽었던 자들처럼 속수무책으로 당하지는 않았다. 그들은 넘어짐과 동시에 현음조를 땅속으로 푹 찔러 넣고 상체를 허공에 띄웠다.

연속적으로 찌르는 현음조 네 개. 다른 무인들 역시 자신들이 착용한 현음조로 땅바닥을 마구 찔렀다. 하지만 모두 흙만 건드렸을 뿐, 아무런 수확도 없었다.

그러는 새에 또 한 문도가 중심을 잃어 넘어지고 손가락이 여지없이 올라왔다가 내려갔다.

‘저것은… 환우독조의 구환조?’

적서신군은 손가락의 정체를 정확히 알아보았다. 구환조를 익힐 때는 극독을 손에 묻혀 손가락을 단련시킨다. 당하는 사람은 피부에 스치기만 해도 죽는 위험한 극독을 환우독조는 구환조의 수련 기법으로 사용했다.

땅 위로 들쑥날쑥 올라오는 손가락은 발바닥에 구멍을 뚫어놓을 만큼 셌고, 극독을 이용해 사람 목숨도 한 번에 앗아갔다.

적서신군의 머리에 한 사람의 얼굴이 떠올랐다.

'노옴! 아직까지 살아 있었단 말이냐!'

해타라고 했던가? 환우독조의 유일무이한 제자이자, 현재 중원에서 구환조를 익히고 있는 유일한 사람.

'이번에야말로 확실히 죽여주마!'

적서신군은 가노귀가 파놓은 구멍 속으로 서슴없이 몸을 날렸다.

폭발의 여파가 미치지 않은 곳이었지만 이곳의 공기 역시 후덥지근했다. 혹시나 다시 폭발을 하게 된다면 정말 이곳에 뼈를 묻어야 할지도 모르겠다.

그러나 가노귀에겐 선택의 여지가 없었다.

다시 폭발이 이는 한이 있더라도 땅 위에서 무인들이 허무하게 죽는 것은 볼 수가 없었다.

땅속이 싸움이라면 오히려 났다.

사사사삭!

가노귀는 소리가 들려오는 쪽을 향해 빠른 속도로 흙을 헤집어 나갔다.

적은 단 하나다. 그리고 누구인지 알고 있었다. 사무량 일행 쪽에서 땅을 파는 사람이라면 뻔하지 않은가.

가노귀는 자신의 손에 장착된 현음조를 다시 한 번 점검했다. 세 개씩 양쪽 여섯 개의 뾰족한 창 중에 왼손엔 두 개, 오른손엔 하나밖에 남지 않았다. 조금 전 폭발 때문에 세 개가 부러져 나갔다. 하지만 상관없었다.

현음조에 살이라도 닿는 순간만큼은 황소 한 마리쯤 순식간에 죽일 수 있다.

'좌측 이 장.'

가노귀는 적이 코앞에 있다는 걸 알았다.

호흡을 가늘게 하고 몸에서 뿜어져 나오는 기운을 갈무리했다. 그럼에도 땅을 파는 손놀림은 계속되었다.

일 장쯤 다시 나아가던 가노귀는 행동을 우뚝 멈췄다.

'우측 일 장.'

해타가 그사이에 좌측에서 우측으로 움직였다. 땅속에서의 움직임만큼은 제일이라 자신하던 가노귀조차도 놀랄 만한 빠름이었다.

가노귀는 다시 우측으로 이동했다. 우두둑 하고 천장에서 흙이 무너져 내렸다.

요란하게 땅을 긁어내는 소리가 바로 지척에서 들려왔다. 가노귀가 가까이 다가가자 해타의 움직임이 멈췄다. 가노귀도 행동을 정지시켰다.

묘한 정적이 흘렀다.

'후우! 후우……!'

가노귀는 평소보다 더 힘겹게 숨을 내쉬었다. 아무래도 이곳은 너무 갑갑했다. 습기라고는 하나도 느낄 수 없는 메마른 땅인데도 열기와 뒤섞인 공기는 숨을 막히게 했다.

'하나, 둘…….'

가노귀는 천천히 속으로 숫자를 셌다. 상대의 움직임을 예측해서 현음조를 찔러넬 생각이었다.

'셋, 넷…….'

숫자를 세면서도 많은 생각들이 머릿속에 스쳐 지나갔다.

자신감은 충만했지만 오늘 하루 종일 느꼈던 불길한 예감들은 아직도 그의 전신을 옭아맨 채 놓아주질 않았다.

'다섯…… 지금!'

슈아악!

가노귀는 해타가 있을 곳으로 추정되는 곳에 현음조를 깊숙이 박았다.

하지만 동시에 그곳에서 사람 손가락이 튀어나왔다. 손가락은 현음조의 측면을 툭 치곤, 조금 놀라듯 다시 재빠르게 사라졌디.

'됐다!'

가노귀는 승리를 확신했다.

현음조의 날에 손가락을 부딪쳤다면 필사다. 현음조에 묻어 있는 독은 손톱에만 닿아도 살이 썩어 문드러진다. 그걸 손가락으로 받아냈으니 해타는 가망이 없다고 봐도 좋았다.

해타가 있는 곳에서 기운이 조금씩 사라지고 있다는 걸 느

낀 가노귀는 잠시 기다린 후에 땅 위로 올라가려 위를 파내기
시작했다.

부스럭!

'……!'

가노귀는 즉시 동작을 멈췄다.

뒤통수를 감싸 쥔 무언가가 얼굴 쪽으로 이동하고 있었다.
그것은 가노귀의 두 눈앞에 도달해서야 멈추었고, 가노귀는
그것이 사람의 손가락임을 알 수가 있었다.

'분명 현음조에 닿았는데 어떻게……!'

가노귀는 오래 생각할 수 없었다. 가노귀의 행동을 저지한
손가락 열 개가 갑자기 그의 눈을 거세게 짓눌렀다.

"으아악!"

가노귀는 의도치 않게 비명을 내질렀다. 두 눈을 짓누르는
손의 힘이 너무 세서가 아니라 눈알이 빠져나갈 듯 따가운 고
통 때문이었다.

치이이익!

눈꺼풀이 타 들어가는 소리가 들리면서 살 타는 냄새가 콧
속으로 밀려들어 왔다. 숨을 쉴 수 없을 만큼 답답한 공간 속
에서 밀려들어 오는 살 타는 냄새는 말로 형용할 수 없을 정
도로 역겨웠다. 그것이 설혹 자신의 살이라고는 해도.

"아악! 아아악!"

가노귀는 정신없이 현음조를 휘둘렀다.

날이 세 개밖에 남아 있지 않은 현음조가 해타의 몸뚱이를 건드렸다. 이렇게 된 이상 동사(同死)를 할 작정이었다. 하지만 금방이라도 무너져야 할 해타의 신형은 독에는 아무런 상관이 없다는 듯 손가락으로 가노귀의 얼굴 이곳저곳을 비볐다.

얼굴 전체가 타 들어가는 기분을 어떻게 설명해야 할까.

손가락은 이미 사라졌지만 가노귀는 더 이상 앞을 볼 수가 없었다. 그는 아무것도 보이지 않는 눈으로는 조금도 앞으로 나아가지 못했다.

해타의 손가락은 완전히 가노귀의 얼굴에서 떨어져 나갔고, 다시는 그를 괴롭히지 않았다.

가노귀는 축 늘어졌다. 천천히 손을 들어 자신의 얼굴을 더듬었다. 살이 있어야 할 곳에 살이 없고 딱딱한 뼈만 만져졌다. 타다 만 물컹물컹한 살점과 끈끈한 액체가 느껴졌다.

'제길……!'

가노귀는 그 자리에서 꼼짝도 않았다, 식도마저 다 타들어가 호흡을 할 수 없을 때까지도.

가노귀의 시신을 확인한 적서신군은 그의 명복을 빌 새도 없이 빠르게 이동했다.

가노귀가 들어간 뒤 곧바로 뛰어들었기에 위의 상황이 어찌 되었는지는 알 수 없다. 아마 지금쯤은 모두 가노귀처럼 죽어 시체가 되어 있을지도 모른다.

철궁방이 사실상 와해되었다고 한다면 고언문은 적서신군만이 유일한 생존자요, 전멸했다고 봐도 좋았다.

적서신군은 자신들을 이렇게 만들어놓은 폭발, 그리고 해타를 절대 용서할 수가 없었다.

어차피 한쪽은 죽어야 끝나는 싸움이다. 그리고 죽는 쪽은 해타가 될 것이다.

가노귀를 죽인 해타는 빠르게 도주하는 중이었다.

냄새만으로도 알 수 있었다. 선령초를 항상 몸에 바르고 다니는 고언문과 달리 해타에게서는 사람의 냄새가 나니까.

적서신군은 무서운 속도로 해타를 쫓아갔다.

해타는 더 이상 터질 화약이 없다는 것을 알고 있었다.

재발의 우려 때문에 다시 땅속으로 이동하지 못한 고언문의 행보는 해타에게는 다시없을 기회였다.

총 열일곱 명의 고언문도들을 죽였다. 그중 한 명을 제외한 나머지 열여섯은 지상에 있는 틈을 이용해 살수를 펼쳤다. 그들이 불리한 조건에 있었기에 가능한 일이었다. 만약 땅속에서 싸움이 벌어졌다면 기껏해야 세 명, 그 이상은 힘들었다.

겁없이 땅속으로 뛰어든 가노귀를 죽이고 나서 해타는 즉시 그 자리에서 몸을 빼냈다. 적서신군과 땅속에서 부딪친다면 승산이 없기 때문이다.

아까 폭발이 일어났던 곳으로 빠르게 이동한 후, 해타는 지상으로 올라가기 위해 위를 파기 시작했다.

그러나 해타는 아까 자신이 죽였던 가노귀처럼 몸을 움직일 수가 없었다. 기다란 현음조 세 쌍이 목덜미부터 그의 얼굴까지 훑고 있음을 느낀 탓이었다.

"오랜만이다, 꼬마야."

무척이나 메마른 적서신군의 목소리는 그가 얼마나 분노하였는지 알 수 있었다.

"아까 가노귀를 이렇게 죽였지?"

적서신군은 마치 해타가 가노귀를 죽인 것을 목격한 사람처럼 정확히 동작을 따라 했다.

해타는 동아줄에 묶인 것처럼 몸을 움직일 수 없었다.

"폭발에서도 용케 살아났더구나."

"후후! 난 엄연히 땅두더지들과는 다른 인간이지."

"땅두더지라? 좋은 말이지. 평생 농안 들어왔넌 말이니 기분이 나쁘진 않구나. 네놈은 땅두더지들이 얼마나 잔인한지 알고는 있으렷다?"

"아까 보니 우습더군. 땅에서 나와 허둥대는 꼴이라니. 크크크!"

해타는 가슴속 깊은 곳에서부터 웃음을 짜냈다.

적서신군의 심기를 건드리려는 목적도 있었지만, 정말 그때의 상황을 생각하면 웃겨서 견딜 수가 없었다.

"말 한번 잘했다, 꼬마야. 지상에서 활개치고 다니는 네놈도 어차피 죽으면 땅속에 묻혀질 인간이지 않느냐."

적서신군은 현음조의 날로 해타의 얼굴을 긁었다.

구환조를 수련할 당시, 여러 가지 독을 경험해 보았기에 웬만한 독에는 끄떡도 하지 않는 해타였지만 막상 현음조가 얼굴에 닿으니 피부가 찢겨지는 기분이었다.

"넌 그때 죽었어야 했지. 그래야 다시 내 앞에서 재롱을 부리지 않아도 될 터이니."

"괜찮다. 나도 네 수하 놈들의 재롱을 즐겁게 감상했다."

"그렇다면 재롱이 끝난 후엔 어떻게 되는지도 잘 알고 있겠구나."

해타는 등 뒤가 갑자기 뜨거워지는 것 같았다. 적서신군이 발하는 강맹한 기운 때문이라는 걸 알았다.

해타는 손가락을 꼬물거려 조심스럽게 등 뒤로 가져가려 했다. 하지만 그의 손가락은 적서신군의 현음조에 걸려 더는 움직이지 못했다.

"잔꾀도 일종의 재롱이더냐. 하지만 유감스럽게도 지금은 네놈의 재롱을 보고 싶지 않구나. 눈알부터 파내주마. 그리고 귀를 도려내 주마. 손과 발을 잘라줄 테니 그 후에 재롱을 부려보아라."

적서신군에게서 스멀스멀 살기가 피어올랐다.

해타는 두 눈을 가늘게 좁히며 이를 악물었다.

몸이 근질거리기 시작했다. 그의 몸은 항상 짙은 살기에 반응했다. 오래전 그의 스승이 먹으라고 건네준 약 때문이었다.

해타는 눈동자를 위로 올려 지상과의 거리를 가늠해 보았다. 두 번의 도약이면 뛰어오를 수 있는 거리다.

어떻게 해서라도 적서신군의 이 초는 받아내야만 한다. 하지만 어떻게……?

해타는 무색의 독이 발라져 있는 자신의 새하얀 손가락을 내려다보았다. 적서신군도 과연 이것에 반응을 할까.

쉬익!

적서신군이 현음조를 끌어당겼다. 그는 그가 말한 것처럼 가장 먼저 해타의 눈을 노렸다.

해타는 두 눈을 부릅떴다. 그리고 재빨리 손을 들어 현음조를 막아냈다.

푸욱!

다행히도 현음조는 해타의 눈을 꿰뚫지 못했다. 하지만 그것을 막았던 해타의 손가락에서 피가 터져 나왔다.

'한 호흡!'

현음조가 다시 멀어진 틈을 타 해타는 재빨리 위의 흙을 파냈다. 머리 위로 흙무더기가 쏟아졌고, 폭발이 가시지 않은 잿더미가 구멍으로 떨어져 내렸다.

하지만 먼지가 가셨을 때, 해타는 노을이 지고 있는 노란색 하늘을 볼 수 있었다.

“어딜!”

적서신군은 현음조를 날카롭게 세우며 해타의 얼굴을 다시 노렸다.

“흡!”

해타는 따가운 감촉에 한쪽 눈을 찡긋 감았다. 그의 오른쪽 눈꺼풀을 훑고 지나간 현음조가 이번엔 왼쪽을 향해 날아왔다.

해타는 그 좁은 공간에서 몸을 돌려 손가락으로 적서신군의 가슴을 찔렀다.

텅!

적서신군의 한쪽 손에 끼워진 현음조가 해타의 공격을 막아냈다. 반면 해타는 적서신군에게 왼쪽 눈꺼풀 대신 뒤통수를 내어주어야만 했다.

“크윽!”

머리가 찢겨져 나가는 고통이었지만 아주 짧은 틈이 있었고, 해타는 바닥을 박차며 허공으로 뛰어올랐다. 그러나 적서신군의 현음조는 마지막까지 해타의 종아리 살을 찢었다.

“헉!”

해타는 펄쩍 뛰어올라 그대로 바위 위로 몸을 피했다.

오른쪽 눈꺼풀과 뒷머리, 그리고 왼쪽 종아리에 그려진 가느다란 혈선에서 피가 쉴 새 없이 새어 나오고 있었다.

“크으으!”

해타는 고통에 얼굴을 잔뜩 일그러뜨린 채 재빨리 지혈을
했다.

적서신군은 아직 땅속에서 나오지 않았다.

상황은 다시 변했다. 이제는 적서신군이 땅속에 있고, 부상
까지 입은 해타는 지상 위에 있었다. 그러나 해타의 입장에서
는 지상에서의 싸움이 훨씬 편했다.

서로가 유리한 위치에 서 있는 싸움.

대강 지혈을 시킨 해타는 한쪽 눈을 감고 주위를 둘러보았
다. 폭발이 일었던 장소였기에 사방엔 바위와 나무들의 파편
으로 가득했다.

평평한 땅이 아니라 적서신군의 위치를 가늠할 수가 없었
다. 적서신군은 분명 해타가 바위에서 내려오는 순간을 기다
리고 있겠지만 해타도 섣불리 발을 내딛지 못했다. 무엇보다
그의 상처가 조금 위중했기 때문이다.

하나, 인제까지고 바위 위에 있을 수만도 없다. 둘 중에 하
나가 죽어야 끝나는 싸움이니 직접 부딪쳐야만 한다.

해타는 가늘게 숨을 내쉬며 몸을 점검했다. 역시 종아리의
상처 때문에 움직이기가 곤욕스러웠다.

그는 품 안에 고이 간직해 둔 왕가의 목갑을 꺼냈다.

딸깍!

목갑의 뚜껑이 열렸고, 그 안에 검은색의 환단 한 알이 모
습을 비췄다.

'어쩔 수 없어. 싸우려면 이 방법밖엔…….'

왕가가 평생을 지켜왔던 것.

자생단(自生丹)의 효능은 왕가도 해타도 시험해 보지 않았다. 다만 분명한 것은 자생단은 상처의 아픔을 잊게 해주는 일종의 마약이라는 것. 또 하나, 뇌 세포를 자극하여 반 광인(狂人)으로 만든다는 것.

쉽게 말해 몸에 입은 지독한 상처를 잊게 해주되, 이성을 잃게 되어 껍데기만 사람 구실을 한다는 것이다. 실로 위험한 단환이 아닐 수 없었다.

왕가는 이 작은 단환을 지키기 위해 식인마라는 누명까지 썼다. 해타에게는 그냥 단환일 뿐이지만 왕가에겐 그 의미가 달랐다.

편지에는 그렇게 적혀 있었다.

세상에서 없어져야 하는 물건이라 몇 번씩이고 없애려 했지만 차마 그럴 수 없었다고. 버리기엔 선대 주지들이 지켜왔던 노력을 무시할 수 없었노라고.

그랬다. 자생단은 대선사 역대 주지승들로 하여금 만들어진 저주의 단환이며, 두 알 중 하나는 왕가의 스승이 복용했다. 그리고 스승의 처참한 종말을 알고 있었기에 왕가 역시 이것을 복용할 수도 버릴 수도 없었던 것이다.

해타는 자생단을 손에 꾹 쥐었다.

자신이 죽으면 대신 버려달라고 했던 왕가의 마지막 유언.

해타는 자신이 직접 복용함으로써 왕가의 유언을 이루어질 생각이었다.

'왕가, 힘을 줘!'

두 눈을 꾹 감은 해타는 서슴없이 자생단을 입에 넣었다.

씁쓸한 맛이 혀에 스며든다 싶었는데 자생단은 입 안에서 눈 녹듯 순식간에 사라져 버렸다. 자생단의 복용 방법을 알지 못하는 해타는 즉시 가부좌를 틀고 빠르게 일주천을 했다.

가슴에서부터 싸한 기운이 퍼져 나간다 싶었는데 몸속에 얼음 몇 덩어리를 넣어놓은 듯 배가 시려왔다.

자생단의 효능은 곧바로 일어났다.

일주천을 끝마치고 일어난 해타는 더 이상 뒷머리와 종아리, 눈꺼풀에서 고통을 느끼지 않아도 되었다. 몸은 종이처럼 가벼워졌다.

두 팔을 좌우로 휙휙 내저은 그는 곧 바위 위에서 힘차게 뛰어내렸다.

파앗!

현음조가 기다렸다는 듯이 땅 위로 솟구쳐 올라왔다.

날이 잘 선 현음조가 해타의 다리를 노렸다. 과연 적서신군이었다. 그가 전개하는 현음조는 고언문 무인들이 내뻗는 현음조와 위력부터가 달랐다.

신법에서도 뛰어난 실력을 자랑하는 해타였지만 현음조는 그보다도 빨랐다.

현음조를 피해 땅에 잠깐 발을 디딘 해타는 허공으로 도약했다. 그리고 다시 땅에 착지하려던 해타는 급히 방향을 꺾었다.

적서신군은 보이지 않는 곳에서도 이미 해타가 갈 방향을 읽은 듯 지겹게 따라와 현음조를 내질렀다.

해타는 발바닥에 공력을 불어넣었다.

순간, 몸에서 이상한 변화가 느껴졌다.

단지 발바닥에 공력을 불어넣은 것뿐인데 천근추를 매달아놓은 듯 두 다리가 무거웠다.

지푸라기로 만들어진 얇은 신발이 단단한 철갑처럼 느껴지고 바위라도 깨부술 만큼의 위력을 자랑했다.

푸욱!

현음조가 또다시 땅속에서 튀어나오는 찰나,

땅!

해타는 튀어나온 현음조의 측면을 발바닥으로 세게 밀었다.

"엇!"

해타는 자신의 신위에 놀라 위로 껑충 뛰어올랐다.

호시탐탐 해타의 목숨을 노리던 현음조가 반으로 꺾이며 땅바닥에 달라붙었다. 하지만 아직 안심하기에는 일렀다.

땅속에서 부스럭거리는 소리가 들렸다.

적서신군도 많이 당황한 듯했다. 그러나 곧 하나 남은 현음조가 또다시 튀어나왔다. 해타는 방금 전의 공격과 마찬가지로 그것마저도 밟으려 발을 움직였다.

한데 현음조는 잠깐 반짝했을 뿐, 다시 땅속으로 사라졌다. 그리고 잠시 후,

풀썩!

땅 한가운데가 푹 꺼지며 구멍이 드러났다.

"감히 네놈이 내 애병을 부러뜨려?"

지상으로 올라온 적서신군의 얼굴은 참을 수 없는 분노로 가득했다. 그의 전신에서 스멀거리며 피어오르는 살기는 도저히 감당할 수 없을 정도로 짙었다.

"네, 네놈!"

해타의 모습을 본 적서신군의 얼굴이 갑자기 굳어졌다. 무언가 못 볼 것이라도 보고 놀란 사람처럼 작은 눈을 부릅떴다.

"무슨 짓을 한 게냐!"

해타는 적서신군이 왜 놀라는지 알 수 없었다. 자신이 몸에 변화가 생긴 것은 확실하나 외향을 돌볼 시간적 여유가 없었다.

적서신군이 해타를 향해 득달같이 달려들었다.

하나 남은 현음조가 공기를 찢어발겼다. 해타는 근처에 있는 바위를 박차고 허공으로 높이 뛰어올랐다.

그가 뛴 곳을 향해 휘둘러지는 현음조가 보이고, 야차와 같

이 인상이 구겨진 적서신군의 얼굴도 보였다.

따당! 땅!

발과 쇳덩어리가 부딪쳤는데 쇠끼리 부딪친 소리가 터져 나왔다.

해타는 정확히 현음조를 발로 찼고, 다시 뛰어올라 적서신군의 정수리를 발뒤꿈치로 찍었다.

퍼억!

박 깨지는 소리가 들려왔다.

남은 현음조마저 부러져 나간 적서신군이 몸을 크게 휘청거렸다.

바닥에 내려온 해타는 적서신군의 눈동자가 풀려 있는 모습을 보고 그제야 긴 한숨을 내쉬었다.

뇌에 강한 충격을 입은 모양인지 적서신군은 몸을 제대로 가누지 못했다.

"끄어어어……!"

붉게 충혈된 눈알의 혈관이 금방이라도 터질 것만 같았다.

해타는 다시 한 번 적서신군에게 달려들었다.

그는 쭉 편 열 손가락의 끝마디만을 구부려 적서신군의 가슴을 찔렀다.

푸욱!

살이 뭉개지는 섬뜩한 소리와 함께 적서신군의 가슴에 열 개의 구멍이 만들어졌다.

적서신군은 정신없이 팔을 휘저었다. 하지만 그의 작은 몸뚱이는 썩은 고목나무처럼 무너졌고, 바닥에 쓰러진 채로도 한동안 부들부들 떨었다.

끝까지 적서신군의 죽음을 지켜보고 있던 해타가 갑자기 허리를 숙였다.

"컥!"

그의 입에서 한 바가지의 피가 쏟아져 나왔다.

시린 뱃속에서 올라온 피는 정신을 몽롱하게 만들었다. 창자가 찢어지는 고통에 배를 움켜쥔 해타는 이렇게 된 원인이 자생단이라는 사실을 뒤늦게서야 상기했다.

"으아아아!"

해타의 처절한 비명이 중자산을 울렸다.

第六章
무인 대 무인

사무량은 조용히 왕가의 시신을 내려다보았다.

"기별이 없어 와보았더니 이렇게……."

그를 안내한 적랑회도들은 차마 시신을 볼 수 없는지 고개를 돌렸다.

왕가의 배에 뻥 뚫려 있는 손바닥 모양의 구멍.

가장 놀란 사람은 유담이었다.

"이, 이건……!"

유담의 머릿속에 잊고 있었던 아주 오래전의 기억이 떠올랐다. 유담의 스승이었던 강랑선괴의 가슴에 새겨진 것과 똑같은 상처.

그때 당시의 유담은 그것이 대력금강장이라고는 전혀 생각지 못했다. 이토록 잔인한 무공을 펼칠 수 있는 사람은 오직 혈광검뿐이라고만 믿었다.

"보명 대사가 온 모양이군."

적랑회도 한 명이 손가락을 들어 북쪽을 가리켰다.

"기관이 설치된 곳을 지나지 않고 바로 절벽으로 올라온 듯합니다."

"그자의 위치는 알고 계십니까?"

"각개격파를 할 속셈인 것 같습니다. 다른 쪽에서도 시신이 발견되었다 연락이 왔습니다."

"이것 참 큰일이군."

적랑회주가 혀를 끌끌 찼다.

"그자라면 여유롭게 돌아다니는 게 가능하지. 적랑회도들이 발견한다 해도 그자의 실력을 따라가지는 못해."

사무량은 옆에 있던 적랑회도들에게 재빨리 당부를 했다.

"지금 당장 모두에게 연락하십시오. 경비망을 철수하고 서쪽 입구로 전력을 쏟아 붓되, 보명 대사가 보이는 즉시 몸을 피하라 이르십시오."

"알겠습니다."

적랑회도들은 부리나케 산 아래를 향해 뛰어 내려갔다.

사무량은 어두운 얼굴로 우두커니 왕가의 시신 곁에 서 있는 소신녀의 어깨를 꾹 잡았다.

“바보 같은……!”

소신녀는 울음 섞인 목소리로 중얼거렸다.

“이제 됐어. 왕가는 최선을 다했지만 실력이 조금 모자랐던 거야.”

“다른 놈들은 다 죽어도 이놈은 절대 죽지 않을 거라고 생각했는데…….”

소신녀는 결국 눈물을 흘리고 말았다.

조용히 울고 있는 그녀의 모습을 보며 모두는 깊은 한숨을 내쉬었다.

“싸움이 끝나고 난 뒤, 왕가를 양지바른 곳에 묻기로 하지.”

적랑회주가 사무량을 바라봤다.

“보명을 찾으러 갈 생각이냐?”

“그래야 합니다. 더 이상의 희생은 두고 볼 수 없습니다.”

“나도 가지.”

유담이 사무량을 따라나섰다.

두 사람은 고개를 끄덕인 뒤 바로 몸을 날렸다.

그 무렵, 철궁방, 뇌성문과는 다르게 아주 은밀히 움직이는 사람들이 있었다.

기관을 통과해 산으로 뿔뿔이 흩어진 그들은 곳곳에 배치된 적랑회도들을 소리없이 죽였다.

원래 죽어가는 사람이 고통스러워하는 모습을 보며 희열을 느끼는 그들은 이번 싸움에서만큼은 아주 깔끔하게 사람들을 죽였다.

그들의 문주, 초유신군의 언질 때문이었다.

속전속결. 짧은 시간 안에 가능한 한 많은 사람의 목숨을 앗을 것.

과연 도화신군의 말처럼 혈살문은 흑천의 진정한 살상무기였다.

산속에 대기하고 있던 적랑회도의 절반 가까이를 쓰러뜨린 그들은 또 다른 먹잇감을 찾고 있었다. 그들을 총지휘하는 초유신군은 적랑회도들 틈 사이에서 한 사람을 찾기 위해 혈안이 되었다.

살수로서가 아닌 무인 대 무인으로서 겨루어보고 싶던 자.

초유신군의 바람은 예상외로 빨리 찾아왔다.

사무량, 그리고 초유신군.

가까이 마주 선 두 사람은 마치 거대한 산맥을 연상케 했다.

비록 나이는 몇 배나 차이가 났지만 그 어느 쪽도 흔들림이 없었다.

초유신군은 도포를 손으로 가볍게 쳐내며 사무량을 보고 희미하게 웃었다.

"우리가 마주하게 될 날이 의외로 빨리 찾아왔군."

"……."

사무량은 삼 개월 전의 일을 떠올렸다.

사천성 지부에 갇혀 있었을 때, 초유신군의 도움이 아니었다면 살아 나오지 못했을 것이다.

그는 흑천의 일원이라기보다 사무량을 무인으로서 대하고 싶어했다. 아마도 한평생 살면서 만나기 힘들 상대였기 때문에 그런 게 아닐까 싶다.

"별로 달라진 것은 모르겠군."

사무량을 위아래로 훑어보던 초유신군이 나직한 음성으로 말했다.

깊은 눈동자는 한없이 담담했으며, 흥분하거나 노한 기색도 전혀 없었다. 오히려 오랜 지기를 만난 듯 반가워하는 모습이 보일 정도였다.

"고작해야 삼 개월인데 그 안에 무슨 변화라도 기대했던 건가?"

"혈광검의 무공을 익혔다니 당연히 기대를 할 수밖에."

"기대가 큰 것 같군. 어쩌면 기대에 못 미칠지도."

사무량의 대답에 초유신군은 입을 벌리며 크게 웃었다.

정말 끈질기고도 긴 인연이 아닐 수 없었다.

초유신군이 느낀 사무량은 이 년 반 전 모습 그대로였다. 턱을 살짝 당겨 고개를 약간 숙인 상태에서 눈동자만 움직여 사람을 노려보는 눈동자도 그대로였고, 나이 같은 걸 전혀 개의치 않은 채 뱉어내는 건방진 말투도 그대로였다.

그때와 다른 점이 있다면 지금은 무공을 익힌 한 사람의 무인이라는 것.

반면 사무량은 초유신군을 대하면서도 전혀 위축되지 않는 자신을 발견하곤 깜짝 놀랐다.

뇌옥에 갇혀 있을 때가 불과 삼 개월 전. 그때까지만 해도 초유신군은 감히 자신이 대적할 사람이 아니었다. 보는 것만으로도 숨이 턱턱 막혔고, 만약 붙게 된다면 필패를 하리라 생각했다.

이 년 전에는 어땠는가. 평정산 동굴 앞에서 만났을 당시엔 너무 무서웠다. 치기 어린 마음에 태연한 척했지만 오금이 저린다는 말을 실감했었다.

하지만 어찌 된 연유인지 지금은 초유신군이 전혀 불편하게 느껴지지 않았다.

초유신군은 사무량에게 있어 단지 한 사람의 무인일 뿐이었고, 그 역시 일생에 다시 만나지 못할 좋은 적수였다.

"그때의 약속은 기억하고 있나?"

"물론."

"난 최선을 다할 것이다."

"원하던 바야."

"어느 한쪽에서 패배를 인정할 때까지 하도록 하지."

사무량은 가느다랗게 눈을 떴다. 초유신군의 말이 의외였기 때문이다.

"뭘 그렇게 보느냐?"

"죽음에 너무 익숙해진 탓인가 보군. 당신의 말에 조금 놀랐어. 둘 중 한쪽이 죽는 게 아니라, 패배를 인정할 때까지의 싸움이라……."

"넌 죽이기에 아까운 존재다."

"……."

"너 역시 이 자리에서 죽는 게 조금 억울하지 않겠느냐? 무공을 배운 목적이 죽기 위해 배운 건 아니지 않은가."

"하긴, 당신들에게 쫓기는 인생이었지. 지긋지긋해."

"좋다. 어느 한쪽이든 패배를 인정하는 자가 지는 걸로 한다. 그럼 너에게 정식으로 비무를 요청하마."

초유신군은 양손을 모아 사무량을 향해 포권을 취해 보였다.

살수문파의 문주가 무인의 예를 취했다는 말이 퍼져 나가면 모두가 웃겠지만 사무량은 웃지 않았다.

"그럼 나도 한 가지 제안을 하지."

이번엔 사무량의 입이 열렸다.

"무어냐?"

"만약 내가 이기게 되면 당신은 당신의 문도들을 모두 이끌고 이곳에서 나가. 그럴 수 있겠나?"

"하면 네가 질 경우엔 어찌할 생각인가?"

사무량은 무언가 생각하는 듯 허공에 시선을 두었다. 그리고 두 눈을 천천히 감았다가 떴다.

"당신이 좋을 대로 해."

"가령 혈광검의 무공을 내게 달라고 하면 줄 테냐?"

"……."

"이거 원, 이겨도 본전인 승부겠군. 좋다. 그럼 내가 이길 시에 모든 걸 포기하고 나의 수하로 들어와라."

초유신군의 말은 실로 경악할 만한 내용이었다. 그러나 사무량은 그의 의견 역시 담담하게 받았다.

"사무량."

어느새 곁에 바짝 다가온 유담이 사무량의 어깨를 잡았다.

그 역시 초유신군이 뿜어내는 기운을 느끼고 있던 바, 실력 면으로나 경험 면으로나 사무량이 불리하다는 걸 알고 있었다.

사무량은 자신의 어깨에 올려진 유담의 손을 조용히 내렸다. 그리고는 허리춤에서 혈광검을 꺼냈다.

스릉!

맑은 음향과 함께 불그스름한 검신이 모습을 드러냈다.

세상에서 사람을 가장 많이 베었다는 혈광검은 그 모습 하나만으로도 요사스러움을 자랑했다.

유담은 하는 수 없이 멀찍이 물러서며 사무량과 마주한 초유신군을 말없이 노려보았다.

채앵!

초유신군의 양손엔 반월도가 쥐어졌다.

그가 반월도를 직접 쥔 것은 근 몇 년 동안 처음 있는 일이었다. 무척이나 오랜만에 무기를 쥐었는데도 불구하고 초유신군의 모습은 어디 한 군데 탓할 필요도 없이 완벽에 가까웠다.

그는 가슴 앞에서 반월도를 교차한 뒤, 한 걸음 앞으로 걸어갔다.

사무량은 오른팔을 앞으로 곧게 뻗은 후 손에 쥔 혈광검을 가로로 뉘였다. 특이한 수법이었지만 자세히 보면 탄탄한 방어를 취하고 있다는 것을 알 수 있다. 손목만 움직이면 검은 금방이라도 활기차게 움직일 것 같았다.

방어와 동시에 공격 자세.

이 장 거리를 사이에 둔 두 사람.

한 번 도약이면 순식간에 부딪칠 수 있는 거리다. 그러나 두 사람 모두 섣불리 움직이지 않았다. 그만큼 서로에게 신중하다는 뜻이기도 했지만 최종적으로 상대방의 기운을 읽고 있었다.

그렇게 반 각이라는 시간이 지나갔다.

싸움이 시작되었는데도 여전히 움직일 기미를 보이지 않는 두 사람을 보며 유감은 눈살을 가늘게 좁혔다.

'심검(心劍)……'

때론 직접 병기를 부딪치지 않고도 싸움을 하는 경우가 종종 있다. 심검은 마음으로 검을 움직이는 것이다. 그리고 그 정도의 경지에 오르려면 적어도 초유신군만큼의 연륜과 무위가 있어야 한다. 하지만 사무량이 심검을 펼치고 있는 것은 정말 의외였다.

'설마 벌써 심검의 경지에?'

유강은 두 눈으로 똑똑히 보고 있음에도 믿어지지 않았다.

'이 괴물 같은 녀석!'

그는 미미하게 흔들리고 있는 사무량의 눈동자를 목격했다. 또 그의 맞은편에 선 초유신군의 이마에 흐르는 땀도 발견했다.

디리링!

교차된 반월도가 떨리며 화음을 만들어냈다. 두 개의 떨리는 반월도 사이에 사무량의 얼굴이 들어왔다.

'틈이… 없다.'

도저히 공격할 수 있는 틈이 없다는 것을 초유신군은 깨달았다. 무기를 사용하는 데 있어서 위력은 중요치 않다. 고수들 간의 싸움에서는 실로 간발의 차가 승부를 가른다.

두 사람은 그 간발의 차를 찾아내기 위해 서로를 탐색했지만 결국 찾지 못했다.

눈꺼풀을 타고 흘러내린 땀방울이 초유신군의 시야를 가

렸다. 그는 자신 못지않게 깊은, 아니, 어쩌면 그보다 더 깊은 내공을 지닌 사무량을 보며 감탄해 마지않았다.

초유신군의 반월도가 심하게 떨리는 반면 사무량의 혈광검은 아주 약하게 흔들리고 있었다.

먼저 무기를 거둔 사람은 초유신군이었다.

"휴우! 내가 졌다."

그는 자신의 패배를 쉽게 인정했다.

혈살문도들을 데리고 중자산을 떠나겠다는 사무량과의 약속은 지킬 생각이다. 굳이 사무량과의 약속 때문은 아니다.

혈살문은 더 이상 흑천에 속하지 않는다.

며칠 동안 고민 끝에 내린 초유신군의 결론이었다.

보명 대사가 흑천주임을 알고 나서부터, 아니, 도화신군이 천기자를 죽였을 때부터 흑천을 떠나려 했다.

십 년이 넘게 흑천에 몸을 담아오면서 만영문의 도움을 받이 초유신군이 얻은 것은 백오십 명의 새로운 뮤도였다. 백오십 명 정도야 시간이 걸리더라도 초유신군이 직접 모을 수 있는 인원이었다.

그 외에는 아무것도 없었다. 애초에 약속해 두었던 혈광검의 무공도 이제 익힐 수 없다는 것과 오신군과의 부딪침으로 인해 느꼈던 치욕들만이 그에게 남았다.

"괜찮았습니까?"

“음?”

이마의 땀을 닦아내던 초유신군이 사무량을 물끄러미 바라봤다. 사무량의 입에서 처음으로 존댓말이 튀어나왔기 때문이다.

그 존댓말의 의미를 알고 있었기에 초유신군은 허허 하며 웃었다.

“괜찮긴 했지만 내 입장에선 아쉽군. 좋은 수하를 하나 얻나 했었는데.”

“전 많은 피를 보고 싶지 않습니다. 하니, 약속은 지키시리라 믿습니다.”

“걱정하지 마라.”

의외로 담담한 초유신군의 대답에 이번엔 사무량이 의문을 느꼈다.

“혈살문이 이곳에서 빠지면 더는 흑천에 남아 있지 못할 텐데요.”

“혈살문은 어차피 음지에서 생활하는 사람들이지. 흑천으로 인해 중원에 다시 나서지 않더라도 우리끼리 은밀히 살수행을 할 수 있다는 말이다. 그걸 이제야 깨달은 내가 어리석구나.”

초유신군은 옆을 지키고 있던 수하를 불러 즉시 퇴각하라는 명령을 내리곤 반월도를 다시 허리춤에 찼다. 긴 도포로 반월도를 가린 초유신군의 시선은 다시 사무량에게로 옮겨졌다.

"혈광검의 무공, 잘 견식했다. 날 적으로 생각하지 않고 무인으로 봐줘서 고맙다."

초유신군은 한참이나 사무량의 얼굴을 바라보다가 이내 등을 돌렸다.

오늘따라 유독 작아 보이는 그의 등에 대고 사무량이 말했다.

"이대로 괜찮겠습니까?"

초유신군은 발걸음을 멈추고 사무량의 이어질 말을 기다렸다.

"너와 나는 불구대천의 원수다. 내가 여기서 돌아서지만 널 용서한 것은 아니니 괜한 착각은 하지 마라."

"그러시다면 오히려 다행이군요."

"다음에 만나더라도 좋은 얼굴로는 만날 수 없을 것이니 너 역시 나를 원수로 대해라."

초유신군은 찬바람이 일어나도록 휘적휘적 걸어 산을 내려갔다.

2

노도신군의 시신은 산 중턱에서 발견되었다. 다리와 어깨, 심장이 화살에 꿰뚫린 그는 정말 궁수답게 죽었다.

적서신군은 폭발이 일어난 곳 근처에서 찾아냈다. 끔찍한 둔기에 맞은 듯 머리 내부가 박살이 난 그는 오공에서 피를 쏟으며 차디차게 굳어 있었다.

두 신군들을 잃고 얼마 후 수하가 기가 막힐 소식을 물고 왔다.

"혈살문 전원이 물러났습니다."

수하의 보고에 도화신군의 아미가 잔뜩 일그러졌다.

'초유신군, 결국 이렇게……!'

그는 진정으로 싸움을 아는 자다. 피치 못할 사정 때문에 살수행을 하지만 항상 자신이 무인이라는 걸 잊지 않는 자였다.

그래서 가장 불안했던 자이기도 했다.

혈살문이 돌아갔다면 그들을 다시 붙잡을 수 있는 사람은 없다. 아니, 흔적이라도 찾아내면 다행이겠지.

보명 대사는 아직 연락이 없었고, 그녀에겐 이번 싸움의 모든 책임이 주어졌다.

사상자는 수를 셀 수 없을 만큼 많았다. 흑천 역시 적랑회 도들을 많이 죽였으나 그에 못지않은 피해를 입었다.

게다가 세 명의 신군을 잃었으니 이제 남은 것은 도화신군 자신과 뇌성신군.

"말도 안 돼. 믿을 수 없어. 말도 안 돼."

뇌성신군은 반쯤 정신이 나간 듯 어제부터 하루 종일 잠도 안 자고 중얼거렸다. 붉게 충혈된 그의 눈동자가 정말 미친 사람의 그것과도 같았다.

그에게 무슨 일이 일어났는지 도화신군은 정확히 알 수 없지만, 한 가지 분명한 것은 극쾌를 자랑하는 뇌성무류검법이 깨졌다는 것이다. 그렇지 않고서야 뇌성신군의 검이 반으로 토막 날 리도 없지 않은가.

세 신군을 잃은 손해는 예상외로 컸다.

문주를 잃은 각 문파의 무인들은 우왕좌왕했다. 그들은 흑천에 속해 있으면서도 자신들의 문주가 없는 흑천에 계속 남아야 할지 갈등하는 듯싶었다.

'더 이상 안 되겠어!'

도화신군은 직접 검을 들고 일어섰다.

중자산의 전투는 이틀 내내 계속되었다.

죽은 무인들의 시신이 산을 이루고 피가 상을 이뤘나. 언세 죽을지 몰라 제대로 잠을 잔 사람이 없었기에 모두의 얼굴엔 피로가 가득했다.

세 번째 날이 밝았을 때, 자신의 거처에 몸을 숨기던 소신녀는 뜻하지 않은 불청객을 맞았다.

검은 그늘이 드리워진 그녀의 눈이 더욱 퀭하게 들어갔다.

"네년 얼굴은 보기 싫다는 걸 알고 있을 텐데?"

"도움이 필요해요."

그녀를 찾아온 불청객, 은소부는 소신녀에게 가까이 다가
와 간절한 얼굴로 말했다.

"도움?"

"그 여자가 산에 들어왔어요."

"……?"

"도화신군이라는 여자 말이에요."

"그런데?"

"직접 죽이고 싶어요."

소신녀는 은소부의 의외의 말에 조금 당황했다.

사실 은소부는 이번 싸움에서 아무런 도움이 되지 못했다.
여차하면 위험해질 수도 있으니 문으로 돌아가 있으라는 사
무량의 말을 무시하면서까지 중자산에 남았다.

소신녀는 그녀를 이해할 수 없던 데다가 이렇게 갑자기 찾
아와 도움을 요청하니 난감하기 그지없었다.

"직접 죽이겠다니? 그 여자를? 넌 사무량 때문에 이곳에 남
아 있던 게 아니었나?"

"맞아요. 하지만 그것 말고도 이유는 있어요. 오라버니의
복수를 하게 해주세요."

"……."

소신녀는 아무런 힘도 가지지 않은 채 복수를 운운하는 은
소부의 말이 우습기만 했다.

"그년은 네가 상대할 수 있는 인물이 아니야. 무공 하나 익

히지 못한 네년이 어떻게 복수를 하겠다는 거야?"

"그쪽의 도움이 필요해요."

"난 도와줄 이유도, 능력도 되지 않아."

"아직 선천팔괘의 진 중에 하나가 더 남아 있잖아요. 그렇지 않나요?"

"……."

소신녀는 선천팔괘의 내용을 모두 알고 있는 은소부가 이토록 미울 수 없었다.

"그런 건 없어."

"날 속일 생각은 하지 말아요. 오래전부터 만들어놓은 걸 알아요. 소선봉(小仙峰) 아래의 동굴이 아니던가요?"

은소부가 너무나도 자세히 알고 있었기에 소신녀는 더는 거짓말을 할 수 없었다.

"맞아. 하지만 미완성이야."

"미완성… 이라고요?"

"그래. 적힙한 동굴을 발견하긴 했지만 손을 댈 수가 없었어. 너도 잘 알다시피 선천팔괘는 자연을 응용한 진이지. 그곳은 인위적인 손길이 불가능해."

"성공을 장담하지 못한다는 건가요?"

"그래."

"아직 시도도 해보지 않았잖아요. 될지 안 될지 모르면서 단정 짓지 말아요."

“아무것도 할 줄 모르면 그냥 잠자코 있어!”

소신녀는 버럭 화를 내버렸다. 하룻강아지 범 무서운 줄 모른다더니 은소부는 해도 해도 정말 너무했다. 모두들 목숨을 걸며 싸우는데 그녀의 눈엔 그저 어린아이들의 싸움으로만 보이는 것일까.

잠시 입을 다물고 있던 은소부가 진지한 얼굴로 다시 물었다.

“나 역시 당신을 좋아하진 않아요. 하지만 당신이라서 부탁하는 거예요. 소신녀, 당신 역시 기관만 설치했을 뿐이지 아무것도 할 수 있는 건 없잖아요. 기관은 모두 파훼되었고, 일행에게 짐이 되는 건 당신도 마찬가지라고요.”

소신녀의 눈썹이 부르르 떨렸다.

“그래서?”

“아무런 도움도 되지 않는 우리 둘이서라도 뭔가는 해야 하잖아요?”

“너의 복수극에 날 끌어들일 생각은 하지 마.”

“그래요. 물론 이건 나의 복수예요. 하지만 당신의 복수이기도 하잖아요?”

“…….”

“여자가 소선봉 쪽으로 가고 있어요. 기회는 지금뿐이에요.”

“…….”

"내 말, 무슨 말인지 알고 있죠?"

"시끄러워! 생각해야 할 시간이 필요해."

"생각할 시간이 없다고요. 당장 가지 않으면 당신이 발견한 마지막 선천팔괘는 영영 빛을 보지 못한다고요."

분한 일이지만 은소부의 말이 모두 맞았다.

도화신군이 소선봉 쪽으로 가고 있다면 마지막 기관을 사용할 수 있는 절호의 기회다.

소신녀는 오래 생각하지 않았다. 일행의 짐이 되고 싶은 마음도 없었지만 그녀의 진을 완성하고 싶은 욕망이 더욱 컸다.

"빨리 따라와. 늑장 부리면 가만두지 않을 거야."

소신녀는 은소부가 따라오든 말든 신경도 쓰지 않은 채 소선봉 쪽으로 신법을 펼쳤다.

도화신군은 천천히 발걸음을 옮겼다.

보명 대사를 만나기 위해 나선 그녀는 소선봉에 도착할 때까지 아무런 제지도 받지 않았다. 어찌 된 연유인지 서쪽 초입 말고는 중자산을 지키는 자들이 보이지 않았다.

'천주 때문이군. 각개격파를 당하지 않기 위해 일부러 병력을 서쪽으로 몰아넣었어.'

그녀는 사무량의 의도를 정확히 꿰뚫었다.

서쪽 초입에서는 철궁방과 낙뢰문이 몰려든 적랑회도들을 상대하고 있었다. 그들의 싸움은 전날보다 한결 조용해졌다.

난전으로 시작되어 지겨운 기 싸움으로 이어졌다.

흔히 장기간의 싸움에서 처음의 체력 소모로 인해 지친 무인들이 자주 쓰는 방법이다. 덕분에 중자산의 다른 곳은 시체들만 굴러다닐 뿐, 무척이나 조용했다.

'음?'

소선봉 쪽을 돌던 도화신군은 무언가가 움직이는 것을 보았다.

자세히 보진 못했지만 흰색 천으로 짐작되었다. 그 움직임은 소선봉 아래에 자리한 작은 동굴에서였다.

'흰색 옷이라면… 소신녀로군.'

도화신군의 얼굴에 웃음이 번져 갔다.

탓!

그녀는 창공을 나는 한 마리 매처럼 가볍게 뛰어올라 곧장 동굴 쪽으로 달려갔다.

동굴은 암습한 공기로 가득했다.

입구에 들어섰을 뿐인데도 금세 살갗이 축축해졌다. 한 치 앞도 보이지 않는 어둠 속에서 도화신군은 미리 준비해 온 화섭자에 불을 밝혔다.

화륵!

어둠을 환히 밝힌 화섭자 아래 동굴의 전형이 눈에 들어왔다.

키가 큰 사람은 고개를 숙여야 할 만큼 천장이 매우 낮았으며, 천장에서 아래로 뾰족뾰족하게 내려온 암석들에선 물방울이 떨어지고 있었다.

마치 기다란 복도처럼 생긴 동굴 내부를 천천히 걷던 도화신군은 왠지 모를 이상한 기분을 느꼈다.

소신녀가 방금 이곳으로 들어간 것을 확인했는데 그 어디에서도 사람이 살 만한 흔적은 찾아볼 수 없었다.

'이상하군. 잘못 보았을 리가 없을 텐데.'

그녀는 조심스럽게 발걸음을 옮기며 두 귀를 활짝 열었다.

스슥!

"……!"

무언가가 앞에서 움직이는 소리에 도화신군은 발걸음을 멈추고 허리춤에 매달아놓은 검을 꺼내 들었다.

'함정? 후후! 함정에 당할 만큼 둔한 내가 아니지.'

도화신군은 주위에 굴러다니는 돌멩이들을 한 움큼 쥐어 한 발 내딛을 때마다 던져 보기도 했다. 다행히 아무런 기관이 설치되어 있지 않았다.

삼 장쯤 걸었을 무렵, 도화신군은 인기척을 느끼며 전방을 직시했다.

"당신이 도화신군이군요."

앙칼진 목소리가 복도에 울려 퍼졌다.

도화신군은 두 주먹을 굳게 말아 쥔 채 부르르 떨고 있는 은소부의 모습을 보곤 피식 웃었다.

"소신녀인 줄 알았는데 용검문의 여식이었군."

도화신군은 꺼냈던 검을 다시 검집 속에 넣었다. 철저히 은소부를 무시하는 행동이었다.

"네년이 찾는 소신녀라면 바로 나를 말함인가?"

이번엔 도화신군의 등 뒤에서 차가운 음성이 들려왔다. 그녀가 뒤를 돌자, 하얀 옷을 입고 검은 머리를 풀어헤쳐 마치 귀신을 연상케 하는 소신녀가 보였다.

"이곳으로 날 유인한 건가? 호호! 아니, 나도 유인인 줄 알고 들어온 건 마찬가지지."

두 여인을 번갈아 보는 도화신군의 얼굴은 여유로 가득했다.

"하나만 물어보죠. 당신이 우리 오라버니를… 죽였나요?"

"오라버니? 아! 서생처럼 비리비리하던 용검문의 소문주 은서효 말인가?"

"묻는 말에나 대답해요!"

"가만히 내버려 둬도 혼자 죽어가더군. 용검문 소문주라는 작자가 골방에 처박혀 공포에 떨고 있는 모습이라니."

"거짓말하지 말아요! 오라버니는 절대 그럴 사람이 아니에요!"

"아, 그렇긴 하더군. 쓸모가 없어 풀어주려 했는데 거의 다 죽어가던 사람이 갑자기 벌떡 일어나 달려들더군. 보통 그걸

최후의 발악이라고 하지."

"……."

"걱정하지는 마. 발작을 잠재워 주었으니까. 영원히."

"…절대로 용서 못해!'

은소부의 두 눈이 광기로 번들거렸다.

어금니가 부서져라 이를 부드득 갈던 은소부가 갑자기 좁은 동굴에 서 있는 도화신군에게 달려들었다.

굳이 검을 꺼낼 필요도 느끼지 못했기에 도화신군은 몸을 측면으로 틀며 발을 들었다.

퍼억!

"악!"

도화신군의 발길질에 복부를 맞고 다시 제자리로 나가떨어진 은소부는 고통에 신음하며 힘겨운 듯 몸을 일으켰다.

"그 오라비에 그 여동생이군. 앞뒤 가리지 않고 달려드는 꼴이라니."

잠시나마 분노에 휩싸였던 은소부가 다시 정신을 차렸다. 지금은 감정보다도 이성이 앞서야 한다는 걸 알았다.

"그래, 양쪽에서 가로막은 것을 보아하니 유인한 것은 확실한데, 날 어떻게 죽일 생각인지 기대되는데?"

"어리석은 년. 네년은 벌써 기관 안에 들어와 있다."

소신녀가 대답했다.

"……?"

“이 동굴 안에 들어온 순간부터 넌 죽은 몸이라는 소리다.”

“아하, 그런가? 그 말인즉, 네년들도 나와 함께 죽는다는 소리렷다?”

“아마도.”

소신녀의 얼굴에서 진심이 느껴졌기 때문에 이번만큼은 도화신군도 웃을 수 없었다.

소신녀는 덧붙여 말을 이었다.

“믿지 못하겠으면 직접 눈으로 확인해라. 네가 들어온 입구는 이미 막혀 있다.”

“뭣?”

도화신군이 갑자기 소신녀 쪽으로 달렸다. 그녀는 소신녀를 옆으로 세게 밀치며 입구를 확인했다.

“으음!”

방금 전까지만 해도 뻥 뚫려 있던 입구는 온데간데없이 사라졌다. 마치 처음부터 입구라는 것은 존재하지 않았던 듯 벽에는 막아놓은 흔적도 없었다.

벽을 만지던 도화신군이 다시 뒤로 돌았다.

“감쪽같군. 이것은 사술인가?”

“사술? 귀곡자의 기관을 한낱 사술에 비교하다니 어리석은 년.”

“뭐, 어쨌거나…… 셋 다 갇혀 버린 이상 내가 할 수 있는 선택은 하나밖에 없구나.”

스릉!

도화신군은 검끝을 소신녀의 목에 갖다 댔다.

"문을 열어라."

"내가 분명히 말했을 텐데? 우리 셋 모두 죽을 거라고."

"웃기는 소리. 귀곡자의 하나밖에 남지 않은 후인이 선천
팔괘를 아무에게도 전수하지 않은 채 영원히 세상에서 사라
지게 할 리 없어."

"내 염원은 선천팔괘를 내 손으로 이루는 것. 처음부터 남
에게 전수해 줄 마음 따윈 없었다."

"그렇다면 나도 어쩔 수 없지. 너희 둘을 이 자리에서 죽이
고 빠져나가야겠군."

도화신군은 손에 힘을 주었다. 그때,

"은소부! 지금 당겨!"

소신녀가 은소부를 돌아보며 외쳤다.

"……!"

도화신군은 급히 검을 거두고 은소부를 향해 뛰었다. 하지
만 이미 동굴 한쪽에 걸려 있는 밧줄을 세게 잡아당긴 후였
다.

휘이잉!

사방이 꽉 막혀 있는 동굴 안에서 거센 바람이 이는 소리가
들리기 시작했다.

"뭐, 뭐지?"

당황한 도화신군은 재빨리 주위를 살폈다.

동굴 천장에 아주 작은 구멍 두 개가 있어 동굴 안의 공기가 모두 그쪽으로 급속히 빠져나가고 있었다.

도화신군은 재빨리 손가락으로 구멍을 막았다.

"천치 같은 년. 구멍을 막아도 소용없어. 공기가 유입되지 않으면 질식해 숨질 거야."

소신녀는 마치 남의 일을 관전하는 사람처럼 아무렇지도 않게 말했다.

도화신군은 그 말과 함께 천장에서 손을 뗐다. 다시 모습을 드러낸 구멍은 무서운 속도로 동굴 안의 모든 습기를 빨아들이고 있었다.

도화신군은 구멍을 막을 수도 그냥 놔둘 수도 없는 곤란한 상황에 처했다.

"무슨 짓을 한 게냐!"

"네 눈으로 보고 있는 이것이 귀곡자의 선천팔괘다."

"이잇!"

도화신군은 이번엔 정말 소신녀를 죽이기 위해 검을 휘둘렀다.

한데, 갑자기 그녀가 들고 있던 화섭자의 불이 꺼지며 동굴은 순식간에 어둠에 휩싸였다.

천장으로 난 구멍은 어느덧 막아져 있었고, 더 이상 천장에서 물이 떨어지지도 않았다. 기관은 동굴 안에 남아 있던 물한 방울까지 완전히 빨아들였다.

조금의 공기밖에 남아 있지 않은 동굴은 숨도 제대로 쉬지 못할 정도로 답답해졌다.

이제는 정말 소신녀의 말처럼 질식해 죽는 것밖에 남지 않은 상황이었다.

"후후! 농간을 부렸군. 이제는 숨도 정해진 만큼만 쉬어야 한다는 말인가?"

도화신군은 검을 다시 검집에 꽂아두었다. 검은 더 이상 필요가 없었다. 대신 그녀는 어둠 속에서 눈을 부라리며 소신녀에게로 뚜벅뚜벅 걸어왔다.

그리고는 소신녀의 목을 향해 두 손을 뻗었다.

"커헉!"

소신녀는 단말마를 내질렀다.

도화신군의 손에 목을 잡혔지만 볼썽사납게 발버둥치지 않았다. 소신녀는 도화신군이 힘을 주면 줄수록 남은 공기라도 다 빨아들이겠다는 듯 숨을 들이마시는 시늉까지 했다.

하지만 도화신군의 완강한 손힘에 오래 버틸 수가 없었다. 어둠 속이라 보이지 않겠지만 창백한 얼굴이 붉게 달아올라 있었다는 건 알 수 있다. 눈알이 빠져나갈 것 같은 기분에 정신까지 몽롱해져 왔다.

소신녀는 정말 의식을 잃기 직전이었다.

빠각!

도화신군 쪽에서 둔탁한 소리가 들려왔고, 소신녀는 찰나 간에 힘이 빠진 그녀의 손아귀에서 벗어났다.

도화신군은 바닥에 쓰러질 정도로 큰 충격을 받았지만 정 신을 잃은 건 아니었다.

손을 머리에 갖다 대보니 끈끈한 액체가 머리카락과 함께 엉겨 붙어 있었다. 냄새를 맡은 도화신군은 그것이 자신의 머 리에서 흘러나오는 피라는 걸 알았다.

"왜 이렇게 늦게 해? 숨 막혀 죽는 줄 알았잖아!"

"미안해요. 눈치 채지 않게 다가오기 위해선 어쩔 수 없었 어요."

"흥! 그래도 꼴에 용검문 여식이라고 제법 은신술 흉내는 내던데?"

"어렸을 때 무공을 조금 익혀서 그래요."

은소부는 도화신군의 머리를 내려쳤던 돌멩이를 바닥에 던졌다.

"어서 빨리 나가요. 숨이 막혀 죽을 것 같아요."

"그건 내가 할 소리야."

소신녀와 은소부는 누가 먼저라고 할 것도 없이 동굴 안쪽 으로 걸어갔다. 하지만 두 사람의 발걸음은 도중에 멈춰질 수 밖에 없었다.

"후후후후!"

소름 끼치는 웃음소리가 동굴 전체를 울렸다.

"굼벵이도 기는 재주가 있다더니 네년들을 보고 하는 말이었군."

어둠 속에서 도화신군의 두 눈이 반짝이는 것이 보였다.

"뭐야? 죽은 것 아니었어?"

"분명히 세게 내려쳤는데!"

소신녀와 은소부는 서로를 마주 보며 말했다.

하지만 두 사람은 계속 그대로 있을 수만은 없었다. 도화신군이 검집에서 검을 꺼내고 있었기 때문이다.

"완전히 방심하고 있다가 당했군. 빠져나갈 구멍이 있는데 날 속였다?"

"어서 뛰어요!"

은소부가 다급히 외쳤다.

소신녀는 은소부보다 먼저 앞서 안쪽으로 들어섰다.

나가는 구멍은 있었다. 하지만 기관 상치를 풀기 위해선 임초 형시으로 되어 있는 난관을 뚫어야 했다.

"빨리요! 어서!"

깜깜한 어둠 속에서 자신에게 다가오는 죽음의 공포는 간담을 서늘하게 할 만큼 두려웠다.

"빨리! 빨리!"

"알고 있어! 제대로 막기나 해!"

다급한 소신녀의 손이 부들부들 떨리고 있었다. 용검문의 여식인 은소부가 무공을 조금 배우고 있었긴 하지만 삼류무인들에게 비하면 그야말로 새 발의 피요, 도화신군에게는 손톱에 낀 때만큼도 위력적이지 못했다.

쉬익!

도화신군의 검이 어둠을 갈랐다. 그리고 그 검의 착지점에는 은소부의 복부가 있었다.

"아악!"

은소부는 복부에서 느껴지는 화끈함에 자신도 모르게 비명을 내질렀다. 상처를 미처 막기도 전에 도화신군은 다시금 검을 휘둘렀다.

찌를 듯한 살기를 감당하지 못한 은소부는 공격을 피하지 못한 채 두 눈을 부릅떴다.

이렇게 죽는구나 생각하는 그 순간, 소신녀의 손이 뒷덜미를 붙잡아 세게 끌어당겼다. 은소부의 몸은 그대로 작은 구멍 사이를 통과했다.

쿵!

은소부의 몸이 완전히 빠지자마자 입구가 닫혔다. 문이 닫히기 전 도화신군의 악에 바친 비명 소리가 들려왔다.

"휴! 정말 죽을 뻔했네."

소신녀는 길게 숨을 내쉬었다. 그리고는 다리에 힘이 풀린 듯 풀썩 주저앉았다.

빠져나온 곳도 빛 한 점 들어오지 않았기에 소신녀는 은소부의 상태를 전혀 모르고 있었다.

"성공이야. 안 될 줄 알았는데……."

한숨 돌린 소신녀는 아직도 떨리는 다리에 힘을 주어 억지로 몸을 일으켰다.

"됐어. 이제 일이 끝났으니 다시 각자의 거처로 돌아가."

뒤돌아보지 않은 채 동굴을 빠져나가려던 소신녀는 문득 이상한 기분이 들어 걸음을 멈췄다.

"이봐."

들려오는 대답은 없었다. 가느다랗게 내쉬는 은소부의 숨소리만 들려올 뿐이었다.

이상한 예감이 든 소신녀는 동굴 안쪽에 미리 준비해 놓은 유등에 불을 붙였다.

"앗!"

소신녀는 구멍 앞에서 죽은 사람처럼 누워 있는 은소부를 발견했다. 그녀의 옷 앞섶은 너덜거리고 있었고, 그 사이로 핏물이 흘러나오고 있었다.

소신녀는 헐레벌떡 뛰어가 은소부의 상의를 들어 올렸다.

"으음!"

검에 가로로 길게 베인 상처는 다행스럽게도 깊지 않았지만 은소부는 충격을 받은 듯 초점없는 눈으로 허공을 바라보고 있었다.

소신녀는 재빨리 지혈시킨 뒤에 자신의 옷소매를 뜯어 은소부의 상처 부위를 감쌌다.

"일어나 봐."

그녀는 은소부의 뺨을 툭툭 때렸다. 몇 번의 두들김 끝에 그나마 정신이 든 은소부가 새파랗게 질린 입술을 열었다.

"나… 죽는 건가요?"

"엄살 피우지 마. 별것도 아닌 상처 가지고."

"그 여자는요?"

"지금쯤이면 숨이 막혀 죽었을 거야."

"다행이군요."

은소부는 희미한 미소와 함께 그 자리에서 혼절했다.

第七章
광인(狂人)의 실체

사흘째 밤.

길고 긴 싸움은 일시적으로 중단되었다.

"혈살문은 완전히 모습을 삼췄고, 고언문은 멸살, 철궁방은 와해. 이제 남은 건 낙뢰문과 흑천주, 녹색의 복면인들. 그리고 살아남은 적랑회 무인들은 모두 오십 명이다."

유담은 그간의 보고를 짤막하게 전했다.

모두가 중자산 정상에 모였다. 부상을 입은 사람은 우서문과 은소부, 가완. 왕가의 시신은 아직 수습도 하지 않은 상태였고, 해타는 이튿날부터 보이지 않았다.

사무량은 하루 내내 보명 대사를 찾았지만 그의 모습 또한 보이지 않았다.

　대신 정상으로 오는 길에 만난 죽은 적랑회도의 시신 위에 엎어져 있는 종이 하나를 발견했다.

　구월 초하루. 미시(未時：오후 두시). 유형곡(流澄谷) 입구.

—흑천주.

보명 대사가 쓴 것으로 짐작되는 서신.

그것은 뜻밖에도 생사비무를 원하는 배첩이었다.

"보명 대사의 거처는 발견하지 못했다."

오후 내내 중자산을 이 잡듯 뒤진 유담이 힘없이 말했다.

"유형곡이라면 우서문의 거처가 있는 곳 아냐? 그곳도 찾아봤어?"

"개미새끼 한 마리 없더군."

소신녀가 믿을 수 없어 입을 벌렸다.

중자산 전체에 그녀의 손길이 닿지 않은 곳이 없다. 곳곳마다 작고 큰 기관을 설치해 두었으니 기관에 대해 모르는 사람은 중자산을 함부로 돌아다닐 수가 없다.

"그놈이라면 기관을 부수는 것은 일도 아니겠지."

"그런 말씀 마세요. 할아버지의 기관은 부술 수 있는 성질의 것이 아니에요."

소신녀는 마치 적랑회주가 선천팔괘를 무시하는 듯해 발

끈 성질을 부렸다.

"그게 꼭 손으로 때려부순다는 의미가 아니지 않느냐. 왜, 부재도에서 너희도 귀곡자의 기관을 통과했다며. 그놈이라고 못한다는 보장이 있냐?"

"그건 회주님의 말씀이 맞아."

힘없는 목소리로 말하는 사무량은 무척이나 피곤해 보였다.

"오늘은 모두 돌아가 쉬도록 하지. 회주님도 쉬시죠. 며칠간 잠 한숨 주무시지 못하셨잖습니까?"

"나는 됐다."

"기습 때문에 그런 거라면 걱정하지 마십시오. 배첩을 보내올 정도라면 기습 따위는 아예 생각지도 않았겠지요. 그리고 모두들 내일 하루 동안은 해타를 찾는 데 주력해 줘야겠어. 고언문을 혼자서 당해냈으니 그도 아마 무사하지는 못할거야. 최악의 상황이라면… 땅속에서리도 시신을 찾아야해."

사무량은 일행들 사이를 지나 어둠 속으로 휘적휘적 걸어갔다.

새벽 동이 어스름히 터올 무렵, 사무량은 인기척에 잠에서 깨어났다. 어젯밤 쓰러지듯 잠을 잔 덕분에 몸은 한결 개운했다.

그의 옆에 다가온 사람은 다름 아닌 적랑회주였다.

"한숨도 안 주무신 겁니까?"

"잠을 잘 수가 없었다."

적랑회주의 얼굴에는 짙은 그늘이 져 있었다. 오랜 시간을 고심한 사람처럼 굳어진 표정은 풀리지 않았다.

"죄송합니다. 회주님은 주무시지 못했는데 저 혼자만 잠을 자버렸군요."

"괜찮다. 네가 초유신군과의 싸움에서 내력을 많이 소진한 걸 알고 있다."

"한데 무슨 일이십니까? 혹시 보명 대사의 서신 때문입니까?"

적랑회주는 가만히 고개를 끄덕였다.

"여태까지 함께해 온 적랑회도들이 반 이상 세상을 떠났다. 내 심정을 아느냐?"

"……."

"너를 위해서 살아온 자들이고, 끝까지도 너를 위해 싸울 수 있는 자들이기에 그들이 죽어도 아무렇지도 않을 줄 알았다. 그런데 아니더구나."

"……."

"혈광검 비급의 마지막 글을 아직도 기억하느냐?"

"기억하고 있습니다."

"그럼 네가 해야 할 일도 뭔지 알겠구나."

“······.”

“불사체의 저주. 허허! 내일은 네 녀석 혼자서 갈 생각이
냐?”

“네.”

“그래. 네 녀석 혼자서 감당해야 하는 일이다.”

“회주님께서 일행들이 오지 않도록 잘 설득해 주십시
오.”

“가지 말라고 해서 안 갈 사람들이 아니지. 어젯밤 네가 먼
저 자리에서 일어난 후, 모두들 비무 이야기를 했어. 보명 대
사도 버거운 존재지만 그의 곁에 있는 녹색복면인들은 일 대
일로 붙어도 우리가 감당할 수 없는 존재들이다.”

“그들이 누구인지 혹시 알고 계십니까?”

“구파일방 각 문파의 파문 제자들이다.”

“······.”

“억울하게 파문된 사람들이지. 자기들 딴에는 복수를 하겠
디고 보명 대사와 뜻을 함께했지만, 개개인의 목표가 있어 완
전히 하나로 뭉쳐진 사람들은 아니다. 우서문만 보아도 알 수
있지. 파문당한 사람들은 중원에서 마음 놓고 돌아다닐 수가
없어. 그래서 널 죽이고 대의명분을 이용해 다시 중원에 나서
고 싶은 게다.”

“그렇군요.”

“보명 대사가 그 중심에 서 있기 때문에 더욱 어려운 싸움

이 될 게다."

"각오하고 있습니다."

사무량의 사뭇 담담한 대답에 적랑회주는 나직이 안도의
한숨을 내쉬었다.

이제 그가 믿어야 하는 혈광검, 전 천하제일인의 아들은 내
일이면 이 세상과 작별을 해야 할지도 모른다.

보명 대사에게 사무량이 죽을 수도 있다는 것도 물론 걱정
이지만 사무량에게 갑자기 불사체의 저주가 내려진다면 사태
는 걷잡을 수 없을 게다.

중자산에 남아 있는 사람들은 물론이고 다시금 십사 년 전
과 같은 참혹한 일이 벌어질 것이 분명했다.

적랑회주는 다시금 사무량의 얼굴을 살폈다.

어스름히 밝아오는 햇살에 비친 사무량의 얼굴은 어느 때
보다 차갑고 냉정하게 느껴졌다. 하지만 그 냉정한 얼굴 한편
엔 인생을 초연한 고뇌가 담겨 있었다.

소신녀의 기관 장치로 인해 대폭발이 일어난 지점에서 사
무량은 유담, 가야와 함께 땅 밑을 수색했다.

종적이 묘연해진 해타를 찾기 위함이었다.

대부분의 고언문도들이 땅 위에서 시신이 된 채 발견된 걸
로 미루어, 싸움은 지상에서 펼쳐졌을 가능성이 많았다.

"벌써 두 시진째 이곳을 돌아보고 있어. 다른 곳에서도 싸

움이 벌어졌을 수도 있으니 자리를 옮겨보는 게 좋겠어."

일행들은 그 후로도 반 시진 동안 땅 밑을 점검했다. 폭발의 여파로 온통 헤집어진 땅이라 싸움의 흔적을 찾는 것은 꽤나 힘든 작업이었다.

"중자산 전체의 땅을 다 파서 확인할 수도 없는 노릇이고, 아무래도…… 지하 어딘가에서 잠들어 있는 것 같군."

유담은 최악의 상황을 생각했다.

그때, 가야가 두 눈을 좁히고 어느 한 지점을 바라보다가 입술을 벌렸다.

"어?"

가야의 눈에 들어온 것은 마구 구겨진 종이 한 장이었다.

사무량은 재빨리 달려가 종이를 집어 들었다.

"이건……!"

어느새 곁에 다가온 유담이 종이를 들여다봤다.

"이건 왕가가 남긴 것 같은데."

종이의 내용을 읽어본 그들은 서로를 바라보며 으쓱했다.

왕가가 미리 유언장을 남긴 것도 놀랐지만 자생단이라는 생소한 단어가 그들을 궁금하게 만들었다.

"여기에 이런 게 있어."

가야가 근처에서 목갑을 주워왔다.

목갑을 건네받은 사무량은 그것을 이리저리 살폈다. 뚜껑과 상자가 분리되어 있었고, 안에 담겨 있던 내용물은 그 어디에도 없었다.

"이곳에 자생단이 있었던 모양이로군."

"자생단에 대해 알고 있나?"

당연히도 아는 사람이 없었다.

분명한 것은 이곳에 해타가 있었다는 것이고, 안에 내용물이 없는 걸로 보아 그가 자생단을 복용했을 거라는 추측이 나왔다.

사무량은 근처에 또 다른 단서가 있을까 싶어 주위를 살폈다. 그러다가 갑자기 석상처럼 딱딱하게 굳어졌다.

그는 얼굴을 잔뜩 찡그린 채 귀를 쫑긋거렸다.

"지금 이 소리 들리지 않나?"

"무슨 소리?"

유담과 가야가 귀를 기울였지만 그들에겐 아무 소리도 들리지 않았다.

"이쪽이야!"

사무량이 서쪽으로 뛰기 시작했다. 두 사람은 궁금증을 해소할 여유도 없이 사무량을 뒤쫓았다.

맑은 시냇물은 중자산에서 벌어진 전투와는 전혀 무관한 듯 경쾌한 소리를 내며 흘렀다.

유담과 가야는 사무량이 갑자기 이곳으로 달려온 이유를 물으려 했지만 사무량은 주위를 재빨리 훑어보더니 냇물을 거슬러 올라가기 시작했다.

십여 장쯤 오르자 다른 나무들과는 달리 가지가 비정상적으로 긴 나무 한 그루가 한쪽 구석에 자리했고, 그 옆의 평평한 바위 위에 무언가가 축 늘어져 있었다.

"해타!"

유담이 해타의 이름을 부르며 달려갔다. 하지만 그는 걸음을 멈춰야만 했다.

어느새 어깨 위에 올라온 사무량의 손을 확인한 그는 바로 고개를 돌렸다.

"가지 마."

"……?"

"조금 이상해. 정상이 아니야."

사무량은 개미가 기어들어 가는 자그마한 목소리로 작게 속삭였다.

"정상이 아니라니, 무슨 소리야?"

유담도 새삘리 목소리를 줄였다.

"가만히, 가만히 들어봐."

유담은 고개를 갸웃거리며 다시 해타에게로 고개를 돌렸다. 그는 청력에 기운을 몰라 해타 쪽에서 들려오는 소리를 파악하려 했다.

일단은 해타가 무사한 것을 두 눈으로 확인했기에 가슴을 쓸어내리며 안심했다. 그런데 갑자기 유담의 귀에 이상한 소리가 들려오기 시작했다.

해타는 불규칙적으로 숨을 쉬고 있었다. 폐에 문제가 있는 사람처럼 쒜엑쒜엑 소리를 내는 것이 확실히 정상은 아니었다. 하지만 더욱 놀라운 것은 그의 입술 틈으로 웃음소리도 울음소리도 아닌 이상한 소리가 흘러나오고 있다는 것이었다.

"끼끼끼……!"

귀를 기울이지 않으면 들리지도 않을 법한 작은 소리였지만 유담은 아주 정확하게 들었다.

"저게 무슨 소리……?"

"확실히 이상하군. 동공이 풀려 있어."

이번엔 가야가 말했다.

"동공이 풀려 있다니, 정신이라도 나갔다는 말이야?"

"아마도."

"어쩌면."

사무량과 가야의 입에서 동시에 대답이 튀어나왔다.

유담은 어깨에 올려진 사무량의 손을 치우며 인상을 구겼다.

"정신이 나갔다면 당연히 깨워야 할 것을."

유담은 두 사람이 미처 말리기도 전에 해타에게로 걸어갔다.

"유담, 안 돼!"

가야가 다급히 외쳤다.

유담이 가야를 돌아보았고, 다시 해타 쪽으로 고개를 돌리는 순간,

퍼억—!

유담의 몸은 이 장여쯤 날아가 냇물에 처박혔다. 욱신거리는 가슴을 부여잡은 그는 간신히 몸을 일으켰다.

'무슨 일이?'

유담은 도대체 어떻게 된 상황인지도 모른 채 일행 쪽을 바라보다가 경악했다.

죽은 듯 누워 있던 해타가 멀쩡한 모습으로 일어서 있고, 그의 양옆으로는 사무량과 가야가 방어 자세를 취하며 서 있었다.

"이상하다고 했잖아!"

가야가 유담을 바라보며 꽥 소리를 질렀다.

하지만 유담의 눈에는 해타의 모습밖에 보이시 않았다.

너덜너덜한 옷은 싸움을 하였으니 그렇다 쳐도 푹 들어가 벌겋게 충혈된 눈은 어떻게 설명할 것이며, 쉬지 않고 입으로 요상한 소리를 내는 것은 도대체 무엇이란 말인가. 그뿐만이 아니었다.

'해타가 저렇게 늙었었나?

해타의 모습은 기괴했다. 그래도 나이가 나이인만큼 어느 정도 주름도 있었고, 희끗희끗한 머리카락도 보였다. 그런데

만 하루가 지난 지금은 백발이 성성했으며 주름살도 확연히 눈에 띄었다. 남들은 하루를 살 때 마치 혼자서 십 년의 세월을 보낸 사람 같았다.

하지만 무엇보다 사무량과 가야가 방어를 취하고 있는 이유는 해타의 구부려진 열 손가락 때문이었다.

해타는 금방이라도 공격할 자세를 취했다. 유담은 그의 손가락이 치명적인 무기라는 사실을 한눈에 간파했다.

"끼끼끼!"

원숭이의 울음과 흡사한 소리를 내는 해타는 양쪽을 돌아보며 허공을 향해 손을 쉭쉭 저었다. 그의 위협적인 모습 때문에 두 사람은 섣불리 움직일 수 없었다.

'설마 자생단이라는 것 때문인가!'

자생단의 존재를 다시 깨달은 유담은 마음이 다급해졌다. 어느 한쪽이 나서서 재빨리 해타를 제압해야 하는 상황.

가야가 활을 들어 해타를 향해 겨누었다.

"가야, 안 돼."

사무량은 해타에게 눈을 고정시킨 채 입만 벙긋거려 가야의 행동을 저지했다.

"해타를 죽일 생각이야?"

"죽일 생각은 없어. 단지 제압을 하려면 이 방법밖엔 없어서."

피융!

가야의 손에서 시위가 놓아지며 화살이 해타를 향해 날아 갔다.

한데, 해타는 가볍게 가야의 화살을 피하며 오히려 그를 향 해 달려들었다.

아무런 방어도 하지 않은 가야는 놀란 눈으로 자신을 덮치 는 해타를 바라봤다.

"위험해!"

텅!

사무량은 혈광검의 측면으로 해타의 몸뚱이를 쳐냈다. 마 치 몽둥이로 때리는 듯한 행동이었다.

"큭!"

해타는 일 장 옆으로 밀려나 옆구리를 부여잡은 채 서서히 몸을 일으켰다.

"이지를 상실했어. 우리를 알아보지 못해. 하지만 다행이 군. 정신을 잃어도 고통은 느낄 수 있는 모양이니, 그 말이 즉……."

"예전의 해타로 되돌려 놓을 수 있다는 소리지."

냇물에서 몸을 일으킨 유담이 일행 쪽으로 합류했다.

"완전히 자아를 버리진 않았어. 그래서 고통을 느낄 수 있 는 거고. 해타… 정신력이 대단한 녀석이었군."

"제압해야겠지?"

가야도 정신을 수습했다.

"혼자서는 어렵겠지만 셋이라면 간단하겠지."

"환우독조의 구환공이야. 절대 해타의 손에 닿으면 안 돼."

"네 걱정이나 하라고."

세 사람은 각자 맡은 위치로 돌아갔다. 해타를 중심으로 원을 그린 이들은 조금씩 그 원을 좁혀 들어갔다.

2

해타의 상태를 본 적랑회주의 인상은 딱딱하게 굳어졌다.

"쯧쯧쯧! 자생단이 아직 세상에 남아 있던 모양이로군."

"자생단을 아십니까?"

"알다마다. 예전에 대선사의 주지승이 그것을 먹고 미쳐 날뛰다 죽었지. 아, 왕가의 스승이라고 해야 잘 알겠구나. 그 자생단을 왕가가 가지고 있었을 줄이야."

"어떤 효능을 가지고 있습니까?"

"말 그대로다. 저 녀석, 어딘가 심하게 상처를 입은 모양이군. 자생단까지 복용한 걸 보면. 직접 눈으로 보진 못했지만 자생단은 상처를 빠르게 소생시켜 준다고 하더구나. 대신 뇌에 치명적인 자극을 입혀 이지를 상실케 한다고도 하지."

"완전히 이지를 잃은 건 아닙니다. 때렸는데 고통을 느끼더군요."

"그렇더냐? 허허! 그렇다면 방법이 없는 건 아니지. 내기로 약 기운을 밀어내야 해. 빨리해야 한다. 이성의 끈을 놓기 전에."

"부탁드립니다."

사무량은 적랑회주를 향해 고개를 숙였다.

"허허! 이놈이 이제는 이런 늙은이에게 그런 일까지. 그래, 그동안 아무것도 하지 못했으니 이런 부탁이라도 들어줘야지."

적랑회주는 자리에서 일어섰다. 그의 앞에는 두 손이 밧줄에 단단히 묶인 채 괴로움에 몸을 꼬고 있는 해타가 있었다.

한 시진 정도가 흐른 후, 해타는 다시 정상적인 혈색을 되찾기 시작하더니 곧 혼절해 바닥에 몸을 뉘었다.

"고생하셨습니다."

지친 기색이 역력한 적랑회주를 향해 사무량은 고마움의 표시를 했다.

"잘 봐라."

적랑회주는 손을 털며 자리에서 일어났다.

"저것이 불사체의 모습과 비슷하다."

"……!"

"당연히 믿을 수 없겠지. 말은 많이 들었어도 네 눈으로 직접 본 적은 없었을 테니까."

"…제 부친께서도 저런 증상이셨습니까?"

"더하면 더했지 덜하진 않았다. 같은 무리를 죽이고, 죽는 순간까지도 고통을 느끼지 못했으니까. 화살 아홉 대와 검 일곱 자루를 몸에 꽂힌 것도 모자라 머리가 몸에서 분리될 때까지 혈광검을 휘둘렀다. 더 해주랴?"

"…됐습니다."

"그래, 잘 봐둬라. 어쩌면 조금 전 해타의 모습이 내일 네 모습이 될 수도 있으니."

그날 밤, 사무량은 기나긴 운기에 들어갔다.

아주 느린 운기를 함으로써 마지막으로 몸 구석구석을 점검했다.

하루도 거르지 않고 한 운기지만 적랑회주가 마지막으로 한 말이 마음에 걸렸다.

솔직한 마음으로는 내일 있을 비무가 두려웠다. 보명 대사를 만난 적이 없지만 그가 여태껏 저지른 일들을 보면 치가 떨리도록 잔인했다.

죽음이 두렵지는 않다. 하지만 갑자기 몸의 피들이 역류하여 불사체의 감춰진 내성이 드러난다면, 그래서 이성을 잃게 된다면…… 생각만 해도 끔찍한 일이 아닐 수 없었다.

몸을 점검한 끝에 별다른 이상이 없다는 걸 확인한 사무량은 혈광검을 꺼내어 마른 천으로 정성스레 닦았다.

보명 대사를 마지막으로 더 이상의 살생을 저지르는 일이 없도록 간절히 바라면서.

"잠이 오질 않나?"

얼기설기 지은 천막의 휘장을 걷으며 유담이 들어섰다.

사무량은 부재도에서 유담이 사무량을 처음 찾아왔을 때가 생각나 그를 보며 작게 웃었다.

"천하의 사무량이 검을 닦고 있는 모습을 보니 긴장이 되긴 하나 보군."

"보명 대사를 앞에 놓고도 긴장하지 않을 사람은 중원에 몇 되지 않겠지."

"만약에 네가 죽는다면 양지바른 곳에 묻어줄게."

유담은 농담 섞인 말로 사무량의 긴장을 풀어주려 애썼다.

검 손질을 마친 사무량은 그것을 앞에 들어 유담에게 보여주었다.

"혈광검이야. 사람을 가장 많이 죽인 검."

"그렇군."

"하지만 이번 싸움에선 이 검이 한 번도 쓰이질 않았어."

유담은 생각해 보다가 사무량의 말이 사실이라는 걸 깨달았다. 그는 곧 실소를 토해냈다.

"그렇다는 말은 네가 이번 초유신군과의 싸움을 제외하고선 한 번도 나서지 않았다는 말인데."

"맞아."

사무량은 뻔뻔하리만치 쉽게 대답했다.

“이 검을 휘두를 때마다 내 안에 잠들어 있는 본성이 꿈틀거려. 이건 그 누구에게도 말하지 않았어.”

“나에게 말하는 것이 처음이라는 소리군.”

“그래.”

사무량은 깊이 한숨을 내쉬었다.

“아까 적랑회주께 들었다. 내일 너 혼자 싸움을 해야 한다고 하더군.”

“사실이야. 근처에 누군가가 있게 되면 안전을 보장할 수는 없어. 그게 아군이라도 말이지.”

유담은 얼굴을 찡그리는지 웃는 건지 알 수 없는 애매모호한 표정을 지으며 사무량의 등을 두드렸다.

“미안한 소리인데 난 내일 너의 싸움에 참견하게 될 거다.”

“…….”

“적랑회주의 부탁이지.”

사무량은 표정이 딱딱하게 굳어졌다.

그는 적랑회주가 일행에게 잘 말해주리라 생각했기에 마음을 놓고 있었다. 하지만 아무래도 적랑회주는 사무량과 조금 다른 생각을 지닌 듯했다.

유담은 사무량의 변해가는 표정을 보면서 계속 말을 이어나갔다.

“뭐, 적랑회주가 아니라도 난 너의 싸움을 곁에서 지켜볼 의무가 있으니까.”

“의무?”

“잊고 있었나? 부재도에서 떠나올 때 마희가 내게 부탁했지. 사무량 네가 만약 전 혈광검처럼 미쳐 버리면 널 죽여 버리라고. 내가 과연 미쳐 있는 널 죽일 수 있을지 모르겠어. 하지만 이것 하나만 명심해라. 정신을 똑바로 차리지 않는다면 내가 죽는 한이 있더라도 널 꼭 저승으로 같이 데려갈 거니까.”

“부탁하지.”

사무량은 유강이 따라나서겠다는 데에 거부하지는 않았다.

사실이 그랬다. 누구 하나 희생당하는 한이 있더라도 사무량의 폭주를 막아줄 사람은 반드시 필요했다.

유강이 목숨까지 걸면서 그 일을 하겠다고 하니, 사무량은 걱정이 되면서 한편으론 미안한 마음도 있었다.

“마희… 아니, 어머니…… 잘 지내고 있을까?”

사무량이 꺼낸 말에 유담은 아무런 대답도 하지 못했다.

언젠가는 알게 될 일이지만 시기가 좋지 못했다. 내일 결전을 앞둔 사람한테 사실을 말하게 되면 그가 받을 정신적인 충격까지 유담이 책임질 수는 없는 노릇이었다.

“아마 잘 살고 있을 거야. 혈광검의 여자였고, 널 낳아준 사람이니까.”

유담이 할 수 있는 말은 그게 전부였다.

第八章

최후의 비무

밤새 몸 상태를 점검하고 새벽에 잠이 든 사무량은 오후가 다 되었을 무렵에 일어났다.

몸이 약간 찌뿌둥했지만 여느 날처럼 기분은 좋았다. 사무량은 아침을 거르고 빈속으로 산을 내려갔다.

전쟁을 방불케 했던 싸움의 잔해가 중자산 이곳저곳에 있었다. 벌써부터 썩어 들어가는 시체며, 폭발한 흔적들과 불에 타고 부러진 나무들. 가히 산이라고 말할 수 없을 정도로 처참한 모습이었다.

사무량은 눈에 보이는 끔찍한 광경들을 애써 무시하며 유형곡 쪽으로 발길을 돌렸다.

문득 인기척이 나서 고개를 돌려보니 유담이 사무량의 옆에 붙어 있었다. 유담은 아무런 말도 하지 않고 사무량과 발걸음을 맞췄다.

그렇게 둘이 길을 걷기 시작하고 얼마 지나지 않았을 때, 일행의 숫자가 조금씩 늘어갔다.

그 어느 때보다 많은 화살을 전통에 담아 맨 가야가 유형곡으로 향하는 길목에서 합류했다. 또한 싸움이 일어나기 직전까지 등에서 도를 빼지 않는다는 양소도 많이 긴장한 모양인지 손에 도를 쥐고 사무량을 따라왔다.

적랑회의 각산, 살아남은 오십 명 중 이십여 명의 적랑회 무인들. 그리고 맨 마지막에는 지팡이에 몸을 의지한 채 천천히 발걸음을 내딛는 적랑회주까지 있었다.

사무량이 처음 의도한 것과는 너무도 다르게 모두 비무가 치러질 곳으로 향했다.

사무량의 얼굴에 난감함이 비치자 유담이 그의 어깨를 툭 건드렸다.

"그래도 다행이지? 계집애들은 없잖아."

그 말이 튀어나옴과 동시에 바위 뒤에서 소신녀가 모습을 드러냈다.

"계집이 어때서? 뭐가 다행이라는 거야?"

"너까지 따라온 건가?"

"왜, 피해줄까 봐 걱정돼? 나도 참관할 자격은 있는 사람이야. 내 기관 때문에 흑천 놈들이 얼마나 많이 죽었는지는 잘 알고 있겠지?"

"은소부를 돌봐야 하지 않았나?"

"그 계집이 죽든 말든 나랑 무슨 상관이야? 콱 죽어버렸으면 좋겠어."

유담은 한 손을 이마에 얹으며 고개를 좌우로 흔들었다.

"회주님."

사무량은 적랑회주의 곁으로 다가가 그를 부축했다.

"난 같이 싸우겠다는 소리는 하지 않았다. 우리 모두 네가 싸우는 모습을 구경하러 가는 거지, 널 돕겠다는 건 아니지. 그렇지 않냐?"

적랑회주가 주위에 있는 무인들에게 물었지만 대답하는 사람이 없었다. 그러거나 말거나 적랑회주는 지팡이로 사무량의 배를 쿡쿡 찔렀다.

"불만이면 이기면 되잖아, 이기면. 왜, 지면 창피하기라도 할까 봐 걱정되냐?"

"그런 뜻이 아닌 걸 잘 알고 계시지 않습니까?"

사무량은 진심으로 걱정하는 마음에 다시 돌아가라고 설득하려 했지만 적랑회주는 사무량의 시선을 외면했다.

"밤새 생각해 보았는데, 널 쓸쓸히 죽게 하는 것은 사람으로서의 도리가 아니더라. 내 널 그렇게 보내면 나중에 죽어서 혈광검의 얼굴을 어찌 마주할 수가 있겠느냐."

“회주님.”

“걱정하지 마라. 우리는 아무런 짓도 하지 않고 몰래 숨어서 널 지켜볼 생각이다. 그러니 염려 말고 싸워라. 만약 네게 어떤 이상한 증상이 보이면 우리는 다 도망갈 것이고 저놈이 해결할 것이니 걱정 말고.”

적랑회주는 천진스럽게 지팡이를 들어 유담을 가리켰다.

유담이 곤란한 듯 뒷머리를 긁었다.

“저도 영 아니다 싶으면 도망갈 생각이었는데 그렇게 부담을 주시면 어떻게 합니까?”

“하하하!”

“하하!”

긴장감에 사로잡혀 있던 적랑회도들이 웃음을 터뜨렸다.

사무량도 웃었다.

어쩌면 이들이 이렇게 마음 놓고 웃을 수 있는 마지막 순간일지도…….

유형곡은 점점 가까워져 오고 있었다.

적랑회주는 사무량이 일행들 한 명 한 명과 마지막 인사를 나누는 것을 허락지 않았다. 괜히 부정 탄다며 중얼거리더니 혼자 뒤돌아 어디론가 걸어갔다.

일행들이 뿔뿔이 흩어지고 나서 사무량은 홀로 유형곡 안으로 들어섰다.

처음 사무량 일행들의 거처가 되었던 이곳 역시 혈전의 바람을 피하지는 못했다. 여기저기 보이는 난투의 흔적들로 하여금 우서문의 거처는 사뭇 을씨년스러웠다.

사무량은 유형곡을 배회하다가 발걸음을 멈췄다.

유형곡 입구 쪽에서 누군가가 걸어오고 있었다.

큰 키에 건장한 체구. 머리털이라고는 하나도 남아 있지 않은 대머리. 부리부리한 눈은 위로 올라가 사나워 보였으며 두터운 입술은 꾹 다물려 있었다.

낯설지만 낯설지 않은 사람.

사무량이 내린 보명 대사의 인상은 그랬다.

보명 대사 역시 사무량을 발견한 듯 잠시 걸음을 멈추더니 이내 가벼운 발걸음으로 가까이 다가오기 시작했다.

마치 거대한 산 하나가 발이 달려 움직이는 것만 같았다.

그는 사무량과 삼 장의 거리를 남겨둔 채 자리에 섰다.

"우리 안면이 있는 사이지. 그렇지 않나?"

그의 목소리는 묵직했고, 발음은 정확했다

"당신은 날 본 적이 있겠지만, 난 당신을 본 적이 없소."

"그렇군. 이 년 전 꼬맹이가 이렇게 크리라고는 나 역시 예상하지 못했네."

보명 대사, 혹천주는 이 년 전 소림에 왔었던 사무량의 얼굴을 정확히 기억하고 있었다.

"내가 알기론 중자산이 아름다운 산으로 유명하던데, 역시 명불허전이로군. 며칠간 중자산에 돌아다니지 않은 곳이 없다네. 인위적인 부분이 없었다면 더욱 아름다웠을 텐데 말이지.”

소신녀가 들으면 기절할 이야기였다.

말을 하는 와중에도 보명 대사에게선 긴장감을 찾아볼 수 없었다. 그는 싸움을 하러 나온 사람이 아니라 마치 유람을 즐기러 나온 사람 같았다.

뒷짐을 지고 천천히 발걸음을 옮기는 보명 대사는 정말 커다란 사람이었다. 가만히 있는 것만으로도 오금을 저리게 할 수 있는 사람은 아마 중원에서도 손에 꼽기 힘들 게다.

“흑천은 이제 사라졌소.”

“참 많이도 죽었지. 쓸모없는 놈들.”

“쓸모없는 놈들이라…… 목적이 아무리 불순하다고는 하나, 오랜 세월 당신을 따랐던 사람들이오.”

“따를 수밖에 없었으니까. 그들이 다시 중원에 나서려면 힘이 필요했어. 나는 그들에게 힘을 주었고, 그들은 허울밖에 없던 흑천주를 십여 년이나 믿었지. 후후후! 어리석다, 어리석어.”

사무량에겐 흑천도 적이었지만 그런 흑천을 마치 집에서 키우는 강아지처럼 이야기하는 흑천주가 참을 수 없을 정도로 역겨웠다.

“당신도 결국엔 중원에 다시 나서는 것이 목적이 아니오?”

“난 처음부터 그랬어. 소림에 있으면서도 갑갑함을 견디지 못한 사람이야. 소림의 방규가 얼마나 심한 줄 알고는 있나? 명성과 무공을 얻었지만 자유가 없었지. 난 자유를 찾고 싶었을 뿐일세.”

“그래서 많은 사람들을 희생시키는 거요?”

“흑천은 자신들이 원한 것을 한 것뿐. 그래서 난 희생을 줄이기 위해 자네를 직접 만나자고 한 것이 아니던가.”

사무량은 보명 대사가 농담을 하는 건지 아닌지 구분할 수가 없었다.

“처음부터 그러지 그러셨소.”

“흑천도 귀찮은 존재였지만 이곳에도 적랑회라는 귀찮은 존재들이 있더군. 그들까지 내 손으로 처리할 필요성을 느끼지 못했을 뿐이네.”

사무량은 두 주먹을 꾹 쥐었다.

사람이라면 진정 이렇게 말을 할 수는 없을 것이다. 보명 대사는 사람의 탈을 쓴 악마, 그 이상이었다.

사무량은 주먹에서 힘을 풀었다.

“그래서 당신의 목표가 천하제일인이오?”

“만약 여기서 널 죽인다면 그렇게 되겠지.”

“후후후!”

사무량의 의미 모를 웃음을 본 보명 대사는 한쪽 눈썹을 찡긋 올렸다.

"당신은 천하제일인이 될 자격이 없소."

"……"

"물론 무공으로썬 천하제일인이 될 수는 있지. 하지만 그건 천하제일인의 이름을 빌린 천하의 악인이오."

"…후후! 어린 녀석이 꽤나 되바라져 있구나. 네가 과연 조금 후에도 그런 소리를 할 수 있는가 두고 봐야겠군."

보명 대사의 얼굴에 노기가 떠올랐다가 가라앉았다. 그는 사무량의 앞으로 한 발짝 더 다가왔다.

"마지막이 될지도 모르니 한 가지 묻지. 혈광검의 무공에 대해 말할 의사가 있는가?"

"말한다고 하면 당신이 익힐 수 있소?"

"그건 자네가 판단할 일이 아니지."

"……"

"……"

두 사람의 눈이 허공에서 부딪쳤다.

사무량의 눈은 굶주린 늑대의 것처럼 날카로웠고, 보명 대사는 어린아이를 바라보는 차분한 눈빛이었다. 하지만 그 눈빛 속엔 대적할 수 없는 막강한 힘이 담겨 있었다.

만약 눈빛만으로도 사람을 죽일 수 있다면 사무량은 한 명의 상대에게 질풍처럼 달려들어 죽일 것 같았고, 보명 대사는 파란 한 올 일으키지 않고 수십만 명을 죽일 수 있을 것 같았다.

"혈광검의 무공은… 당신이 상상할 수 있는 모든 무공을 가져다 놓는다 해도 비교할 수 없소."

"노력만으로는 이룰 수 없다는 소리. 알고 있네. 조금의 희망을 가지고 물었었는데 어쩔 수 없지."

"이제 그만 시작하는 게 좋을 듯하오. 더 이상 당신과 이야기를 나누다가는 구역질이 날 것 같으니."

"버르장머리 없는 놈!"

보명 대사는 뒷짐을 지었던 손을 풀었다. 그의 옷이 바람에 펄럭였고, 소매 안에서 붉은색을 띤 희미한 연기가 피어올랐다.

스릉!

사무량도 지극히 신중한 태도로 검을 뽑았다.

"하앗!"

발검과 동시에 펼쳐진 보법은 보명 대사와의 거리를 급격하게 줄였다.

사무량은 인정사정 보지 않고 보명 대사의 목을 향해 검을 내질렀다.

보명 대사가 편안히 내려놓았던 두 손을 가슴께로 들었다.

타앙!

사무량의 검과 부딪친 보명 대사의 손에서 불꽃이 튀었다. 사무량은 뒤로 쭈욱 밀려났지만 보명 대사는 그 자리에서 꿈쩍도 하지 않았다.

물론 검을 맞받은 그의 손에는 아무런 상처도 없었다.

사무량은 큰 혼란에 휩싸였다.

쇠도 베어낸다는 혈광검이 보명 대사의 손에 흠집조차 내지 못했다. 게다가 자신은 이렇게 뒤로 물러났지만 보명 대사는 바위처럼 꿈쩍도 하지 않았다. 사무량은 그의 무위에 더욱 놀랐다.

보명 대사는 검게 변해 버린 손을 두어 번 툭툭 터는 것으로 동작을 마무리했다.

"이 정도밖에 되지 않나? 혈광검의 아들이라고 해서 큰 기대를 했더니만 실망감이 앞서는군."

'이 정도일 줄이야.'

사무량은 단 한 수만으로 보명 대사의 실력을 파악했다.

그는 사무량 자신이 감당할 수 없는 거인임은 분명했다. 중원의 태산북두라 불리는 소림, 그곳에서도 가장 출중한 실력을 자랑하던 자가 아니던가.

이번 싸움은 사무량의 필패다.

아무리 부친의 무공을 익혔다지만 사무량은 경험도 적고 실력도 혈광검에 비할 수 없을 만큼 낮다.

질 수도 있다는 불안감 때문에 사무량의 이마에서는 땀이 비 오듯 흘렀다.

"보아하니 오래가지도 않을 것 같군. 나는 속전속결을 좋아해서 말이야. 빨리 끝내도록 하지."

사무량이 잠시 주춤하는 사이, 보명 대사가 발을 어지럽게
놀렸다.

소림의 내로라 하는 무공 중 하나인 금강부동신법(金剛不
動身法)이었다.

금강부동신법은 접전용의 단단한 신법으로 흐트러짐이나
군더더기 하나 없이 깔끔한 신법이었다.

순식간에 다시 사무량과 거리를 좁힌 보명 대사의 두 손이
빠른 속도로 움직이기 시작했다.

쉭! 쉬익!

지극히 절제된 동작. 맹수의 이빨처럼 날카로우면서 단타
로 상대의 요혈만을 노리는 대력금강장.

보명 대사의 손은 몇 개인지 숫자를 셀 수 없을 만큼 진한
잔영을 남기며 빠르게 움직였고, 한 번 손을 내뻗을 때마다
손바닥에서 붉은 연기가 피어올랐다.

몸에 닿지도 않았는데 장법에서 터져 나오는 강기가 사무
량의 육신을 마구 강타했다

"헉!"

사무량은 연신 뒤로 물러서며 보명 대사의 손을 피했다.

그러나 보명 대사의 두 손은 뱀의 혓바닥처럼 날랜 움직임
으로 사무량의 신형을 따라붙었다.

도저히 빠져나갈 구멍이 없었다.

초유신군과는 공격하기도 전에 서로의 틈을 집어내기 위

해 탐색하는 과정을 거쳤지만 보명 대사와는 그렇지도 않았
다. 보명 대사에게선 애초부터 틈이라는 것을 발견할 수가 없
었다.

스으으!

보명 대사의 전신에서 스멀스멀 붉은 기운이 피어올랐다.

인간의 몸에서 붉은 연기가 피어오른다는 자체만으로도
사무량에겐 큰 충격이었다.

피어오른 연기로 사무량의 시야를 잠시 혼란케 한 보명 대
사가 손을 내지르는 듯하더니 펄럭거리는 소매로 사무량의
왼팔을 그대로 쳐냈다.

픽!

"억!"

사무량은 뒤로 날아가면서 자신이 겨우 소맷자락에 맞았
다는 사실을 깨달았다.

겨우 소맷자락이 아니었다. 강기가 씌워진 보명 대사의 몸
전체, 아니, 그가 걸치고 있는 옷과 머리카락까지도 모두 살
상용 무기였다.

사무량은 허공에서 몸을 뒤집어 겨우 중심을 잡고 바닥에
착지했다. 왼팔이 바위에라도 눌린 듯 저려왔다. 등 뒤에선
식은땀이 비 오듯 흘렀다.

팔에 아무런 이상이 없음을 확인한 사무량은 자리에서 벌
떡 일어섰다.

그러나 보명 대사는 그에게 숨을 쉴 수 있는 시간적인 여유
조차 주지 않았다.

쉬익!

사무량은 보명 대사와의 거리가 너무 가까워 혈광검을 제
대로 휘두르지 못했다. 그의 손에 들린 혈광검은 간간이 보명
대사의 장법을 막는 도구에 지나지 않았다.

사무량의 당황한 얼굴을 보며 보명 대사는 가느다란 미소
를 지었다.

위협적인 공격을 펼치는 와중에도 보명 대사의 얼굴은 처
음 보았을 때처럼 차분했다.

"이것뿐인가? 막는 재주가 이것밖에 되지 않는가?"

보명 대사는 마치 장난감을 가지고 노는 것처럼 사무량을
마음대로 휘둘렀다.

사무량은 그의 공격을 피하기에 급급했고, 아무리 혈광검
을 들었다 하더라도 다 막을 수는 없었나.

퍼억!

보명 대사의 손바닥이 사무량의 배에 작렬했다.

사무량은 아까보다 좀 더 멀리 날아갔다. 이번에는 허공에
서 몸을 뒤집지도 중심을 잡을 수도 없었기에 그는 볼썽사나
운 자세로 바닥에 떨어졌다.

쿵!

바닥이 울리고도 사무량은 옆으로 다섯 차례나 구른 뒤에

정신을 차릴 수가 있었다.

도저히 승산이 없는 싸움이었다. 보명 대사는 굳이 혈광검의 무공이 아니라도 실력만으로 중원 최고의 자리에 오를 수 있는 사람이었다.

사무량은 거친 호흡을 계속했다.

구름 한 점 없이 푸른 하늘이 눈에 들어왔다. 하지만 세상 전체가 빙빙 도는 듯하여 몸을 일으킬 수가 없었다.

사무량은 누운 채로 한쪽 팔을 들어 혈광검을 보았다.

'이 검을 휘두르게 되면 내 안에 잠재되어 있는 본성이 모습을 드러낸다.'

그는 확신했다.

충분히 자신을 절제할 수 있다고 여겼지만 벌써부터 몸속에 흐르는 피는 자신들이 마음껏 활개 칠 수 있게 해달라고 아우성이었다.

사무량은 뜻하지 않게 두 가지 선택의 기로에 놓이게 되었다.

검을 쓰고 미쳐 버리느냐, 아니면 이대로 보명 대사의 손에 죽음을 맞이할 것이냐.

"후후후!"

그때 마침 보명 대사의 웃음소리가 머리 위에서 들려왔고, 사무량은 미치는 한이 있어도 이자에게만큼은 죽을 수 없다는 결론을 내렸다.

사무량은 제자리에서 벌떡 일어섰다.

"크으……!"

순간 불쏘시개로 지진 듯 배가 아려왔다.

고개를 살짝 내려다보니 상태는 그가 상상했던 것 이상으로 심각했다. 타버린 옷은 아예 천 조각 자체를 찾을 수가 없었고, 뻥 뚫리진 않았지만 피가 쉴 새 없이 흐르는 복부는 허연 뼈가 보일 정도로 징그러웠다.

사무량은 애써 검을 고쳐 잡고 보명 대사를 바라봤다.

"이젠 정말 가야 할 때가 되었네. 잘 가게."

보명 대사가 손을 들어 올리는 순간, 사무량은 이것이 마지막이라는 생각이 들었다.

"이얏!"

마지막으로 휘두르는 검.

그러나 사무량의 검보다 보명 대사의 움직임이 훨씬 민첩했고, 빨랐다.

피억!

사무량은 눈앞에 별이 보이는 것 같았다.

대낮에 별이 가당키나 한 소리인가. 하지만 그렇고 그렇지 않고의 여부를 떠나 사무량은 말로 표현하지 못할 가슴의 고통을 느끼며 조금씩 의식을 잃어갔다.

2

유형곡이 잘 내려다보이는 절벽 위에 몸을 숨긴 적랑회도들과 사무량 일행은 두 사람이 싸우는 모습을 보고는 크게 놀랐다.

비무라는 의미가 무색해질 만큼 사무량이 일방적으로 당하는 모습은 그들의 얼굴을 굳게 만들었다.

"불안해."

적랑회도들은 중얼거리며 유형곡 입구로 집중한 상태였다. 그렇기에 누군가가 그들을 향해 다가온다는 사실을 까맣게 모르고 있었다.

스윽!

적랑회도 중 한 명이 목에서 느껴지는 차가운 감촉에 잠시 움찔했다. 그러나 그는 미처 그것이 무엇인지 확인할 새도 갖지 못했다.

파앗!

날카로운 물건은 잔인한 파육음을 자랑하며 휘둘러졌고, 적랑회도의 목이 몸통에서 분리되었다.

떨어져 나간 얼굴에서 믿을 수 없는 표정을 짓고 있는 적랑회도. 곧 목에서 뿜어진 피로 인해 뒤범벅이 되었다. 그는 몇 번의 발광 후에 모든 움직임이 멈추었다.

"어엇!"

근처에 있던 다른 무인이 깜짝 놀라 소리쳤다. 그 비명 소리는 제법 효과를 보았다. 유형곡에 집중하던 다른 사람들의 시선을 다 잡았기 때문이다. 하지만 방금 소리를 질렀던 무인 역시 처음 목이 잘린 무인처럼 곧 허무한 죽음을 맞이했다.

"기습이다!"

그제야 적랑회 무인들이 각자의 무기를 꺼내 들었다.

그들은 생각할 겨를도 없이 활을 쏘며 창을 내던졌다. 하지만 암습을 가한 녹색복면인들은 가볍게 적랑회 무인들의 공격을 피했다.

정확히 열 명의 복면인들은 점점 일행들이 모여 있는 곳으로 다가오고 있었다.

"소신녀! 회주님!"

유담이 급히 적랑회주를 불렀다.

그는 소신녀에게 적랑회주를 맡겨 몸을 피신하라 일렀다. 하지만 이미 코앞까지 다가온 복면인들에 의해 두 사람은 피신하지 못했다.

복면인 하나가 여유있는 몸짓으로 다가왔다.

복면인들은 제각각 무기를 소지했지만 이자의 두 손에는 무기가 없었다. 그는 유담을 보며 고개를 갸웃거렸다.

"오래전에 죽었어야 할 자가 아직도 멀쩡히 살아 있군. 강랑선괴의 제자이던가?"

"……!"

유담은 자신을 알아보는 복면인의 말에 깜짝 놀랐다.

그리고 이자들이 스승이었던 강랑선괴를 죽인 사람들이라는 사실을 상기했다.

촤악!

유담은 말없이 접선을 펼쳤다. 그리고 소신녀와 적랑회주의 앞으로 나아가 두 사람을 보호했다.

"너희는 도대체 누구냐!"

"알 필요 없어. 넌 이곳에서 네 스승을 만날 준비만 하면 되는 거야."

복면인은 두 손을 들어 올렸다. 왼손은 앞으로, 오른손은 약간 뒤로 하여 원형을 잡은 듯 두 손이 마주 보는 형국의 기수식이었다.

'대력금강장!'

유담은 깜짝 놀랐다.

보명 대사의 수족이라는 것은 알고 있었지만 이들마저 소림의 독문무공인 대력금강장을 익혔으리라고는 생각하지 못했다.

하지만 단지 앞에 서 있는 복면인만 대력금강장을 펼쳤을 뿐이고, 다른 이들은 각자의 무공을 가지고 있는 듯했다.

유담의 뒤에서 이들의 움직임을 살펴보던 적랑회주가 그의 귀에 대고 빠르게 속삭였다.

"드디어 이놈들의 정체를 알았다. 이놈들은 구파일방의 놈들이다."

"확실합니까?"

"확실하다. 청성파 놈도 있고, 짧은 막대기를 들고 있는 놈은 개방 놈이다."

적랑회주는 오래 살아온 만큼 많은 무공들을 알고 있었다.

"구파일방이라니요. 그럼 구파일방이 보명 대사를 위해 이 자들을 키웠다는 말씀이십니까?"

"보명 대사를 위하다니… 그와 우리는 상관없다."

대답은 복면인이 했다.

그것으로 그의 소개는 끝났다. 복면인은 유담이 무어라 말을 하기도 전에 벌써 땅을 박차고 있었다.

가야 역시 복면인들을 맞이했다.

그들 앞으로 두 명의 복면인이 다가왔고, 둘 다 검을 들고 있었다.

가야는 두 사람을 향해 활을 들었다. 미처 준비도 하지 못한 상황이었기에 급히 활을 뽑아내다가 전통에 담겨 있는 화살을 모두 바닥에 떨어뜨리고 말았다.

그 틈을 타고 한 복면인이 가야에게 검을 휘둘렀다.

접전을 펼칠 수 없는 가야는 두 눈을 부릅뜬 채 꼼짝도 하지 않았다.

한데 복면인의 검이 가야의 목을 내려치려는 순간 누군가가 재빨리 가야의 앞을 막았다.

따당!

검을 휘두르던 복면인이 당황한 듯 뒤로 몸을 물렸다.

"양소."

가야는 도를 들고 자신의 앞을 막아선 양소의 이름을 나직이 불렀다. 비록 그가 알아들었을 리는 없지만 고마움을 전한 마음은 충분히 이해하고 있을 게다.

복면인이 옷깃을 털며 검을 고쳐 잡았고, 양소는 그를 향해 득달같이 뛰어나갔다.

채챙! 챙!

복면인의 검은 거력 장사인 양소의 도를 대함에도 절대 밀리지 않았다. 오히려 깔끔하고 정돈된 검법으로 양소를 위협했다.

양소는 빠른 속도로 움직이는 검을 가까스로 피하면서 도를 휘둘렀다. 어느 한쪽도 물러서지 않고 팽팽한 접전을 치렀다.

양소가 싸우는 것을 확인한 가야는 재빨리 바닥에 떨어진 화살들을 줍기 위해 몸을 구부렸다. 한데 누군가가 그의 몸을 세게 밀었다.

정신없이 바닥에 몸을 굴린 가야는 검이 부딪치는 소리에 퍼뜩 정신을 차렸다.

"도망을 가던가, 멀리 가서 화살을 쏘던가!"

적랑회에서도 성질이 더럽기로 유명한 각산이 가야를 보

며 버럭 외쳤다.

검을 봉 대신 집어 든 그는 엽사 출신이라는 말이 무색할 정도로 놀라운 신위를 선보였다.

십몇 년 동안 숨어 살며 익힌 무공 실력을 여지없이 발휘했다. 하지만 엽사들의 무공은 정종무공을 익힌 자들과는 차원이 달랐다.

맹렬하게 공격을 받아내던 각산은 미처 회전하는 검을 잡아내지 못했다.

쓰슥!

섬뜩한 소리와 함께 각산의 몸에서 무언가가 잘려 나와 바닥에 떨어졌다.

"아악!"

각산의 비명은 여기저기 흩어져 싸우고 있는 사람들의 정신을 곤두서게 만들었다.

팔이 어깨쯤에서 잘려 나간 육신의 아픔이기도 하겠지만, 그보다 큰 정신저인 충격에 휩싸인 듯 각산은 펄쩍펄쩍 뛰더니 이내 정신을 잃고 쓰러졌다.

'지혈을!'

가야는 그의 팔에서 흘러나오는 피가 적지 않음을 알고 빨리 지혈을 하기 위해 그에게로 달려갔다.

하지만 각산의 팔을 자른 무인이 이번엔 가야를 노렸다.

가야는 한 손엔 화살을, 한 손엔 활을 들었지만 화살을 시위에 걸지도 못할 정도로 손이 부들부들 떨리고 있었다.

"크크크!"

갈가마귀가 울어대는 듯한 듣기 거북한 웃음소리가 복면인의 입술에서 흘러나왔다. 동시에 그의 검이 가야의 목을 향해 떨어져 내렸다.

쉬익……!

태양 빛에 반사된 검에서 빛이 반짝인다 싶은 순간 가야는 두 눈을 질끈 감았다. 그는 곧이어 알게 된 엄청난 고통을 미리 느끼는 것 같아 공포에 휩싸였다. 그런데,

"컥!"

답답한 신음 소리가 가야의 귀에 들렸다. 가야는 자신의 목을 더듬어 떨어져 나가지 않았음을 확인한 채, 감았던 눈을 조심스럽게 떴다.

자신을 향해 검을 내려치던 복면인이 심장에 꽂힌 긴 화살한 대를 잡고 비틀거리다가 풀썩 쓰러졌다. 몇 번 몸부림을 치던 복면인은 목숨이 끊어졌는지 곧 잠잠해졌다.

가야는 재빨리 고개를 들었다. 그를 위해 화살을 쏘아낸 사람을 찾기 위해서였다. 하지만 모두들 저마다 복면인을 상대하기 바빴다.

그 순간 맞은편 절벽 위에서 활을 들고 있는 누군가의 모습이 보였다. 가야의 시선을 느낀 그 사람은 재빨리 몸을 숨겼지만 천리안이라는 별호를 지닌 가야의 눈을 피할 수는 없

었다.

'아버지……'

가야는 여태까지 먼 곳에서도 자신에게서 항상 눈을 떼지 않았던 가휼의 모습을 생각하며 두 눈을 좁혔다. 하지만 감상할 새도 없이 사방에서 터져 나오는 비명 소리에 가야는 다시 정신을 차렸다. 그는 활과 화살을 내려놓고 재빨리 각산의 팔을 지혈하기 시작했다.

피웅!

접선에서 한 번에 튀어나간 침의 개수는 모두 다섯 개.

그러나 그 어느 하나도 복면인의 몸에 맞추지는 못했다. 아니, 스쳐 지나만 갔어도 이렇게 허무하지는 않았을 게다.

비침들은 복면인의 몸에 닿기도 전에 땅바닥으로 우수수 떨어졌다.

"이럴… 수가……!"

한 번도 수뢰의 무공을 접해본 적이 없는 유강으로서는 커다란 충격이 아닐 수 없었다.

자신이 그토록 이를 갈며 복수를 다짐했던 녹색복면인들.

그들이 강랑선괴를 죽일 정도로 무위가 대단했다는 것은 알았지만 이 정도일 줄은 몰랐다.

상황은 심각했다.

사무량은 계속 보명 대사에게 일방적으로 당하고 있고, 난

데없이 들이닥친 복면인들의 기습에 그나마 남아 있던 적랑
회 무인들이 목숨을 잃었다.

어쩌면 복수는 요원할지도 모른다.

복수가 웬 말이냐. 지금 살아남는 것도 급급한 이 순간에.

유담은 다시 한 번 접선을 펼쳤다.

피유웃!

이번에는 모두 열 개의 비침이 튀어나갔다.

복면인은 조금 당황한 듯 급히 팔을 휘둘렀다. 하지만 이번
엔 비침을 모두 떨쳐 내지는 못했다.

푸욱!

가느다란 비침 하나가 복면인의 강기를 뚫고 허벅지에 꽂
혔다. 복면인이 자신의 허벅지를 내려다보다가 다시 걸음을
내딛었다.

'이런! 조금만 안쪽으로 들어갔어도!'

비침은 요혈이 있는 곳만 찔러도 그 부분의 기능을 마비시
킬 정도로 강한 살상무기였다. 하지만 유담이 급한 마음에 떨
쳐 낸 비침은 아주 살짝 복면인의 요혈을 비껴 나갔다. 복면
인은 비침이 다리에 박혔는데도 아무렇지도 않게 유담의 앞
으로 걸어왔다.

유담이 당황하고 있는 사이, 누군가가 유담을 밀치고 복면
인에게 달려들었다.

"회주!"

적랑회주였다.

퍼억!

복면인은 난데없이 나타난 적랑회주의 지팡이에 머리를 내어주고는 뒤로 훌쩍 물러섰다.

머리를 한 번 쓸어 넘긴 복면인이 갑자기 땅을 박차며 적랑회주에게 달려들었다.

"위험합니다!"

유담이 앞으로 나서려 했지만 적랑회주가 더욱 빨랐다.

따다다닥!

적랑회주의 지팡이는 신랄하게 움직였다. 개방의 타구봉법만큼이나 어지럽고 사람을 교란시키는 지팡이를 유담은 여태껏 본 적이 없었다.

복면인도 그에 맞서 빠르게 손을 움직였지만 적랑회주의 지팡이는 그보다도 빨랐다.

지팡이로 복면인의 머리를 연속 세 번 두드린 적랑회주는 검을 찔러 넣는 자세로 복면인의 가슴을 찔렀고, 배, 그리고 마지막으로 사내의 가장 중요한 부분을 가차없이 찔렀다.

"큭!"

대력금강장을 익혔음에도 불구하고 급소를 찔러 속절없이 무너진 복면인은 결국 아픔을 못 이겨 허리를 숙였다.

적랑회주는 기회를 놓치지 않고 허리를 숙인 복면인의 얼굴을 지팡이로 쳐 올림으로써 손속을 마무리했다.

지팡이 때문에 고개가 들려진 복면인의 코에선 피가 분수처럼 뿜어져 나왔다. 그는 바닥에 뻗어 정신을 잃은 모양인지 조금도 움직이지 못했다.

"야, 인마! 네놈이 죽기라도 한다면 나중에 사무량은 누가 죽여!"

지팡이를 탁탁 바닥에 터는 적랑회주의 모습은 방금 전 무위와는 전혀 상관없는 그냥 평범한 시골의 노인 같았다.

유담과 소신녀는 그의 신위를 보고 놀라 벌어진 입을 다물지 못했다.

"대단… 하십니다."

유담은 진심으로 놀라 그에게 말했다.

"쯧! 대단하긴 뭐가 대단해? 그럼 아무런 힘도 없는 늙은이가 적랑회라는 집단을 어떻게 다뤘을 거라 생각하는 거야?"

"사무량은 회주님이 직접 죽이셔도 좋을 것 같습니다."

"싫다. 미치광이를 상대하는 것은 어린 네놈이 해라."

두 사람은 농을 나눴지만 더 하기엔 상황이 여의치 않았다.

"남은 놈들은 어떻게 처리합니까?"

"가자. 이왕 이렇게 된 거 할 수 없다. 이놈들부터 처리해야 보명 대사 놈도 처리하던가 할 거 아냐."

솔직히 적랑회주는 보명 대사를 상대할 자신은 없었다. 단지 그는 지금 기습을 가해온 복면인들을 도륙해야겠다는 생각뿐이었다.

“부탁드립니다.”

“아, 네놈이 하라니까!”

적랑회주와 유담은 티격대며 다른 사람들이 있는 곳으로 달려갔다.

하지만 두 사람은 일순 걸음을 멈췄다. 중자산 전체를 메운 그림자 때문이었다.

정말 놀라운 일이었다.

갑자기 나타난 수십 명의 사람들이 복면인들을 순식간에 처리하는 모습은 정말 두 눈을 뜨고 있음에도 믿기 힘든 장면이었다.

그리고 그들이 소림승들이기에 더욱 믿지 않을 수도 없었다.

살아남은 일행들은 한곳에 뭉쳤다.

소림은 그늘에게까지 손을 뻗지 않았지만 일행과 그리 좋은 사이도 아니었던 탓이다.

“아미타불!”

적랑회주는 많은 소림승들의 사이를 지나 불호를 외치며 앞으로 걸어나온 사람의 모습에 적랑회주는 눈살을 찌푸렸다.

“십사 년 만에 보는군요.”

적랑회주에게 인사를 건넨 사람은 소림방장 보원 선사였다.

보원 선사는 적랑회주와 체구가 비슷했지만 나이는 그보다 어렸다.

"오랜만에 뵙습니다."

보원 선사의 옆에 있던 보현 대사 역시 적랑회주에게 인사를 건넸다. 적랑회주와 보현 대사는 이미 여러 차례 만난 사이기에 놀랄 일은 없었다. 하지만 보원 선사가 직접 이곳까지 찾아오리라고는 그 누구도 예상하지 못했다.

"소림은 이번 일에 개입하지 않는 걸로 알고 있었는데?"

적랑회주의 반응은 냉랭했지만 보원 선사는 얼굴에 미소까지 지은 채 입을 열었다.

"중원에서 일어나는 일인데 어찌 방관만 하고 있을 수 있겠습니까? 게다가 우리 소림에서 파문당한 보명 대사와도 연관된 일인데……."

"서신은 거짓이었나?"

"단지 계획이 바뀌었을 뿐입니다."

"그 계획이 뭔데?"

"바로 이자들 때문입니다."

보명 대사는 바닥에 나란히 눕힌 열 구의 녹색복면인들의 시신을 가리켰다.

"구파일방의 놈들이라는 건 알고 있었어."

"아셨다면 미리 언질을 주시지 그러셨습니까?"

"언질? 언질을 언제 줘? 나도 조금 전에 알았는데!"

"저희는 몰랐습니다. 보명 대사의 배후를 조사한 끝에 예전 구파일방에서 파문당한 사람들이 뭉쳤다는 것을 알게 되었지요. 회의 끝에 즉결 처리하자는 결론이 나왔습니다."

적랑회주는 보원 선사의 말이 의심쩍어 그를 흘겨보았다.

"흥! 나이만 먹었지 생각하는 것은 꼭 어린아이 같구먼."

옆에 있던 유담을 비롯한 일행들은 깜짝 놀랐다. 소림 방장을 어린애 취급하며 이렇게 비꼬는 말을 하는 사람은 아마 세상에서 적랑회주밖에 없으리라.

"내가 그 능구렁이 같은 속을 모를 것 같아? 저놈들을 처리하려는 마음이었다면 나중에 해도 늦지는 않았을 거야."

"나중에 가면 종적이 묘연해질 수도 있지 않습니까."

"그래? 그럼 좀 더 빨리 와서 도와주던가. 너희도 흑천을 상대하기는 싫었던 게냐? 예전이나 지금이나 하나도 변한 게 없군. 혈광검을 시켜 놈들을 몰살시키려 했던 거나, 우리를 이용해 흑천을 없애려 하는 거나."

적랑회주의 목소리가 조금 격해졌다.

그는 오래전의 일이 머리에 떠오르는지 얼굴에 분한 표정이 역력했다.

한데, 적랑회주에게 욕설을 듣고도 소림방장은 담담했다.

"그렇게 말씀하신다면 저희도 드릴 말씀은 없습니다. 흑천을 상대하려면 저희도 출혈을 감수해야 하니까요."

"이, 이놈들……!"

정말 화가 났기에 들었던 지팡이까지 부들부들 떠는 적량회주를 양소가 급히 말렸다.

소림방장은 옆에서 지켜보는 사람의 간담이 서늘해질 정도로 솔직했고, 또 냉정했다.

두 사람이 이야기를 들음으로써 유담을 포함한 일행은 십사 년 전에 있었던 처참한 일을 머릿속으로 상상할 수 있었다.

결국 구파일방을 위해 희생된 사람은 사무량의 부친인 혈광검이었다. 사무량의 복수가 흑천에게 향했어야 하는지, 아니면 구파일방에게 향했어야 하는지 도무지 종잡을 수가 없었다.

"그래서 여기에 나타난 이유가 뭐야?"

끓어오르는 화를 간신히 식힌 적량회주가 다시 물었다.

"이유라기보다, 단지 사무량과 보명 대사와의 싸움 결과가 궁금할 뿐입니다."

보원 선사는 그제야 바르게 실토했다.

"사무량이 이기거나 보명 대사가 이기거나 둘 중에 이긴 사람을 죽이러 온 것일 거 아냐!"

"말씀 중 반은 맞고 반은 틀리셨습니다. 보명 대사가 이기면 저희 쪽에선 당연히 보명을 제거해야 합니다만, 사무량이 이기면……."

"이번에도 부재도에 처박아두실 작정이오?"

보원 선사의 눈이 적랑회주의 곁에 있는 유담에게로 옮겨
졌다. 보원 선사의 말을 듣고 있던 유담이 발끈해서 입을 열
었다.

"그대는……?"

"당신들이 죽인 강랑선괴의 제자 유담이오. 그리고 부재도
에서 살아 나온 사람이기도 하고."

"시주의 말을 정확히 짚고 넘어가자면 강랑선괴를 죽인 사
람은 우리가 아니오. 저 아래에 있는 보명 대사가 한 일이
지."

"당신들도 알고 있었을 것 아니오!"

버럭 소리를 지르는 유담의 얼굴을 한참이나 바라보고 있
던 보원 선사는 나직이 한숨을 내쉬었다.

"내 비록 키가 작고 늙은 노인네지만, 시주 같은 사람한테
역정을 들을 사람은 아닐진대."

"……."

그의 말투는 대단히 부드러웠지만 눈빛은 너무도 날카로
웠다.

유담은 대답 대신 침을 꿀꺽 삼켰다. 아무런 표정 없이 바
라보는 보원 선사의 눈빛에 그만 기가 질려 버렸던 것이다.

"이렇게까지 나왔으니 내 솔직히 말해 드리리다. 강랑선괴
가 죽은 것은 사고였소. 보명 대사의 계획으로 인한 사고였
고, 우리는 그 계획을 알고 있었소. 그렇지만 제지하지는 않

았지. 보명 대사의 궁극적인 목표를 확실히 알아야 할 필요가 있었으니까.”

유담은 아예 고개를 돌려 버렸다. 그는 보원 선사의 이야기를 더는 듣고 싶지 않았다.

“오히려 시주가 여기 있는 보현 대사에게 고맙다는 인사를 해야 할 것 같은데. 어찌 되었든 복면인들에 대한 경고를 해주었으니까.”

유담은 눈동자만을 돌려 보현 대사를 바라봤다. 보현 대사는 그를 바라보지 않고 있었다.

그가 여태까지 마희에게 사무량에 대한 정보를 알려주고, 녹색복면인들에 대한 이야기를 해준 사람이라는 건 알고 있다. 물론 고맙게 생각한다. 하지만 단지 소림의 사람이라는 것 하나 때문에 고맙다는 말을 하고 싶지는 않았다.

“싸움은 어찌 되었습니까?”

유담에게서 고개를 돌린 보원 선사가 적랑회주에게 다시 물었다.

“너희가 바라는 대로 보명 대사가 사무량을 죽일 것 같구나. 간단하지 않은가? 혈광검의 아들은 보명 대사가 죽이고, 너희는 그 보명 대사를 다시 죽이면 되는 거고. 결국 중원엔 보명 대사의 이야기는 쏙 빼놓은 채, 너희가 사무량을 죽였다는 소문이 퍼져 나갈 것이니.”

“그럴 생각은 없습니다.”

이번엔 전혀 뜻밖의 말이 보원 선사의 입에서 튀어나왔다.

"사무량을 견제하는 것은 맞습니다. 그의 무공이 세상에서 사라져야 한다는 것도요. 정확히는 사무량, 그 아이가 타고난 불사체라는 비정상적인 신체가 세상에 더는 없어야 한다는 것이죠."

"어떤 방식으로 말인가? 아니, 방식을 물을 필요가 없겠군. 만약 이 싸움에서 이긴다 해도 사무량이 너희들의 말을 따를 위인은 아니라는 말씀이지."

"불사체의 저주를 푸는 방법은 그가 알고 있을 겁니다. 아니, 회주께서도 알고 계시겠죠. 대를 이어오면서 다시는 이런 일이 일어나질 않기를 바라시는 마음 아닙니까?"

"……."

"부디… 현명한 판단을 하시기 바랍니다. 아미타불!"

보원 선사는 처음 나타났을 때와 마찬가지로 합장을 취한 뒤, 유유히 소림승들 사이를 지니 일행에게서 멀어져 갔다.

第九章
죽음, 그리고 회생

“심장이 멈추었군.”

보명 대사의 목소리가 꿈속에서 들리는 것처럼 아련하게 들려왔다.

사무량은 자신이 죽은 거라 생각했다. 그 생각을 보명 대사가 말 한마디로 확실하게 굳혀주었다.

심장이 멈추었다니…….

하지만 정신은 이렇게 멀쩡한데.

자신의 몸을 툭툭 치는 보명 대사의 발길을 느낀 사무량이었지만 그는 아무것도 할 수 없는 무기력한 존재였다.

이번 싸움은 졌다.

사무량은 보명 대사에게 검 한 번 휘두르지 못하고 완벽하게 패했다.

그토록 자신하던 무공이었는데, 모든 걸 내걸 정도로 인생을 다 바친 무공이었는데…….

왠지 모를 허무함이 전신을 감쌌다. 몸은 움직여지지 않았지만 가슴은 통곡을 하고 있었다.

그러다가 문득 이와 같은 일이 전에도 한 번 있었다는 사실을 깨달았다.

부재도. 귀곡자의 거처에 들어가 자서섬을 구해올 당시의 일.

자서섬에게 물렸지만 정신은 그 어느 때보다 또렷했던 그날을 사무량은 정확히 기억하고 있었다.

‘운기를…….’

사무량은 애써 몸의 기운들을 단전에 모으기 시작했다.

별로 기대하고 있지는 않았지만 놀랍게도 몸 안 구석구석에 있던 기운들이 날개가 달린 것처럼 사무량의 단전으로 모이기 시작했다.

‘설마……!’

사무량은 어쩌면 다시 일어설지도 모른다는 생각에 심장이 쿵쿵 뛰었다. 아니, 멈춰 버린 심장이었지만 뛰고 있다는 그런 기분을 느꼈다.

사무량의 단전에 모인 기운들은 쾌속하게 기혈을 따라 움직이기 시작했다. 죽은 사람이나 다름이 없는 상태이지만 내부는 활기차게 살아 움직였다.

기운이 배꼽에 도달하고, 가슴을 치고 올라가 안면을 거슬러 백회에 도착했다.

파바방!

순간, 사무량은 깜짝 놀라 기운을 거두려 했다. 하지만 그건 어디까지나 사무량의 생각일 뿐이었다.

그가 마음먹은 대로 잘 따라와 주던 기운들이 백회에 도달한 직후부터 제멋대로 움직이기 시작했다. 사무량은 자신의 힘으로 기운들을 막을 수 없다는 사실을 깨달았다.

'안 돼!'

사무량의 뇌리에 불사체라는 단어가 스쳐 지나갔다.

불사체의 저주. 아무도 막아낼 수 없는 광인. 이성은 죽고 몸만 살아남은 그저 껍데기에 불과한 몸. 자생단을 복용한 해타의 발작.

순식간에 모든 생각들이 사무량의 머리에 엉켜들었고, 그는 절망에 몸을 부르르 떨었다.

사무량의 죽음을 확인한 보명 대사가 발걸음을 돌려 떠나가는 소리가 들렸다.

사무량은 자신의 의도와는 상관없이 그를 잡아야만 한다는 기분이 들었다.

목이 말랐다. 물이 마시고 싶었다. 아니다. 이럴 수가!

사무량이 원하는 것은 물이 아니라 피였다.

피, 피, 피!

깨끗하고 역겨운 물이 아니라, 비릿하고 지저분한 피가 그립다.

'안 돼!'

사무량은 울부짖었다. 하지만 불사체의 저주를 가진 몸은 그의 생각을 철저히 무시했다.

쿵! 쿵! 쿵!

어찌 된 일일까.

심장이 무서운 속도로 뛰기 시작했다. 기운들이 몸속을 누비는 것처럼 굳어가고 있던 피가 그의 몸 전체로 퍼져 나갔다.

꿈틀!

사무량은 손가락이 움직이는 것을 느꼈다.

이것은 그가 움직이려 한 것이 아니었다. 뇌에서는 분명히 명령하지 않았건만 손가락이 마치 누군가에게 조종된 듯 제멋대로 움직이고 있었다.

보명 대사가 발걸음을 멈춘 것은 사무량이 혈광검을 한 손에 굳게 쥐고 일어서는 그 순간이었다.

가다 말고 뒤돌아 깜짝 놀라는 보명 대사의 모습이 사무량의 두 눈에 들어왔다. 보명 대사는 분명 사무량의 심장이 멈추는 것까지 확인했기에 더욱 놀라는 것 같았다.

하지만 이내 그는 평정심을 되찾고 좀 전의 냉정한 보명 대사로 돌아왔다.

"후후! 놀라운 일이군. 죽은 사람이 되살아나다니… 불사체가 바로 그런 것이었나?"

보명 대사는 양손에 진기를 응집했다. 그의 손에서 다시 붉은 연기가 피어오르고 있었다.

붉은 연기를 본 사무량의 두 눈이 급격하게 충혈되었다. 마치 몇 달간 굶은 사람처럼 피를 보는 그의 눈빛은 욕망으로 가득했다.

무언가 이상한 점을 확인한 보명 대사가 사무량을 찬찬히 살피려 했으나, 이미 때는 너무 늦어버렸다.

득달같이 달려든 사무량이 보명 대사를 향해 검을 휘둘렀다.

쉐에엑!

보명 대사는 깜짝 놀라 방어할 생각도 하지 않고 뒤로 훌썩 뛰었다.

사무량이 방금 휘두른 검의 위력은 아까와는 차원이 달랐다. 마구잡이로 휘두르는 것이 분명한데 꽤나 위력적인 공격이었다.

보명 대사는 사무량에게 어떠한 큰 변화가 생긴 것을 직감했다. 그는 가급적이면 사무량에게 생긴 변화를 관찰하고 싶어 했지만 사무량은 그에게 조금의 여유를 주지 않았다.

목표물을 놓쳐 버린 혈광검이 보명 대사를 바짝 따라붙었다.

신법에도 일가견이 있는 보명 대사였기에 이리저리 피할수 있었지만 사무량의 검 역시 그를 무서운 속도로 뒤쫓고 있었다.

'이건!'

보명 대사에겐 조금 전까지만 해도 볼 수 있었던 여유로운 모습은 그 어디에서도 찾아볼 수 없었다.

진정한 공포를 느껴본 사람만이 지을 수 있는 표정이 그의 얼굴에서 드러났다. 미처 방심할 틈도 없이 사무량에게 선공을 빼앗긴 보명 대사는 그의 검을 피하기에 급급했다.

상황은 완전히 역전되었다.

사무량은 맹렬한 속도로 보명 대사를 향해 공격을 퍼부었으며, 보명 대사는 계속 방어만 할 뿐 단 한 번도 공격을 하지 못했다.

당황하긴 사무량도 마찬가지였다.

이런 초인적인 힘이 있었던가.

마음만 먹으면 산을 두 조각 낼 수 있을 것 같았다.

피가 그립다. 보명 대사의 몸을 갈기갈기 잘라 그 피를 마셔 버리고 싶다. 아니다. 그러면 안 된다. 어찌 인간으로 태어나 그런 야만적인 생각을 할 수 있단 말인가.

사무량은 점점 혼란스러웠다.

그리고 보명 대사를 막다른 모퉁이까지 몰아붙이는 자신의 능력에 또 한 번 놀랐다.

힘이 세지고 움직임도 배는 빨라지고 몸은 종잇장처럼 가볍게 느껴졌다. 하지만 어딘지 모르게 답답했다.

이유는 그의 몸을 그의 생각대로 조종할 수 없었기 때문이다.

혈야광무.

핏빛 밤의 미친 춤사위라고 했던가.

만약 지금이 밤이었다면 사무량에게 딱 들어맞는 이야기가 아닐 수 없었다.

"헉!"

바위에 걸려 넘어진 보명 대사는 다급한 비명을 질렀다.

그 자신도 이렇게 될 줄은 전혀 예상하지 못한 듯 깜짝 놀란 표정이 역력했다. 그 위를 사무량이 덮치는 순간까지도, 혈광검이 심장을 정확히 가르는 그 순간까지도 보명 대사는 공포의 그림자에 벗어나지 못했다.

"커… 커어……!"

보명 대사의 입에서 피가 뿜어져 나왔다.

그 누구에게도 져 본 일이 없던 자신이었다. 이렇게 허무하게 당할 것이라곤 생각하지 않았다.

이게 무슨 꼴인가. 사람 같지도 않은 괴물에게 검을 맞다니. 천하의 보명 대사가 바위 위에 널브러져 비극적인 종말을 맞이하게 되다니…….

보명 대사는 마지막 의식의 끈을 놓아버렸다.

"사무량이 이상합니다."

"나도 안다."

"지금 가겠습니다."

자리를 박차려는 유담의 옷깃을 적량회주가 잡았다.

"내가 가마."

"안 됩니다. 방금 보시지 않으셨습니까? 사무량은 정상이
아닙니다."

유담이 말렸지만 적량회주는 이미 자리에서 일어서고 있
었다.

"이것을 보기 위해 혈광검의 추종자라는 이름으로 여태까
지 살아왔다. 보았느냐? 이것이 바로 천하제일인. 불사체의
무공이다. 인간은 절대 따라 할 수 없는 초인적인 힘을 지닌
사람."

"……."

"이번에도 실패다. 전 혈광검도 저런 상태에서 죽임을 당
했지. 끝까지 자신을 제어하지 못했어."

"제가 가겠습니다."

"됐다. 아까는 그냥 농담으로 해본 말이었다. 살아도 내가
훨씬 오래 살았으니 죽어도 여한은 없다. 그것보다… 네 녀석

무공이 나보다 약하지 않았더냐.”

적랑회주는 마지막까지 농을 건네면서 자리를 떠났다.

유담은 어찌할 바를 몰랐다.

사무량은 자신의 행동을 믿을 수가 없었다.

이 무슨 일이란 말인가. 보명 대사가 죽었는데도 계속 심장을 찌르는 자신의 모습이 너무도 저주스러웠다.

머릿속에서 안 된다는 명령을 자꾸 내렸지만 몸은 전혀 그의 말을 듣지 않았다.

피가 부족하다. 더욱 많은 피가 필요하다. 갈증을 참을 수가 없다.

사무량은 너무도 괴로워 죽고 싶은 마음이었다. 죽는 것도 마음대로 할 수 있다면 얼마나 좋을까.

‘유담, 제발 나를 죽여줘!’

이렇게 유담이 그리워지기는 처음이었다.

제발, 어딘가에서 지켜보고 있다면 앞에 나타나서 죽여주길. 제발!

“결국… 너도 이렇게 되는구나. 불사체의 마지막. 죽어서도 편히 가길 바란다.”

“……!”

사무량은 벌떡 일어나 뒤를 돌아보았다.

‘회주님!’

그는 적랑회주가 반가웠지만 한편으로는 그가 어서 이 자리를 피해야 한다는 것을 알았다.

댕댕!

머릿속에 경종이 울렸다.

혈광검을 꽉 움켜쥔 오른손은 검을 놓을 생각이 없었다.

피. 저자를 죽이면 피를 볼 수 있어. 더 이상 갈증에 시달리지 않아도 돼.

'안 돼!'

사무량은 적랑회주에게로 달려가는 자신의 모습을 보며 처절하게 외쳤다.

"오너라."

적랑회주는 지팡이를 곧게 세웠다.

'피하세요!'

강한 무공 실력을 지닌 회주였지만, 사무량은 그가 자신의 무위를 견뎌내지 못할 것을 단박에 알아챘다.

적랑회주는 보명 대사처럼 당황하지 않았기에 침착하게 사무량을 맞이했다.

퍼억!

그가 휘두른 지팡이가 사무량의 머리를 세게 때렸다.

하지만 사무량은 아픔을 전혀 느끼지 못했다. 단지 머리가 크게 흔들렸을 뿐, 다시 적랑회주를 향해 검을 휘둘렀다.

적랑회주도 짐작하고 있었던 듯, 다시금 지팡이를 쏘아냈다.

퍽!

지팡이는 사무량의 가슴에 꽂혔다. 그러나 적랑회주는 다시 지팡이를 거둘 수가 없었다. 사무량이 자신의 가슴에 틀어박힌 지팡이를 손으로 굳게 잡고 있었기 때문이다.

사무량이 손을 세게 휘두르자, 적랑회주가 힘을 이기지 못하고 멀찍이 나가떨어졌다.

"으음!"

적랑회주는 지팡이를 던져 버리고 자신에게 달려오는 사무량을 보며 가슴에 손을 집어넣어 화약을 꺼냈다.

'마지막까지 이것만은 사용하지 않길 바랐건만.'

그는 재빨리 심지에 불을 붙이려 했다. 그때,

피웃!

빛이 반짝거리며 비침이 쏘아졌다.

"이봐, 사무량. 넌 나에게 죽기로 약속했잖아!"

사무량의 고개가 빛과 같은 속도로 유담에게 돌아갔다.

'유담, 안 돼! 달아나!'

유담까지 나타난 걸 확인한 사무량은 더욱 절망에 휩싸였다.

자신에게 이상한 징후가 보이면 유담이 죽이기로 약속했지만 지금 상태론 그가 유담을 죽이면 죽였지 유담이 자신을 죽이지는 못할 거라는 걸 확신했다.

사무량은 적랑회주로부터 방향을 바꿔 유담에게 달려가고

있는 자신을 증오했다.

"널 죽이지 못하면 난 죽어서도 마희의 얼굴을 볼 수가 없어. 같이 죽자."

유담은 접선을 활착 펴 가슴 앞에 갖다 대었다.

사무량은 그의 행동이 무엇을 의미하는지 알고 있었다. 사무량이 유담을 베는 순간, 유담의 비침이 자신이 심장에 정확하게 꽂힐 거라는 것을.

'유담, 제발!'

사무량은 죽음이 두렵지 않았지만 자신의 손으로 유담을 죽이게 되는 게 더욱 무서웠다.

'운기를! 제발!'

사무량은 마음속으로 괴성을 지르며 자신의 몸이 움직여 주기를 미치도록 바랐다. 제멋대로 움직이는 진기들을 다시 붙잡기 위해 안간힘을 썼다.

순간, 사무량의 눈에 모든 것들이 천천히 움직이기 시작했다.

유담이 중얼거리는 입 모양이 아주 느리게 보였다. 뛰어가고 있는 자신의 몸도 거북이의 걸음처럼 느렸다.

"야! 너희들, 쟤가 누군지 알아? 저 자식이 살인마의 아들이래."

"야, 머저리! 말해봐. 네 아버지가 살인마 맞지?"

"죽어! 이 재수없는 살인마 자식! 죽어!"

"우리 사부님이 그러셨어. 네 몸속에 흐르는 피는 우리와 달라서 넌 너희 아버지처럼 살인마가 될 거라고!"

오래전 일이 주마등처럼 머릿속에 스쳐 지나갔다.
살인마. 혈광검.
사무량이 여태껏 살아오면서 가장 많이 들었던 말들.
아무것도 모르던 시기엔 자신이 부친처럼 되리라고는 생각도 하지 못했다.
그때 무어라 말했던가.
'이건 살인마의 피가 아닌 천하제일인의 피다!'
아니, 어쩌면 그 꼬마 아이들의 말이 맞았을 수도 있다.
자기 자신의 몸도 제어하지 못하는 사람이 어찌 천하제일인임을 운운하는가.
유담의 얼굴이 코앞까지 다가왔다. 이제 검으로 유담의 목을 베는 일만이 남았다.
'미안, 용서를!'
사무량은 두 눈을 질끈 감았다.
푸욱!
살이 찢어지는 소리가 숨죽이고 있던 유형곡 전체를 울렸다.
넘어져 있던 적랑회주도, 절벽 위에 있던 일행들도, 한쪽에서 몰래 지켜보고 있던 소림승들도 모두 놀랐다.

하지만 가장 놀란 사람은 유담이었다.

그의 접선에서 쏘아진 비침이 사무량의 어깨를 깊게 파고들었다. 미처 사무량의 마지막 행동을 보지 못하고 쏘아낸 유담의 실수였다.

사무량은 한쪽 무릎을 꿇었다. 그의 손에 들린 혈광검은 사무량 자신의 허벅지를 깊게 찌르고 있었다.

"사, 사무량……!"

유담은 순식간에 정상으로 되돌아온 사무량의 눈빛을 믿을 수 없는 눈으로 바라봤다.

"살인마의… 피가 아니라…… 천하… 제일인의… 피……!"

사무량은 유담이 알아들을 수 없는 말을 중얼거린 후에 그대로 혼절해 버렸다.

2

그동안 중자산은 조금씩 정리가 되고 있었다.

해타와 우서문, 은소부와 가완은 많이 회복되어 이젠 걸어다닐 수 있었다.

일행은 적랑회도들의 시신을 땅에 묻었고, 왕가의 시신 역시 양지바른 곳에 묻어주었다. 왕가의 무덤을 만들 때 해타가 흘린 눈물을 모았다면 아마 한 동이는 나왔을 게다.

"산이 온통 피 냄새 천지야. 비린 냄새가 한 몇 년은 가시지 않을 것 같아."

"그래도 다행이지. 왕가처럼 후각이 예민하지 못해서 이 정도이니까."

일행은 스스럼없이 왕가의 이야기를 꺼냈다. 그는 비록 일행의 곁을 떠났지만 어찌 되었든 영원히 그들의 가슴속에 남을 친구였다.

"사무량은 아직도 깨어나지 못했을까?"

"이게 다 유담 너 때문이야. 네가 비침만 쏘지 않았더라도 사무량이 혼절하는 일은 없었을 것 아냐."

소신녀의 질책을 받은 유담은 겸연쩍은 듯 웃었다.

"내가 죽을 상황이었으니까. 얼마나 무서웠다고."

"경솔했어."

그때의 일을 회상하면 일행 모두에게 공포의 날이었다.

그 누가 봐도 사무량이 유담의 비침에 쓰러지리라고는 생각지도 못했을 테니까. 유담의 비침을 맞고도 벌떡 일어나 모두를 해칠 거라 생각했다.

"그리고 솔직히 내 탓도 아니지. 제 허벅지에 검을 쑤셔 박은 건 사무량 그 녀석이라고."

진정 놀랐다. 절망적인 순간에 사무량이 정신을 차렸다는 것은 모두를 놀라게 했다. 그중에서도 가장 놀란 사람은 적랑 회주였다.

그는 사무량이 다시 정상으로 돌아온 것을 보고 가장 기뻐
한 사람 중에 하나였다.

살인마이자 천하제일인이었던 혈광검의 불사체를 극복해
낸 것을 보았기에 죽어서도 여한이 없을 것이라 했다.

"하지만 사무량이 깨어났는데 다시 정신을 잃어버린다
면?"

"에이, 설마……."

"그나저나 문제는 소림인 것 같다."

우서문이 걱정스럽게 말했다.

소림은 싸움이 끝났는데도 아직 중자산을 떠나지 않고 있
었다. 그들이 사무량에 대한 조치를 취하려 왔다는 것을 알고
있는 일행들은 불안한 마음을 감출 길이 없었다.

"음?"

거처로 향하던 우서문이 깜짝 놀라 걸음을 멈췄다.

일단의 무리가 중자산을 오르고 있었기 때문이다. 일행은
그들의 모습이 가까워져 올수록 연유를 알 수 없어 서로를 바
라보기만 했다.

그중 가장 먼저 놀랐던 우서문은 제자리에서 뻣뻣하게 굳
어져 움직일 수 없었다.

"오랜만이군."

우서문의 딱딱하게 굳은 얼굴이 부자연스럽게 움직였다.
웃고 있는 것 같기도 하고 찡그리는 것도 같은 도무지, 종잡

을 수 없는 표정이었다.

"문규를 깨고 인사를 건넸건만 무시할 셈인가?"

"태을… 진인."

"무사한 걸 보니 다행이군. 자네 소식은 간간이 들어 알고 있네."

우서문의 눈가에 촉촉이 눈물이 고였다.

다시는 무당파의 태을 진인을 만나는 일은 없을 거라 생각했다. 만나게 된다 하여도 피해 다녀야 할 거라 생각했다.

의외로 태을 진인은 우서문을 반갑게 맞았고, 따뜻한 눈빛을 건네기까지 했다.

"그간 별고없으셨습니까?"

"나이를 조금 더 먹은 것 말고는 별일이 없네."

"건강하셔서서 다행입니다."

울먹이는 우서문을 한참이나 바라보던 태을 진인은 그의 헐렁거리는 오른팔을 보며 눈살을 찌푸렸다. 그리곤 우서문의 어깨에 손을 올렸다.

"자네에겐… 내가 정말 못할 죄를 지었군."

"괜찮습니다. 저도 문에서 나와 사람도 사귀고 많은 걸 배웠으니까요."

태을 진인은 우서문의 어깨를 두어 번 두들겼다. 따로 그에게 할 말은 많았지만 자신이 이곳에 온 목적 때문에 말을 돌릴 수밖에 없었다.

"사무량의 이야기는 들었네. 그는 괜찮은가?"

"안내해 드리겠습니다. 올라가시지요."

우서문은 태을 진인을 비롯, 한때 가깝게 지냈던 무당파 사람들을 데리고 거처로 향했다.

사무량은 꼬박 삼 일을 쉬지 않고 잠만 잤다.

그의 얼굴색은 정상으로 되돌아왔으며 맥박도 평범하게 뛰었다.

가장 고생을 한 사람은 적랑회주였다.

그는 한시도 사무량의 곁을 떠나지 않았다. 의식을 잃은 상태에서 혹시라도 배가 고플까 손수 미음을 떠넘겨 주기도 했고, 물도 마시게 했다.

사무량의 전신에 묻어 있던 피도 그가 수건으로 일일이 닦아주었다.

사흘이 지나 사무량이 눈을 떴을 때, 적랑회주는 기다렸다는 듯이 입을 열었다.

"나이도 어린놈이 끝까지 늙은이를 고생시키네."

물론 반가움이 가득 깃든 말이었기에 사무량은 적랑회주를 보며 편안하게 웃었다.

"정신이 들었으면 일어나 밥이나 먹어."

회주는 애써 반가운 태를 내지 않으려 쌀쌀맞게 말했다.

"제가 며칠이나 잤습니까?"

"꼬박 삼 일을 정신없이 자더라. 어디 잠 못 자 죽은 귀신이 달라붙은 것도 아니고 원!"

"제가 지금 정상입니까?"

사무량이 가장 물어보고 싶던 말이었다.

"정상이니까 나와 대화를 하고 있는 게 아니더냐."

조용히 안도의 한숨을 내쉰 사무량은 적량회주의 부축을 받아 상체를 일으켰다.

"불사체의 저주는……."

"네가 직접 겪어봤으니 알 것 아니더냐. 난 정말로 이 산 전체를 날릴 각오로 화약을 꺼냈다."

"보았습니다."

"쯧! 그럼 되었지."

잠시간의 침묵이 흐른 뒤 적량회주가 천천히 입을 열었다.

"수고했다."

그 말을 끝으로 회주는 자리에서 일어섰다.

사무량이 깨어난 것을 확인한 회주는 긴장이 풀려 갑자기 밀려오는 졸음을 이길 수 없었다.

방문을 열었을 때, 회주는 우뚝 제자리에 멈춰 섰다.

오랫동안 기다린 듯 두 사람이 방문 앞에 서 있었기 때문이다.

사무량은 벽에 몸을 기대어 간신히 앉아 있었다.

아직 회복이 되지 않은 그의 허벅지와 어깨는 붕대로 감겨 있었다.

사무량은 중원에서 가장 유명한 두 사람을 마주하였음에도 불편한 기색이 없었다.

소림방장 보원 선사와 무당파의 태을 진인은 사무량의 눈빛을 확인한 후에 가볍게 한숨을 내쉬었다.

"이만하길 다행이다. 고생이 많았다."

먼저 말을 꺼낸 사람은 태을 진인이었다.

무당파는 봉문인 와중에도 간간이 사무량의 소식을 접했다. 아무리 세상과 단절하겠다 선언했지만 사무량이 자신들의 손에서 자랐기에 모른 척하고만 있을 수는 없었다.

태을 진인은 뒤늦게 보명 대사와 사무량이 싸운다는 소식을 듣고 발 빠르게 중자산으로 오게 되었다. 오는 길 내내 최악의 소식이 들려오지 않기를 간절히 바랐고, 그 바람은 이루어졌다.

그는 눈앞의 사무량이 기특하고 자랑스럽기 그지없었다.

"보명 대사의 일과 흑천의 일을 해결해 주신 데에는 고맙게 생각하고 있소이다."

보원 선사가 입을 열었다.

사무량은 보원 선사가 무슨 의도로 자신을 찾아왔고, 무슨 말을 꺼낼지 미리 알고 있었기에 그의 말을 진심으로 듣지 않았다.

"제가 한 일은 없습니다. 보명 대사는 원래 소림에서 처리를 했어야 옳았죠."

날카로운 사무량의 말에 보원 선사는 희미하게 미소를 지었다.

"본인이 무슨 말을 꺼낼지 알고 있는 것 같으니 말을 돌리지 않고 단도직입적으로 묻겠소. 혈광검의 무공은 세상에서 없어져야 하는 것. 더불어 저주받은 불사체는 앞으로 더 이상 세상에 나타나서는 안 된다는 것. 이 두 가지에 대한 소림의 의견은 변하지 않았소."

"그 말씀은 정정하시지요. 제가 불사체의 저주를 이겨내는 걸 직접 보시지 않으셨습니까."

보원 선사는 이번에도 웃었다.

"시주는 그것이 일시적인 일일 수도 있다는 생각은 해보지 않으셨소? 앞으로도 그런 일이 일어난다면 또다시 이겨내리라는 보상노 없을 것이오."

사무량은 눈을 가느다랗게 뜨고 보원 선사를 노려보았다.

보원 선사의 말뜻은 간단했다.

완전히 해결되지 않은 이상 불사체의 저주를 믿지 못하겠다는 것이었다.

완강한 보원 선사의 의견에 사무량은 그저 한숨만 내쉴 뿐이었다.

"시주, 시주는 앞으로 어떻게 하실 작정이시오?"

　보원 선사는 이 년 전과 달라진 것이 하나도 없었다. 여전히 직설적이었고, 깔끔한 일 처리를 좋아하는 사람이었다.

　사무량은 이 물음을 그냥 넘길 수가 없었다.

　자신이 살아가는 데 있어 더 이상 남의 눈치를 보고 싶은 마음도 없을뿐더러, 더 이상 구파일방의 사람들에게 간섭을 받고 싶지 않았다.

　"몸이 회복된 후에 떠나겠습니다."

　보원 선사의 두 눈이 날카롭게 빛났다.

　"어디로 가실 예정이오?"

　"아무도 없는 곳으로 갈 생각입니다."

　"흐음……!"

　보원 선사는 미심쩍은 눈으로 사무량을 바라봤다.

　"사무량의 말에 대해선 제가 책임을 지겠습니다."

　보원 선사의 고개가 태을 진인에게로 돌아갔다.

　"무당이 사무량을 키웠으니 이 정도의 발언은 할 자격이 있다고 봅니다. 소림은 그간 혈광검의 비급에 대한 어떤 언질도 무당에 하지 않았습니다. 피해를 입은 것은 소림만이 아니지요. 무당은 봉문을 선언했습니다. 그렇다면 이미 답이 나온 것 아닙니까?"

　태을 진인은 그답지 않게 조금은 공격적으로 보원 선사에게 이야기했다.

　"그렇다면 회복이 되어 떠날 때까지 소림이 이곳에 있겠소."

"그러실 필요 없습니다."

태을 진인이 또 한 번 반박했다.

"그리도 무당을 믿지 못하십니까? 방장의 발언은 굉장히 위험한 것이 될 수도 있습니다. 자칫 무당과 소림이 대립되는 상황까지 초래할 수도 있소."

"……."

보원 선사는 처음으로 말문이 막혔다.

겉으로 내색하지는 않았지만 속은 무척이나 난감할 게다.

태을 진인의 말은 거기서 끝나지 않았다.

"사무량이 소림의 바람대로 떠나는 것을 조건으로 소림에서 한 가지 해주셔야 할 게 있는 듯합니다."

"무엇이오?"

"보명 대사의 일을 세상에 알리십시오."

"……."

"흑천의 존재 역시 알리셔야 합니다. 그리고 마지막으로 사무량이 그 두 존재를 중원에서 사라지게 했다는 것과 불사체의 저주를 풀어낸 것. 또한 적랑회를 인정하고 부재도에서 빠져나온 사람들의 안위까지 보장해 주십시오."

보원 선사의 하얀 눈썹이 부르르 떨렸다.

사무량은 태을 진인을 보며 웃었다. 그가 이곳에 온 이유를 이제는 알 것 같았다.

무당은 더 이상 소림의 만행을 보고도 가만히 있지 않을 작정인 모양이었다.

그간 무당파가 소림이라는 그늘에 가려져 제대로 빛을 보지 못했던 데에 대한 깔끔한 복수가 아닐 수 없었다.

사무량은 무척이나 통쾌했다. 그리고 일부러 중재인 역할을 하기 위해 이곳을 찾아온 태을 진인이 고마웠다.

"그리… 하도록 하겠소."

보원 선사의 확답을 들은 태을 진인 역시 사무량을 마주 보며 싱긋 웃었다.

*   *   *

소림과 무당파 사람들이 중자산에서 떠나간 뒤 한 달 후, 사무량은 완전히 몸을 회복했다.

신법을 펼치는 것은 조금 힘들었지만 걷거나 일상생활을 하는 데는 전혀 무리가 없었다.

일행이 한자리에 모인 것도 참으로 오랜만이었다.

왕가의 자리가 비어 있다는 것을 제외하면 참으로 감격스러운 모임이 아닐 수 없었다.

"조잘조잘 떠드는 왕가가 없으니 기분이 이상하네."

"그 녀석, 옥황상제 앞에서도 엄청 떠들고 있을 게다."

적랑회주도 왕가를 그리워하긴 마찬가지였다.

"중원의 소식은 어떻습니까?"

사무량은 보원 선사와 태을 진인이 돌아간 후에 중원의 일을 듣지 못하였기에 궁금한 것이 많았다.

"소림에서 봉문을 했다지?"

"당연히 그래야지요. 낯짝 두꺼운 소림승들, 그동안 저지른 죄가 많아서 고개를 들 수가 없을 겁니다. 물론 보현 대사에겐 안된 일이지만요."

유담이 적량회주의 말을 덧붙였다.

"세상 사람들의 오해가 풀리니 좋으냐?"

사무량은 그저 웃기만 할 뿐이었다.

그러다가 입술을 꾹 다물고 한참이나 모닥불을 응시하던 사무량이 천천히 입을 열었다.

"내일 떠날 생각입니다."

모두가 놀라 사무량을 바라봤다.

"제가 떠나는 대가로 소림이 그간의 일을 공표하기로 했으니까요. 소림이 약속을 지켰으니 이젠 제가 지켜야겠죠."

"떠나다니, 어디로?"

우서문이 놀라 물었다.

"부재도로 갈 생각이야."

"부, 부재도!"

"설마 진심은 아니겠지?"

조용히 있던 해타마저도 놀랐다.

"혹시 마희를 만나려고 가는 건가?"

유담의 표정은 굳어져 있었다.

"그럴 생각이기도 하고."

"마희는 그곳에 없을 거야."

"……?"

"나병을 앓고 있었지. 얼마 살지도 못할 거라는 걸 알면서도 너 때문에 고통을 질질 끌면서 살고 있었다. 거의 이 년이 다 되어가니 아마 지금쯤은……."

유담은 말을 잇지 못했다.

사무량은 조금 놀란 듯 눈동자가 흔들리다가 다시 정신을 추스렸다.

"…그렇군."

"그래도 갈 생각인가?"

"이미 오래전부터 가기로 마음먹었어."

사무량을 가만히 바라보고 있던 적랑회주가 그의 등을 두드렸다.

"불사체의 저주 때문에 그러는구나."

"예."

사무량은 힘없이 이야기했다. 모두들 불사체의 저주를 푸는 방법이 궁금했지만 분위기가 너무 숙연하여 물어볼 수가 없었다.

사무량은 가라앉은 분위기를 재빨리 바꾸려 말을 돌렸다.

"회주님은 어떻게 하실 겁니까?"

"중원에서 적랑회를 인정하기로 하였으니 남은 아이들을 데리고 새로이 문파를 만들어볼 생각이다."

"좋은 목적의 문파였으면 좋겠군요."

"그래 봤자 엽사들이니 산적들이나 소탕하러 다녀보련다."

적랑회주는 기분 좋게 하하 웃었다.

살날이 얼마 남지 않은 늙은 그지만, 적랑회가 음지에서 양지로 모습을 드러낼 수 있다는 것은 정말 기쁜 소식이 아닐 수 없었다.

"그럼 전 회주님이나 따라가렵니다. 어차피 갈 곳도 없고……."

유담이 머리를 긁적이며 말하자 적랑회주가 발끈했다.

"뭐? 오긴 어딜 따라와? 여태까지 본 것만 해도 지긋지긋한데."

"왜 이리십니까? 제 무공도 산적들을 때려잡는 데 꽤 쓸 만합니다."

"흥! 그렇다면 넌 제일 처음부터 시작해야 해. 밥이며 빨래 같은 궂은일들도 도맡고."

"그런 것들은 하인들을 시키면 되지 왜 제가 해야 합니까?"

"그럼 안 돼! 못 따라와!"

"거참, 회주님도. 알겠습니다. 시키시는 것 다 할 테니 거

뒤만 주시죠."

유담과 적랑회주는 근래에 들어 급격하게 사이가 가까워졌다. 두 사람이 복면인들을, 또 사무량을 상대로 생사를 넘나드는 싸움을 했다는 걸 모르는 사람들은 이들이 어떻게 친해졌는지 알지 못했다.

"우서문은?"

사무량은 우서문을 바라봤다.

사무량이 가장 미안해하는 사람이 우서문이기도 했다. 따지고 보면 자신 때문에 무당에서 파문당한 것이니까.

"난 우선 태을 진인을 만나뵐 생각이다."

"……."

"내려가실 때 그러시더구나. 못다 한 말이 있으니 꼭 들르라고. 돈이 없이 비싼 건 못 사주더라도 밥 한 끼는 사주실 수 있다면서."

"잘되었군. 그 후엔?"

"그 후엔…… 나도 적랑회주님을 따라갈 생각이었는데."

"뭐? 아니, 이것들이!"

"회주님, 전 비록 한 팔을 쓰지 못하지만 빨래며 청소며 밥은 할 수 있습니다."

발끈 화를 내려던 적랑회주가 우서문의 말을 듣고 만족스러운 듯 고개를 끄덕였다. 그는 내심 이들이 자신을 따라와 준다는 데에 고맙게 느끼고 있었다. 그만큼 적랑회주도 일행들과 정이 많이 들었기 때문이다.

“가완, 가야는?”

쌍둥이들이 서로를 마주 보았다. 두 사람은 눈으로 신호를 주고받은 뒤 다시 일행들 쪽으로 고개를 돌렸다.

“우리는 당연히 적랑회로 가야지.”

“네놈들도 청소하려고?”

“미쳤습니까? 아버지가 적랑회도이시니 저희도 당연히 적랑회지요.”

모두가 놀란 눈으로 쌍둥이들을 바라봤다. 적랑회주도 약간 의외라는 얼굴을 했다.

두 사람과 가휼 사이에 두텁게 쌓여 있던 마음의 벽이 조금씩 허물어져 가고 있었다는 사실을 모두 몰랐던 것이다.

“잘 풀려서 다행이야.”

사무량은 이해한다는 듯 고개를 끄덕였다.

“해타?”

“난… 원래는 돌아가지 않으려 했는데, 진전문으로 돌아가야겠어.”

해타는 자못 조용한 음성으로 속삭이듯 말했다.

그 누구도 왜라고 묻지 않았다. 자식이 어미 품으로 돌아간다는데 이유를 물을 사람이 누가 있겠는가.

해타에겐 한 달 전부터 새로운 무기가 생겼다. 그가 직접 무기를 다루는 것은 아니었지만 마치 애병인 듯 한시도 몸에서 떼어놓지 않았다. 허리춤에 항상 걸고 다니는 것은 바로 왕가의 무기인 유성추였다.

"은소부는 문으로 돌아가야지?"

"그래야겠죠."

은소부는 한숨 섞인 힘없는 목소리로 대답했다.

사무량이 아무리 좋다고 하지만 용검문을 놔두고 부재도로 따라갈 수는 없었다. 용검문에서 하는 일이 아무것도 없다면 몰라도 훗날 그녀가 재정을 담당해야 하기 때문에 어쩔 수 없었다.

사무량은 오히려 다행인 듯 고개를 끄덕였다.

"소신녀는?"

"비밀이야. 더는 묻지 마."

단호한 그녀의 대답에 모두들 눈을 동그랗게 떴다.

잠깐의 정적에 장난기가 발동한 유담이 히죽 웃었다.

"왕가가 이 자리에 있었다면 분명히 이렇게 말했을 거야."

"뭐라고?"

"귀신같은 년. 이제야 무덤 속으로 돌아갈 마음이 생겼나 보구나? 라고."

"뭐? 하하하하!"

"하하하!"

모두가 배를 잡고 웃었다.

어이없어하던 소신녀까지도 결국엔 웃음을 터뜨렸다.

지난 이 년이 넘는 세월 동안 몇 번의 생과 사를 함께 오가며 가족처럼 지내던 이들의 마지막 밤이었다.

그날 밤, 소신녀의 거처로 은소부가 찾아왔다.
"또 왜?"
소신녀가 뾰루퉁하게 은소부를 맞았다.
"이 말을 하지 못해서, 안 하면 후회할 것 같아서요."
"고맙다는 말? 알면 됐어."
사실 은소부는 소신녀의 도움이 없었다면 벌써 죽었을지도 모른다. 큰 상처를 입었던 그녀를 지혈해 주고 동굴에서 꺼내 보살핀 사람이 바로 소신녀이기 때문이다.
"그 말 때문이기도 하지만……."
"음?"
"사무량과 한 몸이 되었다는 말, 사실은 거짓이었어요."
"알고 있어."
"알고… 있었나요?"
"그래, 내가 아는 사무량 녀석은 절대 그럴 녀석이 아니니까."
"…그렇군요."
잠시 생각에 잠겼던 은소부는 살짝 미소를 지었다.
"전 소신녀 당신보다 못한 사람이네요."
"뭐가?"

"전 당신처럼 그렇게 사무량을 믿지 못했거든요."

"믿을 수 없는 인간이기는 하지."

"내일 당신이 어디로 갈 것인지는 알아요."

"……."

"짧은 만남이었지만 알게 되어서 기뻤어요. 부디 행복하길."

은소부는 소신녀에게 고개를 숙이며 몸을 돌려 나가려 했다.

"나도!"

"……?"

은소부의 발걸음이 우뚝 멈췄다.

"나도… 이렇게 여자랑 오랫동안 이야기해 본 건 네가 처음이야. 너도 잘 살아. 나중에 인연이 닿아 다시 만났으면 좋겠어."

"고마워요."

은소부는 마음 편히 소신녀의 거처를 떠날 수 있었다.

겨우 이십 년이라는 세월을 살아왔지만 몇십 년이나 인생을 살아온 사람들보다도 많은 일들을 겪었다.

죽음을 여러 차례 경험해 보기도 했고, 슬프기도 했고, 두렵기도, 외롭기도, 아프고 힘들기도 했다. 하지만 나쁜 기억만 있었던 것은 아니었다.

그간 사무량이 만난 많은 사람들 모두가 좋은 이들이었다.

모두가 사무량처럼 세상에서 소외받은 사람들이었기에 누구보다 사무량을 이해해 주었다. 힘든 일이 생기면 언제든 달려와 줄 사람들. 그런 사람들을 만났다는 것만으로도 사무량에겐 더없이 소중한 추억이 되었다.

"후웁!"

사무량은 배를 타기 직전, 폐부 깊숙이 중원의 공기를 들이마셨다.

하루라도 피바람이 가실 날이 없는 중원과도 이제는 영원히 작별이다.

그는 쓸쓸히 부재도에서 긴 여생을 보낼 생각이었다.

여태 외롭게 살아왔으니 부재도에 아무도 없다 해도 외로움은 충분히 견딜 수 있었다. 그는 내심 마희가 부재도에서 자신을 반겨주길 바랐다. 어디까지나 바람일 뿐이지만, 그렇게 건강해 보이던 마희가 죽었다는 것을 도저히 믿을 수가 없었다.

사무량은 배 위에 간단한 짐을 올려놓고 배를 묶어 두었던 밧줄을 풀었다. 부재도로 가는 길을 기억하고 있으니 혼자서 찾아가는 데 무리는 없을 게다.

적랑회주가 건네준 나침반과 간단한 식량들을 조심스럽게 올려놓은 뒤, 허리춤에서 혈광검을 풀어 그 옆에 놓았다.

사무량은 노로 중원의 마지막 땅을 힘차게 밀었다.

투웅!

배가 물살을 가르며 튕겨 나갔다.

사무량은 천천히 노를 젓기 시작했다. 그 순간, 멀리서 누군가의 외침이 들려왔다.

“야! 기다려!”

사무량은 노를 젓던 동작을 멈추고 소리가 들려온 곳을 바라봤다.

새하얀 옷에 정돈되지 않은 검은 머리. 무덤 속에서 귀신이 걸어나온 것과 같은 외모를 지니고 있는 그 여자는 소신녀였다.

“어?”

사무량은 소신녀의 의외의 등장에 조금 당황했다. 다시 배를 육지 쪽으로 가져가는 것도 잊은 사무량은 멀거니 소신녀를 바라봤다.

“기다리라니까!”

소신녀는 치마를 들고 첨벙거리며 물속에 들어와 헤엄치더니 간신히 사무량의 배를 잡았다.

“푸악!”

온몸이 물에 홀딱 젖은 그녀는 성난 얼굴을 하며 배 위로 기어올라 왔다.

“기다리라고 했으면 다시 돌아와야 할 것 아니야!”

“물속에서 배 위로 올라오는 걸 보니 정말… 귀신같군.”

"뭐? 말 다 했어?"

"그런데 어딜 가?"

"보면 몰라? 부재도에 가고 있잖아."

소신녀는 손으로 옷을 비틀어 물기를 짜내며 말했다.

"비밀이라더니 간다는 곳이 부재도였나?"

"너 때문에 가는 거 아니니까 걱정하지 마. 단지 그곳에 할아버지의 기관을 조금 더 연구해 보고 싶기 때문이야."

"난 아무 말도 하지 않았는데……."

"……."

소신녀의 창백한 얼굴이 급속도로 빨개졌다.

"아무튼! 사람들이 알면 오해할까 봐, 어젠 비밀이라고 한 것뿐이야. 그러니 너도 오해하지 마."

"무슨 오해?"

"이, 있어, 그런 것."

소신녀는 옷을 대강 턴 후, 뱃전에 앉아 사무량의 행낭을 뒤져 건포를 꺼내 입에 물었다.

"후! 그나저나 너는 왜 부재도에 간다는 거야? 거긴 먹을 것도 별로 없고, 살기엔 정말 최악의 장소야. 생각만 해도 지긋지긋하지 않아?"

"지긋지긋하지. 다시는 가고 싶지 않을 정도로."

"그런데 왜?"

"사람이 없잖아. 누군가의 눈치를 보지 않아도 되고."

“넌 지금도 충분히 다른 사람의 눈치를 볼 필요가 없어. 넌 혈광검의 무공을 익혔고, 불사체의 발작을 극복했어. 보명 대사까지 눌렀으니 사람들이 흔히 말하는 천하제일인이 아니야?”

“아니야.”

“……?”

“내 스스로가 천하제일인이 아니라 생각하고 있어. 물론 처음부터 천하제일인이 되고 싶었던 마음도 없었고. 나를 믿고 살아온 적랑회주께는 죄송한 말씀이지만.”

“아직도 스스로가 모자라다고 생각해?”

“아니, 과분할 정도야. 그래서 중원에 있기가 두려운 거야. 나는 조용히 살고 싶어도 사람들은 나를 가만히 내버려 두지 않을 테니까.”

소신녀는 이해한다는 듯 고개를 끄덕였다. 그 역시 귀곡자의 진법이 가져다준 명성 때문에 겪어온 일들이 있었기에 사무량의 마음을 알고 있었다.

“하나 물어보고 싶은 게 있어.”

“뭔데?”

“그 은소부라는 계집… 널 좋아하는 걸 알고 있지?”

“모른다면 바보지.”

“그런데 왜 붙잡지 않아?”

“나 때문에 불행해지는 모습을 보기 싫으니까.”

“…….”

소신녀는 더 이상 은소부의 일에 대해 묻지 않았다.

앞으로 사무량과 함께 단둘이 살아갈 생각으로 그를 따라왔다. 평생의 단 하나뿐인 친구로 죽을 때까지 서로를 의지하며 살아갈 게다.

소신녀는 사무량이 잡고 있는 노 한쪽을 빼앗듯 잡아 그의 호흡에 맞춰 함께 노를 저었다.

멀어져 가는 중원의 모습이 어쩌면 마지막일지도 모른다.

“다들 잘 살겠지?”

“잘 살겠지. 아니, 잘 살아야지.”

“그래도 좋은 녀석들이었어.”

“그래.”

노를 젓던 소신녀는 문득 무언가 생각이 난 듯 사무량에게 물었다.

“그런데 궁금한 게 있는데…….”

“음?”

“혈광검의 무공 비급에서 마지막에 쓰여 있다는 그것. 불사체에서 벗어나는 유일한 방법이라는 게 도대체 뭐야?”

소신녀의 물음에 사무량은 산사 벽을 빼곡히 메웠던 글귀들을 머릿속에 떠올렸다. 그리고 가장 마지막에 쓰여 있던, 불사체에서 유일하게 벗어나는 방법을 기억하고 있었다.

“죽음이야.”

“……?”

일그러진 소신녀의 얼굴을 보며 웃던 사무량은 고개를 들어 바다 위의 하늘을 올려다보았다.

하늘이 참 맑았다.

『혈야광무』終

섀델 크로이츠

섀델 크로이츠 전 2권
이경영 판타지 장편 소설

— 화사무쌍 편

『가즈나이트』의 명성과 신화를 넘어설
이경영의 판타지의 새로운 상상력!

자신만의 독특한 세계관을 창조한 작가
이경영의 새로운 도전과 신선한 충격.

바란투로스의 특수부대 섀델 크로이츠의 리더 파렌 콘스탄.

야만족을 돕는 안개술사를 물리치기 위해 아시엔 대륙에서 온

불을 뿜는 요괴 소녀 카샤.

너무나 다른 두 사람이 운명의 길에서 만나다.

친구란 이름으로 시작된 모험, 그 앞에 놓인 난관과 운명의 끈은

어떻게 될 것인지…….

"실부가 날 만노 하지. 요괴가 산신령을 넘마도 누른 선 흔한 일이 아니서는.
괜찮다, 파렌. 본좌가 아는 요괴들 전부 본좌를 질투하고 부러워하니까."
소녀는 손에 잔뜩 받은 빗물을 홀짝 마셨다.
파렌은 그 순수함에 웃음을 흘렸다.
그는 지금까지 자신이 봤던 그녀의 기이한 행동들을 어렴풋이나마 이해할 수 있을 것 같았다.
그렇게 친구가 된 둘은 그 길로 긴 여행을 떠나게 된다.

— 본문 중에 —

세상을 보는 또 하나의 창 - **inthebook.net**
유행이 아닌 자유추구 - **chungeoram.net**

Book Publishing CHUNGEORAM

THE CHRONICLES OF EARTH
DEJA VU

지구환 연대기 : 기시감 전 2권
이재창 SF 장편 소설

지구환 연대기 기시감

인공적으로 만드는 석양이 잘 꾸며진 정원과 가로수를
붉게 물들였다.
하지만 태양은 이미 오래전에 거리라고 하기도 어려운 저
편으로 사라졌다. 어차피 마찬가지기는 했다.
타키온 드라이브가 시작되는 순간 빛은 존재하지 않았다.
설령 태양이 바로 옆에 있다 해도 빛이 우주선을 따라오
지 못했다.
타키온 드라이브의 우주에서 빛은 존재가 아니라 단순히
어둠의 부재에 불과했다.
그것이 타키온 드라이브였다.
타키온 드라이브는 그 본질상 초광속으로 움직이지
않을 수 없다.
말 그대로 빛보다 빨리 움직여야만 한다.
그것이 타키온 드라이브의 운명이고 결론이다.

STORY LINE

인간이 타키온 드라이브라는 초광속 운항법으로 항성간 여행을 자유롭게 할 수 있게 된 미래
수학자 석아찬은 지구에서 출발하는 심우주 탐사선 게이츠에 몸을 싣는다.
그러나 게이츠를 통제하는 인공지능 로가디아와 이천여 명의 승무원과 함께하는 항해의 평화로움은 얼마 가지
못하고 우주선은 외계문명에게 습격을 받아 사람이 증발하는 전대미문의 사고가 생기기 시작한다.

세상을 보는 또 하나의 창 - **inthebook.net**
유행이 아닌 자유추구 - **chungeoram.net**

Book Publishing CHUNGEORAM

입소문을 통해 아는 분은 다 알고 계십니다!
올 한해 공인중개사 최고의 화제작!

수험생 기본 필독서
만화 공인중개사

제목 : 만화공인중개사 쓰신 분에게 감사드립니다.

학원을 두 달 다녔어요. 근데 과연 그 숫자 외우기 그런 게 몇 문제나 나올까 생각을 했어요.
아니라는 생각이 드네요. 학원강의를 뒤로하고 서점을 갔어요. 내 머리에 가장 이해될 수 있는
책이 없나 하구요. 거기서 만화를 발견했어요. 무조건 세 번 봤어요. 3개월 걸렸어요. 문제집을 보라고
했는데 그건 시행을 못했어요. 근데 합격을 했네요.
어떻게 감사의 말을 해야 될지……
도서관에서 만화책 들고 다니니까 사람들이 비웃더라구요. 만화책으로 공인중개사를 공부한다고
미친 사람처럼 보더라구요. 근데 그거 다 감수하고 했던 내가 자랑스럽습니다.
어떻게 감사의 말을 해야 할지… 정말 감사합니다.
부디 행복하세요. 제 나이 41살에 좋은 스승을 만난 것 같습니다.
엎드려 감사드립니다.

-본사 홈페이지에 독자분이 올린 메일 中 에서 발췌-

2008년 봄 그들이 온다!!

권왕무적의 초우, 궁귀검신의 조돈형, 삼류무사의 김석진, 태극검해의
한성수, 프라우슈 폰 진의 김광수, 흑사자의 김운영, 송백의 백준 등

총 20여 명에 이르는 호화군단의 인더북 이북 연재 확정!!
그 외에도 많은 정상급 작가들의 이북 연재 런칭 예정!!

**포도밭 그 사나이, 새빨간 여우 등의 로맨스 정상급 작가
김랑의 작품을 이북 연재로 만나다!!**

오직 인더북에서만 독점 연재!!

아쉬움을 남기고 1부에서 막을 내린 **권왕무적 시리즈의 2부** 등 인기 작가들의 수준 높은
미공개 작품들이 시중에 책으로 출간되지 않고, 오직 인더북에서만 연재됩니다.

COMING SOON! INTHEBOOK.NET

1. 인더북의 이북 유료연재는 2008년 1월 말 ~ 2월 중순경 오픈
2. 인더북에 연재되는 작품들은 시중에 출판되지 않은 작품들로 엄선

**이북 유료연재의 새로운 도전! 그리고 새로운 시작! 인더북!!
곧 새로운 모습의 이북 연재 사이트로 여러분께 다가가겠습니다.**